LHATTIE HANIEL

Pour que chaque jour compte,

Il était une fois…

— *L'univers étendu du RMS TITANIC* —

ROMANCE HISTORIQUE

À toi qui fais que chaque jour compte.

Tu es mon « Il était une fois ».

Tous les jours, que je passe avec Vous, comptent.

Je Vous Aime.

Chère Lectrice & Cher Lecteur,

Il se peut que durant votre lecture, vous constatiez quelques ressemblances entre le personnage de Grace Taylor et celui de Rose DeWitt Bukater (personnage fictif tiré du film TITANIC de James Cameron). Eh bien, vous auriez raison, car j'avais écrit ce roman en ce sens ! Aux abords de mon histoire principale avec John et Hattie, je voulais raconter la vie de Rose avant son voyage sur le RMS TITANIC et après le naufrage de celui-ci, et surtout, donner une famille à la jeune fille par le biais de son cousin Lee Moore… Malheureusement pour moi, je n'ai pas réussi à obtenir l'autorisation d'utiliser ces noms et j'ai donc dû improviser pour modifier la partie sur laquelle je m'étais appuyée pour cette histoire. Aussi, mon angoisse fut-elle grande ! Réécrire tout mon roman, donner une nouvelle identité à chaque personnage et trouver une chute passionnelle… Pourtant, sans aucune prétention, mon inspiration s'est trouvée là, aussitôt que ma Chère Fille eût terminé ces paroles : « Inspire-toi de l'amour que tu vis au quotidien ! » À peine quelques heures m'ont suffi pour réécrire le fil de mon histoire…

Merci ma Princesse.

Qui plus est, bien que je ne sois pas la première à le faire, j'ai souhaité insérer dans cette histoire certains personnages qui ont réellement existé et vécu le naufrage du TITANIC cette affreuse nuit du 14 au 15 avril 1912, tel que Sir Cosmo Edmund et son épouse Lucy Christina Duff Gordon ; la comtesse de Rothes ainsi que le prêtre catholique britannique Thomas Byles… Il m'était important de parler plus précisément, dans cette histoire, de Mme Margaret Brown. Je voulais, d'une certaine façon, lui rendre hommage, Elle qui s'est tant battue toute sa vie pour les droits des hommes, des femmes et des enfants. Et bien plus encore…

Et, bien entendu, en écrivant ce roman, je poursuis la piste de ceux qui ont écrit avant moi sur ce naufrage en redonnant vie, d'une certaine manière, à l'âme du TITANIC…

J'espère que cette romance vous plaira autant qu'il m'a plu de l'écrire… et de le réécrire.

Affectueusement,

Lhattie Haniel

Prologue

Il était une fois, deux beaux jeunes hommes, John Crawford, tout juste âgé de vingt-cinq ans, et Lee Moore, son ami et frère de toujours. Tous deux faisaient partie de ces Américains fortunés.

Monstrueusement fortunés !

Ils se connaissaient depuis leur plus tendre enfance et, sans porter le même nom, ils faisaient partie de la même famille. Pourtant, aucun lien de lignage n'en était la cause. Ce lien n'était né qu'à la suite d'un drame.

Un terrible drame…

Il y a des années de cela, les parents de John et de Lee étaient décédés dans un accident ferroviaire alors que les deux familles voyageaient à bord d'un train sans se connaître. Leur convoi était entré en collision — à vive allure — avec une double charrette, laquelle s'était retrouvée coincée sur la voie ferrée. La cause de cette immobilisation était sa trop lourde cargaison de bois, avait décrit un journal local dans sa chronique « Évènements » portant en gros titre « Les Miraculés ». En effet, il précisait que seuls deux enfants s'en étaient sortis miraculeusement indemnes, avec seulement quelques égratignures, alors qu'il n'y avait pas eu d'autres survivants. Aussi, lorsqu'Edward Caldwell, l'unique oncle de John, était venu récupérer son neveu devenu orphelin à l'âge de huit ans, lui et sa femme ne purent se résigner à laisser choir à l'orphelinat Lee Moore, un tout petit garçon qui suivait John comme son ombre depuis ce terrible accident. Pourtant, Lee avait bien encore une tante, lady Vera Taylor. Cependant, celle-ci avait refusé d'adopter un enfant de cinq ans, fut-il même l'unique rejeton de sa propre sœur. Lee ne l'avait fréquentée que peu dans ses premières années, car les deux sœurs s'étaient fâchées bien avant sa naissance. Qui plus est, elles ne se croisaient que dans de rares occasions mondaines ou seulement par obligation. Et déjà à cette époque, il avait un souvenir cuisant de sa tante lorsqu'elle l'avait repoussé brutalement pour qu'il ne la touche pas, alors qu'il s'apprêtait à l'embrasser pour lui dire bonjour.

Après avoir dû passer presque deux mois au sein de l'orphelinat Saint-Joseph, en attendant que le couple Caldwell obtienne le droit de l'adopter, Lee — bien que n'ayant pas encore atteint l'âge de la raison — avait été soulagé de savoir qu'il ne devrait pas vivre avec cette tante acariâtre. Les rumeurs courant depuis des années, et encore à ce jour, la décrivaient comme une femme rude, intransigeante et souvent indifférente aux souffrances qui l'entouraient. On aurait pu croire, il y a plus de quinze ans, que la venue au monde de sa fille Grace aurait pu radoucir ce cœur, mais non ! Grace avait un an lorsque Lee était devenu orphelin et le cœur de sa tante était resté de pierre, même devant cet adorable petit garçon. Cette harpie exaspérait tellement son mari que ce dernier s'était plongé dans le jeu durant des années. Il mourut l'année dernière en ne laissant que de vilaines dettes à sa femme et à sa fille.

Toutefois, sa veuve s'arrangea pour que la ruine familiale demeure un secret…

N'ayant jamais repris contact avec sa famille depuis son enfance, Lee avait appris la mort de cet oncle — qu'il méconnaissait totalement — dans le *Herald Tribune*. L'article s'étalait en première page et comportait ce titre :

« LORD TAYLOR,
LA PLUS GRANDE FORTUNE DE LA CÔTE EST,
S'EST ÉTEINT LA NUIT DERNIÈRE.
UNE APOPLEXIE FOUDROYANTE
A EU RAISON DE LUI. »

En grandissant, John et Lee s'étaient créé leurs propres fortunes en investissant leurs premiers dollars dans le bois et le pétrole. Leur oncle Edward, lequel avait fait fortune en investissant dans la Compagnie de Chemin de fer des lignes transcontinentales, les avait fort bien initiés aux affaires, l'un après l'autre, dès qu'ils furent en âge de l'être. D'ailleurs, une bonne partie du pétrole avait été puisée sur les terres Caldwell, qui en regorgeaient à l'époque, avant que les nappes finissent par se raréfier tout juste l'année dernière. John était un fin négociateur et savait toujours flairer les bonnes affaires, tandis que Lee était, toutefois, moins doué. Cependant, John était toujours là pour l'épauler. Et c'est comme cela que John, surpassant son oncle dans les affaires, releva la fortune familiale à son plus haut rang. Trois mois s'étaient écoulés depuis qu'oncle Edward avait rendu l'âme tout juste après sa femme, Leonore. Dans son testament, il avait demandé à *ses garçons* de ne pas rester prisonniers du domaine et de vivre leurs vies. Il leur avait souvent dit qu'il fallait parfois changer de terre, voire de pays pour signer de bonnes affaires. Ils avaient donc suivi ce judicieux conseil et, en moins de temps qu'il en faut pour le dire, ils avaient vendu le domaine et tous leurs biens, et en avaient retiré encore un énorme bénéfice.

Les deux jeunes hommes s'estimaient aussi bien en tant qu'amis qu'en tant que frères et vivaient ainsi depuis leur plus tendre jeunesse. N'ayant plus d'attache dans leur pays, quitter celui-ci ne leur posa donc aucun problème. De ce fait, sous moins de deux semaines, ils s'apprêtaient à quitter le pays qui les avait vus naître pour se rendre à Londres en s'embarquant à bord du RMS Mauretania. Ce paquebot transatlantique — surnommé *le lévrier des mers* tant il était le plus rapide au monde — ralliait New York à Liverpool en tout juste cinq jours !

C'est une vérité dérangeante à dire, que la bienséance s'interdira de contredire, qu'un beau mariage n'est pas une question d'amour, mais une question de biens ! Tandis que les jeunes filles bonnes à marier ne deviennent pour leurs mères qu'une course folle dans le marché du mariage – souvent sans que ces pauvres filles aient leurs mots à dire –, les prétendants quant à eux, avec leurs titres de noblesse en poche, déploient leurs plus beaux atours mondains – ou bien mentent lorsqu'ils n'en ont pas – afin d'acquérir les demoiselles dans des combats pas toujours réguliers. C'est ainsi que celles-ci se retrouvent sous la coupe de leurs maris après avoir été sous la férule de leurs pères, voire de leurs propres mères, en ayant subi le pouvoir de coercition de toutes leurs familles, lesquelles ne leur autorisaient que peu de loisirs et une liberté ne dépassant pas, le plus souvent, le seuil de leurs chambres. Et si peu que l'on sache si ces unions vont être heureuses, il suffit parfois d'un coup du destin pour libérer ces malheureuses de leurs tristes sorts...

Lhattie Haniel

Chapitre 1

Quelles Rencontres !

New York, Mercredi 15 novembre 1911

John et Lee se trouvaient aujourd'hui dans la ville de New York. Ils y avaient loué deux suites en attendant que le Mauretania, amarré au port la veille, soit affrété en vue de reprendre la mer dans trois jours pour se rendre à Liverpool — comme le précisaient leurs billets de première classe. Un garçon de courses était venu les prévenir à leur hôtel que l'embarquement se ferait ce samedi. C'est donc bien à cette date que tous les passagers montèrent à bord de ce paquebot gigantesque et fort luxueux. Comme d'habitude, les passagers de première classe eurent la primeur d'embarquer à bord ! Puis, ce fut au tour des autres classes d'embarquer en même temps que les bagages et autres biens personnels des premières classes. Le personnel navigant avait veillé à tous ces précieux bagages et passé de nombreuses heures dans des va-et-vient exécutés avec la précision d'une fourmilière. Évidemment, les pourboires résultaient du cœur qu'ils mettaient à l'ouvrage ! Concernant les passagers de seconde et troisième classe, ceux-ci devaient se débrouiller par leurs propres moyens pour charger leurs effets personnels, tout en recherchant leurs cabines.

Ainsi variait le prix du billet…

Sur les quais — mélangées aux curieux et autres passants —, les familles venues souhaiter un dernier au revoir à leurs proches pouvaient distinguer les différentes classes installées sur les pontons multiples. Ceux-ci — de longueurs impressionnantes — étaient parsemés de plusieurs coupoles de verre, donnant ainsi au paquebot un aspect presque féerique. Surtout lorsque l'éclat du soleil, traversant le verre, faisait apparaître dans les pièces d'en dessous de magnifiques halos éblouissants constellés, çà et là, d'une petite poussière volante ressemblant, à s'y méprendre, à de minuscules étoiles scintillantes.

John et Lee faisaient partie des plus riches passagers. Chacun de leurs billets leur octroyait au moins deux personnes asservies à leurs services pour veiller uniquement à leur bien-être. Ce que les jeunes hommes trouvèrent tout de suite fort agréable. Le commandant du Mauretania, lui-même, les avait déjà invités à venir sur la passerelle. Après une discussion bien agréable sur les caractéristiques du navire, il les avait conviés à sa table pour toute la durée de la traversée. La journée arriva à sa fin et le navire quitta enfin les quais de New York pour se jeter dans le gigantesque Océan Atlantique Nord. Aussi, était-il déjà l'heure de dîner ! John et Lee se rendirent donc dans la grande salle à manger s'étendant sous plusieurs ponts, et surplombée d'une vaste verrière. C'était la pièce la plus spacieuse du paquebot. Alors qu'ils arrivaient devant la table du capitaine — la plus longue de la salle —, ils purent constater que de nombreux invités y étaient déjà installés. Mais lorsque le capitaine commença par présenter John à chaque convive, Lee fut fortement contrarié. Il eut la désagréable surprise de voir sa tante installée avec sa fille à quelques places de lui ! Pourtant, il ne l'avait jamais revue depuis la mort de ses parents. Néanmoins, comment aurait-il pu oublier ses traits, si particuliers ? Un frisson désagréable dévala le long de sa colonne vertébrale et une petite sueur se mit à perler sur son front. Alors que le capitaine présentait Lee, sa tante Vera pinça les lèvres lorsqu'elle reconnût dans le jeune homme les traits de sa propre sœur, en même temps qu'elle entendît son nom. Sa froideur ne fit qu'accentuer la non-envie de Lee de la reconnaître comme telle, malgré le désir de le crier à sa cousine Grace. Aussi, les liens familiaux ne furent-ils à aucun moment, abordés. Grace trouva John et Lee charmants bien qu'elle n'ait pu vraiment converser avec eux — sa mère lui coupant la parole dès qu'elle essayait de s'adresser à quelqu'un. Malgré tout, le dîner fut délicieux et agréable, et ce, grâce aux autres invités très plaisants. À la fin du repas, comme il était d'usage chez les aristocrates, les gentlemen se retirèrent et laissèrent entre elles, ces dames. Ils se retrouvèrent tous dans le salon fumoir afin de déguster un verre d'alcool fort tout en savourant un bon cigare. Ce petit rituel leur donnait l'impression de pouvoir parler, sans gêner ces dames lesquelles n'auraient, de toute façon, rien compris à leurs discussions ! Ils pouvaient alors jouer les gros bras, en se congratulant d'être les seigneurs du monde !

Enfin, c'est ce qu'ils croyaient...

Après de longues discussions pompeuses entre gentlemen et hommes d'affaires, John et Lee décidèrent d'aller faire quelques pas sur le pont supérieur et, ainsi, respirer l'air frais du grand large. Ils avaient toujours détesté fumer dans les endroits clos et préféraient s'adonner à ce vice, au-dehors. Ils étaient accoudés aux bastingages dont la peinture blanche brillait grâce aux lumières extérieures, allumées pour les promeneurs. Ils discutaient de leur drôle de soirée. Lee avait l'esprit troublé d'avoir revu sa tante. Toutefois, il était heureux d'avoir pu rencontrer sa cousine. Bien que cette dernière ne sache rien des liens qui les liaient, il était tout simplement ravi de l'avoir rencontrée. Peut-être que durant la traversée, il trouverait le moyen de converser discrètement avec elle sans que sa tante en ait vent. Ils avaient bien remarqué tous les deux, que Vera tenait d'une poigne de fer, sa fille. Bridée et guindée, Grace avait donc beaucoup de mal à dialoguer avec les gens. Cela transpirait de toute sa personne. John fouilla dans la poche intérieure de sa veste et en ressortit un petit étui plat, en argent pur, sur lequel de jolies arabesques avaient été gravées. Il l'ouvrit et le présenta à Lee. Ce dernier se saisit d'un petit cigare à la violette, qu'ils appréciaient fortement tous les deux et dont une quantité importante faisait partie de leurs bagages. Ils les allumèrent et commencèrent à tirer dessus en savourant les premières bouffées. Les plus appréciées des connaisseurs, disait-on ! Ils en étaient là lorsque John aperçut, sur le pont inférieur, deux femmes se dirigeant précipitamment vers la poupe du bateau. Il retira de son long et fin porte-cigare — façonné en argent et assorti à son étui — son petit cigare entamé qu'il offrit avec élégance, à l'océan.

— Lee, je pense que tu devrais me suivre, lui dit-il tout en se dirigeant vers les deux femmes.

Lee, lequel n'avait rien remarqué, se détourna de la ligne d'horizon qu'il fixait et où le reflet argenté de la pleine lune étincelait sur la surface de l'océan. Il jeta son cigare avec la même élégance que son ami avant de lui emboiter le pas. Alors qu'ils arrivaient à la hauteur des deux femmes, ils remarquèrent que l'une d'elles était penchée sur le garde-corps et rendait son dîner, leur semblait-il. Tandis que l'autre femme, tout en la maintenant avec son bras gauche par la taille afin qu'elle ne bascule pas par-dessus bord, lui retenait, avec son autre main, ses cheveux humides de sueur, lesquels s'étaient collés sur son front. John fit encore quelques pas et se retrouva à côté d'elles.

— Puis-je vous venir en aide, Mesdames ? demanda-t-il poliment.

— Non, je vous remercie, Monsieur. Tout va bien !

C'était Hattie Allen, une jeune femme de vingt-deux ans, qui venait de lui répondre sans prendre la peine de voir qui s'adressait à elles. Sa sœur, Julia — plus jeune qu'elle de quatre années —, ne semblait pas en grande forme. Cependant, Hattie pouvait tout à fait s'en sortir sans l'aide de personne.

— Au risque de vous paraître désagréable, Madame, il me semble que cela ne va pas si bien, insista John.

— *Mais de quoi je me mêle !* pensa Hattie. Merci, Monsieur ! Mais je m'en sors fort bien… toute seule, scanda-t-elle avant de prononcer les derniers mots d'une voix mourante.

Agacée par son insistance, elle venait de relever son visage vers cet homme, en vue de lui jeter un regard noir. Cependant, elle fut surprise par le magnifique visage se présentant à ses yeux. Son regard se modifia instantanément pour reprendre sa brillance émeraude, alors que ses jolies joues, colorées d'un léger rose quelques secondes auparavant, prirent brutalement la couleur d'un rouge carmin. Alors que John continuait de fixer le visage de la jeune femme, son cerveau se déconnecta du monde présent. La beauté, lui faisant front, était incroyablement séduisante avec ses joues saillantes et son regard innocent. Inconsciemment, il tendit la main vers son visage qu'elle ne déroba pas à sa caresse, elle-même hypnotisée par ce regard bleu semblant transpercer son âme. Quand soudain, Julia les fit replonger brusquement dans la réalité en manquant de perdre l'équilibre. Hattie se reprit tout de suite en retenant sa sœur, laquelle gémissait de plus belle, avant de l'aider à se redresser. Elles tournèrent les talons sans un seul mot et repartirent vers leur cabine. La main de John, laquelle avait frôlé la joue de la jeune femme, fut prise d'un tremblement lorsqu'il la ramena près de son corps.

— Est-ce que tu as vu ce que j'ai vu ? demanda-t-il à Lee, en fixant la direction où les jeunes femmes étaient parties.

— J'ai bien peur que oui ! Soit c'est un mirage, soit elles sont réelles et je crois bien que je viens de tomber amoureux ! déclara Lee.

— En effet, malgré le mal-être de la plus jeune, elles étaient toutes les deux à tomber à la renverse. Je me noierai bien encore dans ce regard vert…

— Je suis tout à fait d'accord avec toi. Ce voyage promet d'être bien plus plaisant que je ne le pensais ! s'exclama Lee, joyeusement.

— Bien que tu sois de plaisante compagnie et que voyager avec toi soit toujours agréable, mon ami, je dois dire que la providence nous fait, là, un cadeau pour le moins… fascinant, lui répondit John toujours envoûté, le regard encore plongé dans ses pensées.

— Oui, lui répondit Lee avec le même air, regardant toujours dans la direction où les deux sœurs avaient disparu.

Après avoir fumé chacun un autre petit cigare à la violette — entièrement cette fois-ci —, ils retournèrent dans leurs cabines en vue de se coucher. Lee était rentré dans la sienne, le visage joyeux, enchanté par cette brève rencontre. La contrariété, qui l'avait habité quelques heures plus tôt à cause de sa tante, semblait avoir disparu comme par enchantement. John, quant à lui, était toujours plongé dans un ravissement par ce regard émeraude, lequel captivait encore toutes ses pensées.

Le lendemain matin, ils se retrouvèrent pour le petit déjeuner dans la grande salle des repas et, comme à leur habitude, ils s'étaient apprêtés avec soin. Peut-être, cette fois-ci, plus qu'à leur habitude. Bien qu'ils aient toujours superbe allure ! Ils balayèrent la salle du regard à la recherche des deux jeunes femmes. Pourtant, aucune d'elles n'apparut sous leurs yeux.

— À ton avis, où peuvent-elles bien être ? demanda discrètement Lee à John, puisqu'à leur table se trouvaient une dizaine de convives appartenant à la gent masculine.

— Je n'en sais assurément rien. Penses-tu qu'elles soient des « Ladies » ? J'avoue que je n'ai pas vu leurs tenues tellement je me suis retrouvé ensorcelé par ce beau regard émeraude… *et ses lèvres pulpeuses,* songea-t-il.

— Eh bien, mon ami ! Nous sommes deux dans ce cas-là, car je suis incapable de te décrire comment elles étaient vêtues ! murmura avec difficulté Lee, un magnifique sourire accroché à ses lèvres.

— Finissons de petit-déjeuner et nous irons faire un tour vers la poupe ! Qu'en dis-tu ? demanda John en continuant à murmurer.

— J'en dis, avec joie, mon ami ! lui répondit Lee, d'une même intonation.

En fait, les deux sœurs Allen, tout comme Vera et sa fille ainsi que beaucoup d'autres ladies, ne se trouvaient pas dans la salle à manger. Celles-ci prenaient sûrement leurs petits déjeuners dans leurs chambres, où elles passaient tellement d'heures à se préparer que la matinée était généralement utilisée uniquement pour ce faire — comme il était d'usage chez les aristocrates. Cependant, les sœurs Allen en faisaient-elles partie ? John et Lee avaient eu beau faire le pied de grue, ils n'avaient absolument pas revu les deux jeunes femmes. Ni dehors sur les ponts ni durant la messe donnée dans une grande salle préparée à cet effet. Leur absence les plongea tous deux dans une certaine morosité qui perdura, car la journée ainsi que la soirée s'écoulèrent sans qu'ils puissent entrevoir, ne serait-ce qu'une seule fois, les deux sœurs. En fait, comme pour leurs petits déjeuners, elles avaient prévu de prendre tous leurs repas dans leur cabine. Mais, bien entendu, les deux jeunes hommes n'étaient pas au courant de ce fait-là. Et, malheureusement pour eux, tous les repas pris en compagnie de lady Taylor et de sa fille restèrent, à chaque fois, dans la même indifférence. La mère de Grace avait toujours le visage fermé et la bouche pincée, malgré son port de reine fort distingué. Du reste, cette suffisance qu'elle dégageait, alliée à son côté hautain, ne donnait pas envie à qui que ce soit de créer, serait-ce même, un semblant de liens d'amitié ou de bonne courtoisie. Et comme aucune de ses connaissances n'était présente sur le paquebot, cela la poussait, la plupart du temps, à s'isoler avec sa fille dans sa cabine luxueuse.

Enfin… Elle isolait plus précisément sa fille des autres passagers…

Lady Taylor ne voulait surtout pas que celle-ci puisse changer, par quelques motifs qu'ils furent, ce qu'elle avait mis des mois à organiser : le mariage de Grace ! D'autant que la jeune fille n'avait vraiment pas son mot à clamer pour son avenir dont elle n'arrivait déjà pas même à entrevoir ce qui se passerait le jour prochain ! Elle avait donc suivi docilement sa mère dans cette traversée de l'Atlantique. La convaincre fut d'une facilité déconcertante pour sa mère. Six mois plus tôt, lors d'une soirée mondaine à Philadelphie, lady Taylor y avait rencontré lord Lawrence Valentine Barrow — un richissime homme d'affaires. Lors d'une discussion avec ce dernier — durant pratiquement toute la soirée —, elle avait pu vanter les mérites et la *grâce* de sa fille. Et n'ayant pas hésité à utiliser beaucoup de flagorneries auprès de cet homme, elle avait réussi à lui faire comprendre qu'une union entre leurs deux familles serait possible. Surtout avec la fortune conséquente que son mari lui avait, soi-disant, laissée à sa mort ! Lorsque Grace fut présentée à lord Barrow, celui-ci lui trouva un fort charme. Aussi, l'idée que lady Taylor lui avait insufflée se fit jour dans son esprit et s'intensifia dans ses pensées. Il ne lui restait que peu de doute au fait qu'elle ferait une bonne épouse pour son fils. Toutefois, rien ne fut conclu ce soir-là. Alors, après quelques jours, lady Taylor était revenue à la charge en se rendant chez lord Barrow. Autour d'un thé se transformant en un dîner, sans la présence de Grace restée cloîtrée chez elle dans sa chambre — sûrement bouleversée par l'attitude de sa mère à vouloir la marier à tout prix à un homme qu'elle n'avait jamais rencontré —, lady Taylor fit part à lord Barrow, en prenant un petit air de contrariété afin d'ajouter du poids dans sa démarche mensongère, de plusieurs demandes en mariage que sa fille *avait* reçues.

Lord Lawrence Valentine Barrow — un homme difficile en affaires et redouté par les plus grands — s'était laissé convaincre sans difficulté par lady Vera Taylor — une petite femme criblée de dettes et prête à tout, même à vendre l'âme de sa fille — qu'un mariage prochain entre leurs enfants serait des plus profitables.

Évidemment, lord Barrow n'avait pas eu connaissance de la ruine que cachait le nom des Taylor, car lady Taylor n'en avait jamais soufflé mot à qui que ce soit. Cependant, sa fille présente à la lecture du testament par un notaire peu scrupuleux était donc avec ce dernier au courant. Alors, par sécurité, lady Taylor avait payé grassement avec quelques bijoux le notaire avant de se tourner vers le rédacteur en chef du journal qui avait eu l'exclusivité sur la mort de son mari pour qu'il n'y ait qu'une seule et unique version : la sienne ! Pour ce faire, elle lui avait cédé — à un prix dérisoire — son hôtel particulier qu'elle avait réussi à vendre avant que tout le reste soit saisi. Et bien que Grace soit dotée d'un caractère opposé à celui de sa mère, cette dernière lui avait formellement interdit d'en parler, serait-ce même, à sa soubrette Ethel — laquelle était, semble-t-il, la seule véritable amie de la jeune fille. Et aujourd'hui, tout reposait sur les épaules de la jeune Grace, alors la convaincre qu'elle était le seul atout qu'il leur restait avait été facile à lui faire entendre. C'était le seul moyen que sa mère avait trouvé pour remonter la pente. Elle ne pouvait s'imaginer devant travailler, elle, l'impératrice de la bonne société ! Bien que veuf depuis peu, lord Barrow avait convié lady Taylor ainsi que sa fille dans l'une de ses résidences situées à Londres. Il leur avait proposé de passer les fêtes de fin d'année en sa compagnie. Et, bien entendu, son fils Maximilien Frederick serait également des leurs. Aussi, tout juste après leur accord d'une future union, il leur avait fait parvenir cette invitation de séjour et y avait ajouté deux billets en première classe pour une traversée à bord du RMS Mauretania. Et depuis trois mois déjà, lord Barrow se trouvait à Londres dans l'une de ses résidences secondaires, *Sweet Cottage*. Il y avait rejoint son fils y demeurant depuis le début de l'année. Dès son arrivée, il lui avait annoncé qu'il avait déjà pris des dispositions pour ses futures fiançailles. Il lui donna à peine quelques précisions sur sa rencontre avec sa future femme, si ce n'était qu'elle s'appelait Grace, qu'il l'avait connue quelques mois avant son départ pour Londres lors d'une soirée mondaine et qu'elle ne lui avait pas semblé trop exigeante à être contentée puisqu'elle n'avait fait aucune demande concernant son futur mariage. Qui plus est, elle n'avait même pas demandé comment était son fils ! Mais lord Barrow songea qu'il était préférable de ne pas faire part à Maximilien de ce dernier point. Toutefois, il avait ajouté qu'il l'avait trouvée fort jolie. C'était l'appréciation et le choix de son père, toutefois, Maximilien Frederick ne s'en offusqua pas. Même moins agréable à regarder, si son père lui demandait de l'épouser, il le ferait. C'était beaucoup plus simple pour lui d'obéir aveuglément à son père, du moment que celui-ci continuait à lui octroyer, tous les mois, ces sommes astronomiques lesquelles lui permettaient de conserver son train de vie dispendieux.

John et Lee avaient rôdé sur les ponts du navire, deux jours de plus, sans faire mouche. Le fait de n'avoir pas retrouvé les deux jeunes femmes les rendait fous et ils commençaient à se demander s'ils n'avaient pas rêvé. De plus, la traversée était déjà pour moitié entamée. Toutefois, le mauvais temps qu'ils avaient eu le jour du départ allait retarder de plusieurs heures leur arrivée.

Ce qui, *a priori,* n'inquiéta nullement nos deux amis, toujours plongés dans leurs recherches…

— Je me demande si elles n'étaient pas des sirènes, demanda Lee. Je me sens comme envoûté par elles.

— Non, c'est impossible ! Il faut qu'elles soient bien réelles… Je n'arrive pas à m'ôter de la tête ce magnifique visage ! s'exclama son frère.

— Je sais, John. Cependant, elles ne semblent pas être sur le même bateau que nous. Il me paraît évid…

John arrêta brusquement Lee en déposant sa main sur son épaule. Il venait de voir les deux jeunes femmes se tenant par le bras et se promenant sur le pont inférieur.

— Ce sont elles, Lee ! Viens ! Suis-moi ! Je ne compte

pas les perdre, cette fois-ci !

— Oh ! que je suis bien d'accord avec toi ! lui répondit Lee, en s'engageant juste derrière lui.

Les deux jeunes hommes activèrent le pas, puis dévalèrent précipitamment la volée de marches qu'il y avait entre les deux ponts, en vue de rejoindre les deux jeunes femmes.

— Mesdemoiselles ! Attendez, s'il vous plaît !

C'était John qui les avait interpellées. Hattie reconnut immédiatement la voix chaude et grave du beau gentleman, qui l'avait accostée le premier jour de la traversée. Malgré le délicieux frisson s'emparant de son corps…, elle ne se retourna pas ! Et demanda même à sa sœur… d'accélérer le pas ! Elles tournèrent sur le côté gauche du pont et accédèrent à une petite porte donnant sur un long corridor. Celui-ci les emmena tout droit à leur cabine. Une fois la porte bien refermée, Hattie s'y appuya et la contrariété se lut sur son visage. Cependant, Julia ne comprit pas pourquoi. Alors, Hattie respira un bon coup et, sans un seul mot, se servit un verre d'eau. Elle le but rapidement comme si sa vie en dépendait.

— Que se passe-t-il, Hattie ? Connais-tu ces hommes ?

— Non ! Et je ne sais pas ce qu'ils nous veulent ! lui répondit sa sœur, son visage rougi d'émotions.

Julia la fixa en plissant les yeux, comme si cette réponse était suspecte et que le visage rougi de sa sœur confirmait ce soupçon. Il faut dire que depuis sa première rencontre avec John, Hattie n'avait cessé de penser à lui. Elle en avait même rêvé plusieurs fois et cela l'avait fortement perturbée.

— Écoute-moi, Julia ! Nous ne pouvons nous permettre d'être accostées par des hommes ne demandant qu'à badiner ou batifoler avec les femmes, lui répondit-elle.

En fait, le regard de sa sœur la mettait tellement mal à l'aise et elle était si nerveuse, qu'il n'y avait que cette réponse qui lui avait traversé l'esprit.

— Grâce à ses connaissances, poursuivit-elle, oncle Harvey nous a trouvé un travail pour réussir à Londres. Aussi, nous ne pouvons pas nous permettre de changer ce que nous avons planifié depuis des mois, rajouta-t-elle les yeux froncés.

— Je le sais bien, ma sœur. Toi, comme couturière à la boutique de Mrs. D'Arcy et moi, comme gouvernante chez les Grant. Je sais, je sais, lui répondit Julia comme si elle récitait un texte appris par cœur.

Pourtant, malgré le timbre haut perché de sa voix, Julia était angoissée, et ce, depuis que leur oncle leur avait trouvé un travail séparé. Cela voulait clairement dire qu'elles ne pourraient plus être réunies sous le même toit et devraient vivre séparément pour la première fois de leur vie. Heureusement pour elles, elles seront tout de même dans la même ville, Londres. Hattie attrapa dans ses bras sa jeune sœur, laquelle avait les yeux larmoyants. Elle la serra sur son cœur en lui passant tendrement la main dans le dos afin de la rassurer.

— Ne t'inquiète pas, ma Julia. Je ne serai pas loin. Et à nous deux, si nous arrivons à faire les économies que nous avons prévues, nous pourrons, dans trois ou quatre ans, vivre sous le même toit dans notre propre cottage. Et peut-être que nous pourrons même nous payer un billet pour retourner chez nous ! s'exclama Hattie, malgré une voix chevrotante.

— Je le sais, mais j'ai tellement peur… Je vais devoir vivre avec des gens que je ne connais pas et tout cela m'angoisse terriblement, lâcha-t-elle en pleurs.

— Je t'en prie, Julia, ne te fais pas du souci inutilement. Je peux te certifier, ajouta-t-elle, que lorsque tu auras passé une première journée auprès de ces gens, ils ne seront plus des inconnus pour toi. Rappelle-toi que je ne serai pas bien loin, au cas où tu aurais besoin de moi.

Hattie serra un peu plus fort sa sœur dans ses bras. Cependant, cette fois-ci, c'était pour elle, car elle en avait besoin. Elle était aussi angoissée que sa jeune sœur. Toutefois, elle ne devait pas le lui montrer.

À peine une demi-heure plus tard et après une toilette rapide, elles se couchèrent avant de sombrer dans les bras de Morphée — d'un profond sommeil pour Julia et d'un sommeil fort agité pour Hattie…

John et Lee, restés cois lorsque les deux jeunes femmes s'étaient pratiquement sauvées de leurs vues, étaient toujours sur le pont. Ils allumèrent chacun un petit cigare à la violette avant d'éclater, de nouveau, dans un fou rire.

— Sommes-nous si laids au point de faire fuir les demoiselles ? demanda Lee en s'asseyant sur un petit banc.

— Je ne le sais pas, mais c'est bien la première fois que cela m'arrive. Je n'en reviens pas comment *beaux yeux* a pressé le pas afin de nous semer. Et elle y est arrivée…

Puis ils se regardèrent et, de nouveau, éclatèrent de

rire. John s'accouda sur la rambarde d'un escalier faisant front au banc où était installé son ami, avant que ce dernier ne poursuive en croisant élégamment ses longues jambes fuselées.

— Il nous reste à peine deux jours pour les aborder. Moi qui croyais que mon charme fonctionnait toujours sur le sexe faible, je dois dire que là, c'est un défi à relever !

— Je suis bien d'accord avec toi, Lee. *Mais j'espère que j'y arriverai, car je ne peux m'empêcher de penser à elle,* songea John, en se redressant afin d'aller s'appuyer sur la balustrade.

Lee se releva de son assise et imita son ami. Ensemble, plongés tous deux dans des réflexions silencieuses, ils fixèrent l'horizon, là où le ciel se noyait dans la mer.

Le lendemain soir, alors que Julia était déjà couchée, Hattie se sentit l'envie de respirer le grand air du large. À cause de sa fuite de la veille, elle n'avait pu profiter du bénéfique air marin, alors que cela faisait plusieurs jours qu'elle n'avait pas vraiment mis le nez dehors. Comme elle se sentait un peu nerveuse, elle se dit qu'un changement d'air l'aiderait, sans doute, à mieux dormir. Ce soir-là, elle s'était parée, en plus d'une robe seyante, d'une étole confectionnée dans une peau de zibeline qui aurait fait envier toutes dames des hautes sphères. En fait, son oncle Harvey était un Pelletier reconnu dans sa région et les fourreurs venaient de très loin pour lui acheter ses peaux. Il s'y connaissait également dans le métier de fourreur et avait initié Hattie dans la confection.

Et bien que Hattie soit une créatrice de mode hors pair, elle aurait pu faire carrière également dans ce domaine. Aussi, s'en servait-elle dans la confection de toutes ses tenues lui donnant ainsi l'aspect d'une personne aisée. Alors qu'elle marchait tranquillement sur le pont-promenade — consacré uniquement au plaisir des passagers de première classe —, elle rencontra une jeune femme à peine plus âgée que sa sœur, songea-t-elle, et venant, sans nul doute, de s'échapper d'une quelconque cabine. Comme celle-ci s'arrêtait sur la balustrade pour reprendre son souffle, Hattie décida de lui adresser la parole.

— Bonsoir, Mademoiselle ! Allez-vous bien ?

— Heu… Oui ! Enfin…, je crois, Madame, lui répondit la jeune femme en regardant derrière elle.

— Vous n'avez pas l'air d'en être bien certaine, Mademoiselle, lui demanda Hattie inquiète.

— Non ! Enfin, si ! lui répondit-elle, indécise, avant de se présenter afin de couper court à de prochaines phrases embarrassantes. Je m'appelle Grace. Grace Taylor, s'annonça-t-elle avec une respiration haletante.

— Vous me voyez là, enchantée, Grace Taylor ! Moi je suis Hattie Allen, lui répondit-elle avec un large sourire, lequel lui fut aussitôt rendu par Grace.

Puis, la jeune fille remarqua la tenue de Hattie.

— Oh ! quelle étole magnifique vous avez là, Madame ! s'exclama Grace persuadée, une fois son souffle récupéré, de s'adresser à une lady mariée.

— C'est fort gentil à vous. Je vous remercie, lui répondit Hattie, laquelle se mit à rougir de l'appréciation de son travail.

— C'est magnifique ! s'exclama-t-elle à nouveau avant d'entendre au loin sa mère, hurler son prénom. Il faut que je me sauve ! J'ai été ravie de vous avoir rencontrée. Peut-être, aurai-je le temps une prochaine fois de converser plus longuement avec vous ? lui répondit la jeune fille tout en prenant ses jambes à son cou.

— Oui, ce sera avec plaisir ! lui répondit Hattie juste avant que Grace ne déguerpisse du pont en dévalant les escaliers et disparaisse de sa vue.

Hattie aperçut alors une femme dont le visage était si fermé que le tour de ses lèvres avait blanchi. Aussi, décida-t-elle de changer de pont.

Pendant ce temps-là, Lee était rentré dans sa cabine et s'était couché, tandis que John, après s'être allongé sur son lit tout habillé, décida d'aller faire un dernier tour sur le pont principal. Seul. Ce soir-là, après une journée monotone, du fait de n'avoir pas revu la jeune femme lui faisant tourner la tête et chavirer le cœur, il se sentait nerveux et avait besoin de se dégourdir les jambes. Il commença donc par faire un petit tour sur l'un des ponts du navire. Hattie, de son côté, grimpait les marches d'un petit escalier en vue d'accéder à un autre pont. John la remarqua tout de suite et se précipita vers elle. Lorsqu'elle le vît, elle fit demi-tour au milieu des marches afin de retourner rapidement vers sa cabine et, ainsi, penser lui échapper. Cependant, John n'était déjà plus qu'à quelques pas d'elle.

— Mademoiselle, je vous en prie ! Attendez ! s'écria-t-il.

Bien que Hattie ne jetât qu'un bref regard dans sa direction, celui-ci suffit à lui faire rater une marche.

Elle dévala le reste de l'escalier sur son séant !

John arriva à sa suite et s'accroupit auprès d'elle, inquiet.

— Comment vous sentez-vous, Mademoiselle ? lui demanda-t-il.

Elle le regarda puis, malgré la douleur, elle éclata d'un petit rire cristallin. Elle n'osa pas lui dire qu'elle avait le postérieur engourdi et que sa cheville était légèrement endolorie par la douleur. Il prit naturellement ses mains entre les siennes et l'aida à se relever.

Ce simple contact les électrisa… tous les deux.

Debout, face à face, John n'arrivait pas à lui lâcher les mains et Hattie ne riait plus. Elle était traversée par tout un tas de sensations qu'elle n'avait jamais ressenties de sa vie.

— Je vous en prie, Mademoiselle, répondez-moi… Allez-vous bien ? C'est de ma faute ! Je vous ai distraite…

— Non, non… Ne vous inquiétez pas, Monsieur, tout va bien ! Je vous remercie pour votre prévenance. Il se fait tard, Monsieur, et je dois retourner à ma cabine, lui répondit-elle, prête à tourner encore une fois les talons, alors que son corps n'en avait absolument pas l'envie.

Cependant, lorsqu'elle essaya de marcher, sa cheville fit des siennes, si bien qu'elle poussa un petit cri de douleur.

— Mon Dieu, Mademoiselle, attendez ! Vous êtes blessée !

Et avant même que Hattie n'ouvrît la bouche, il lâcha sa main qu'il tenait toujours dans la sienne et la prit entre ses bras. Il la porta jusqu'à un petit banc situé à quelques pas de là. Durant ce petit trajet, il put sentir les effluves enivrants s'exhalant de la chevelure de la jeune femme.

— *Fleurs de néroli*, songea-t-il, satisfait d'une telle découverte.

Il connaissait parfaitement cette senteur. Sa tante avait eu une distillerie où était fabriquée cette fragrance à partir des fleurs de sa plantation d'orangers amers. Toute son enfance avait été bercée dans cette suave odeur. À contrecœur, il dut la détacher de son corps pour la déposer délicatement sur le petit banc sur lequel il prit place, également. Il était complètement captivé par son regard, et lorsqu'il la contempla entièrement, sa tête se mit à tourner, un afflux de sang le submergea et une douleur agréable lui traversa le corps.

— Elle est d'une beauté fascinante, songea-t-il.

Hattie était rouge comme une pivoine. Elle avait du mal à respirer. Le corps de John s'était trouvé si près du sien que cela l'avait complètement troublée. Il était à couper le souffle ! Il se baissa pour regarder la cheville de la jeune femme tout en lui demandant, au préalable, la permission de le faire. Hattie s'entendit répondre oui alors que sa tête disait non. Mais que lui arrivait-il ? John prit entre ses mains — avec douceur — la cheville de la jeune femme qu'il ausculta avec sérieux.

— Je ne pense pas qu'elle soit cassée. Néanmoins, je crois bien qu'il vous faille un bandage, Mademoiselle, lui dit-il en lui palpant son petit pied.

Hattie rougit de plus belle en se relevant avec difficulté du petit banc.

— Non, ce n'est vraiment rien de grave, Monsieur, je vous assure ! lui dit-elle.

— Attendez, je vais vous aid…, essaya-t-il de lui dire

avant qu'elle ne lui coupe la parole et ne le cloue sur place…

— Je vous remercie, Monsieur. Bonne nuit !

Sur cette formule de politesse, courte mais polie, elle fit volte-face et partit en boitillant.

— *Bonne nuit ! Mais que lui ai-je fait pour qu'elle se sauve à chaque fois ?* se demanda-t-il, perplexe. Je vous en prie, Mademoiselle, mais je crois qu'il serait plus raisonnable de ne pas marcher, lui dit-il, inquiet, en la poursuivant.

— Non ! Ne vous inquiétez pas, Monsieur, lui répondit-elle sans se retourner.

Et tout en sautillant sur son pied vaillant, elle descendit trois petites marches pour atteindre l'entrée du couloir où se trouvait sa cabine.

— Je vous en prie, Mademoiselle, donnez-moi un nom…, murmura-t-il.

Mais la jeune femme avait déjà disparu de sa vue. Frustré, il retourna s'asseoir, là où il l'avait déposée un instant plus tôt. Il soupira et posa son menton sur ses mains jointes.

— Elle va me rendre fou…, se dit-il tout bas.

Le lendemain matin, Lee retrouva John dans la grande salle des repas, pour prendre son petit déjeuner. Alors qu'il s'assoyait en face de son ami, ce dernier resta le regard plongé dans le vague, sûrement immergé encore dans ses pensées.

— Est-ce que tu vas bien, mon ami ? lui demanda Lee. Tu as l'air de quelqu'un qui n'a pas fermé l'œil de la nuit.

— Tu ne crois pas si bien dire, mon frère ! Je suis ressorti, hier soir, sur le pont prendre l'air avant d'aller me coucher et je suis tombé sur une sirène. Elle m'a tellement troublé et a envoûté toutes mes pensées que je n'ai pas fermé l'œil, jusqu'au petit matin.

— Tu les as revues, alors ! demanda Lee fortement intéressé.

— Oui ! Enfin, je n'en ai vu qu'une seule : *beaux yeux…* narrât-il, plongé encore dans sa rencontre de la veille.

— Et alors ? Raconte-moi, mon ami !

— Eh bien ! lorsque je l'ai interpellée, elle a raté une marche et elle s'est tordue légèrement la cheville. Malgré tout, elle a encore réussi à me semer.

— Et l'autre jeune femme ? demanda Lee, interloqué.

— Non, elle était toute seule…

Les deux jeunes hommes passèrent le reste de la journée à jouer aux cartes, à lire quelques livres et journaux qu'ils avaient emportés avec eux, et à discuter avec d'autres passagers. Ce jour-là, ils ne croisèrent pas également, lady Taylor et sa fille semblant avoir décidé de rester cloîtrées dans leur suite. La vraie raison était que la mère de Grace, après la fuite de sa fille, avait puni cette dernière à rester enfermée dans sa cabine jusqu'à la fin de la traversée. Et malheureusement pour la jeune fille, à part hurler intérieurement ou s'en ouvrir à son amie Ethel sa camériste — avant que celle-ci ne soit mise au dehors de la cabine temporairement —, elle ne pourrait rien dire ou faire pour modifier la décision prise par sa mère. Le dragon la retenait !

Il restait moins d'une journée de voyage. Aussi, John ne comptait-il pas en rester là !

— Écoute, Lee. Je ne quitterais pas ce navire sans connaître le nom ou, à tout le moins, le prénom de cette jeune femme.

— Je suis bien d'accord. Cependant, comment comptes-tu t'y prendre ? Nous avons passé pratiquement cinq jours à côté d'elles et nous les avons à peine approchées…

— Je le sais bien, mon ami, lui répondit John, avant de plonger quelques secondes dans ses réflexions. Ce soir !

— Qu'est-ce qu'il y a ce soir ? lui demanda Lee.

John dut réfléchir quelques secondes de plus avant de répondre à son ami. Depuis qu'il avait croisé le regard émeraude de la jeune femme, son cerveau ne semblait plus vouloir fonctionner normalement. Il avait un mal fou à se concentrer alors qu'il était réputé pour avoir un esprit exceptionnel.

A priori, cette qualité avait déserté son corps…

Il s'adressa de nouveau à Lee, comme un petit garçon le ferait en se cachant pour expliquer son plan. La posture que prit son ami fit sourire Lee.

— Ce soir, nous les attendrons près des marches, même si nous devons passer toute la nuit à la belle étoile. Elles finiront bien par sortir…, se rassura John.

La soirée arriva enfin. John et Lee étaient un peu nerveux. Ils s'étaient installés sur un banc à la poupe du navire et attendaient en fumant — toujours avec prestance — leurs petits cigares à la violette. Tandis que de leur côté, Julia et Hattie profitaient tranquillement de leur dernière soirée sur le pont supérieur. L'air était frais et revigorant. Il avait fallu à Julia presque toute la durée du voyage pour que son corps enfin, surtout son estomac s'habitue aux mouvements de la mer, afin de n'avoir plus envie de rendre ses repas. Elle avait passé pratiquement tout le voyage couché. Toutefois, ce soir, elle allait parfaitement bien et se sentait en pleine forme. Quant à Hattie, n'ayant quitté que peu sa jeune sœur et donc sa cabine, elle avait passé son temps à faire des esquisses de robes, manteaux et autres accessoires de modes qu'elle pourrait confectionner si Mrs. D'Arcy sa future patronne l'y autorisait. Elle était véritablement douée dans la création de vêtements et même si leurs moyens étaient peu élevés, elles avaient toutes deux des tenues originales — bien que Hattie ait taillé celles-ci dans des tissus de petites factures. Mais les fourrures qui les ornaient les embellissaient grandement.

— J'ai hâte de poser le pied sur la terre ferme ! s'exclama Julia.

— Moi aussi, petite sœur ! lui répondit Hattie, un large sourire sur sa jolie bouche.

Puis, bras dessus bras dessous, elles firent quelques pas vers l'arrière du bateau. C'est à ce moment-là que les deux jeunes hommes les aperçurent. Ils se levèrent précipitamment et se retrouvèrent, sans bruit, derrière les jeunes femmes. Alors, John se positionna derrière Hattie et l'interpella d'une voix douce.

— Mademoiselle.

Les deux sœurs se retournèrent en sursautant. Les yeux de Hattie s'écarquillèrent à la vue de John, et sa bouche pulpeuse forma un O parfait. Cette coquetterie eut pour effet de la rendre encore plus désirable aux yeux de ce dernier. Julia, quant à elle, fixait Lee sans prononcer un seul mot. Les deux jeunes femmes se mirent à rougir fortement. Pourtant, Hattie se ressaisit vite et attrapa la main de sa sœur pour s'échapper à nouveau. Cependant, John n'avait pas l'intention de la laisser faire.

— Je vous en supplie, Mademoiselle, un nom s'il vous plaît, lui demanda-t-il presque dans un souffle.

Hattie le fixa et ne répondit pas. Elle recula tout en secouant la tête comme s'il s'agissait du fruit défendu.

— Mon Dieu. Je vous en prie, enlevez-moi cet homme de ma vue. Je sens que je ne pourrai pas tenir plus longtemps, songea-t-elle.

Tout en la gratifiant d'un tendre regard, John articula sans qu'aucun son sorte de sa bouche : *s'il vous plaît*. Hattie, immobile, ne semblait plus pouvoir se détacher de ses superbes yeux bleus. Leurs regards étaient rivés l'un à l'autre. Lee, pendant ce temps, avait attrapé avec audace la main de Julia, laquelle se laissa faire tout en lui rendant son sourire. Voyant par là une invitation à poursuivre, il déposa alors un doux baiser sur sa main. Le délicat visage de la jeune fille continua de lui sourire lorsqu'il s'adressa à elle.

— Je m'appelle Lee Moore. Et vous, jolie demoiselle ?

— Julia, répondit-elle timidement en rougissant.

Hattie détacha ses yeux du regard de John et fixa sa sœur.

— Mais que lui arrive-t-il ? pensa-t-elle. Julia !

Julia sursauta et Lee relâcha sa main qu'il tenait toujours dans la sienne.

— Nous devons retourner dans notre cabine ranger nos affaires, poursuivit Hattie avec un manque certain de fermeté tant elle n'avait pas l'envie de s'en aller d'ici.

— Oui, tu as raison, lui répondit sa sœur, habitée par un doux émoi.

Puis Hattie retourna son visage vers John.

— *Seigneur ! Qu'il est attirant ! Ce corps musclé... Ce costume de bonne facture le moulant à la perfection... Ces cheveux si blonds qui, à cause du vent, lui retombent sur le front... Ce visage, avec des traits si fins et si parfaits appelant à la caresse... Cette bouche si tentante...,* continua-t-elle de songer en ayant la sensation d'être dans l'un de ses doux rêves.

Ces pensées s'affolaient et elle avait du mal à détacher son regard de cet Apollon. Elle n'avait jamais eu une telle attirance pour un homme. En eut-elle seulement une fois un jour ? Son propre corps la picotait de partout, car son sang semblait disparaître de ses veines, lui engourdissant ainsi tous ses membres. Son ventre papillonnait et sa bouche se mit à trembler. Pourtant, il fallait que cela cesse. Elle se força à arrêter de le fixer et attrapa le bras de sa sœur avant de passer entre les deux hommes. Toutefois, elle ne put s'empêcher de murmurer au passage son nom. John la regarda puis il lui sourit, le cœur rempli de joie.

— Allen. Miss Allen, se répéta-t-il dans un léger murmure.

Lorsque les deux amis se retrouvèrent autour d'une bouteille de scotch, ils ne savaient pas vraiment quoi se dire. Ils étaient tous deux enfermés dans leurs propres pensées. Finalement, au bout de plusieurs minutes, Lee remplit les deux verres en cristal lui faisant front avant d'en tendre l'un des deux à John. Puis il lui présenta son verre en vue de trinquer.

— À la tienne !

— À la tienne aussi ! lui rétorqua John, en faisant tinter son verre de cristal sur celui de son frère.

— Que nous est-il arrivé, tout à l'heure ? lui demanda Lee. Je crois que je vais lui demander d'être ma femme.

— Je ne sais pas ce qu'il s'est passé, mais ce qui est sûr, c'est que cela s'est passé ! Crois-tu qu'elles soient sœurs ?

— Je n'en sais vraiment rien ! Cependant, ce que je sais, c'est que Julia m'a complètement ensorcelé.

Toujours entre deux pensées et leurs cerveaux en pleine effervescence, ils poursuivirent néanmoins leur conversation, parsemée de petites coupures silencieuses…

— Elles ont un air de famille, même si la ressemblance n'est pas frappante ! Elles sont si belles ! s'exclama John.

— Oui ! Et je ne pense qu'à elle, lui répondit Lee, les yeux brillants.

— Moi aussi, je ne pense qu'à *elle*, murmura John, le corps chargé d'émotions…

Chapitre 2

Trois Jours

Tôt dans la matinée, le paquebot fixa ses amarres dans le port de Liverpool. Les passagers de première classe furent les premiers à débarquer du navire. Lady Taylor et lady Grace, étant parmi les premières à quitter le paquebot, tombèrent sur John et Lee. Ces derniers faisaient le guet devant la passerelle, parcourant du regard chaque passager débarquant, en vue de retrouver deux certaines jeunes femmes. Lorsque Vera arriva devant Lee, elle s'arrêta et se tourna vers sa fille ; elle lui ordonna de débarquer sans elle et lui signifia sèchement qu'elle irait la rejoindre dans quelques minutes, ne l'autorisant pas à dire, au passage, quelques mots de courtoisie aux deux jeunes hommes. Puis, sur un ton péremptoire, elle s'adressa à Lee.

— J'ose espérer que votre chemin ne recroisera plus le nôtre ! Vous n'êtes rien pour nous ! Si je vous vois vous adresser à ma fille sur un quelconque lien qui aurait pu exister entre nous, je vous le ferais payer au centuple ! Me suis-je montrée assez claire ? lui cracha-t-elle au visage.

— Madame, la vie est longue pour qui sait attendre.

Alors, j'attendrai pour voir ma cousine ! Elle ne sera pas toute sa vie sous votre coupe…, lui répondit Lee, en lui présentant une révérence pompeuse, sans avoir pris la peine de lui servir son titre de lady.

Alors — malgré cet affront et avec une maîtrise exceptionnelle de sa hautaine personne —, sa tante, la bouche toujours pincée, se détourna d'eux et traversa lentement la passerelle avant de disparaître de leurs vues. Lee avait blêmi, même s'il ne s'était pas laissé faire par celle-ci. John l'attrapa par les épaules et le rassura en lui disant qu'il avait fait la réponse qu'il fallait. Lee était bien d'accord avec lui. Il avait la conviction qu'il retrouverait un jour sa cousine et lui ferait savoir qui il était pour elle ! Ils descendirent à leurs tours du paquebot et se mirent à la recherche d'un véhicule peu surchargé de passagers pouvant les emmener jusqu'à Londres d'une seule traite. Il était toutefois utopique d'imaginer pouvoir y arriver avec le monde qu'il y avait sur les quais.

Cependant, leur soin tout particulier à rechercher cette fameuse voiture n'était qu'un prétexte pour attendre le débarquement de deux jolies demoiselles, lesquelles, décidément, se faisaient toujours attendre…

Bien évidemment, à force de faire le guet, les deux jeunes hommes finirent par les remarquer. Julia, laquelle avait le vertige aussitôt qu'elle se trouvait en hauteur, était aidée par sa sœur pour traverser la passerelle. Du reste, Hattie essayait de tenir dans sa main — non réquisitionnée par Julia —, un nombre de bagages bien trop imposant pour une main si fine. Ceci donnant plus d'un prétexte à John et à Lee pour se précipiter encore une fois à leur rencontre.

— Miss Julia ! s'écria Lee en tendant sa main vers la jeune femme.

— Oh ! Je vous remercie pour votre aide, cher Mr. Moore, répondit Julia, en lui tendant sa main avec laquelle elle serrait fortement la rambarde — une seconde plus tôt — tout en lâchant de son autre main, celle de sa sœur.

— Lee ! Appelez-moi Lee, je vous en prie.

Julia se mit à rougir et répéta le prénom du jeune homme. Hattie — laquelle avait son chapeau qui avait légèrement glissé devant ses yeux et n'ayant pu le remonter à cause du fait qu'elle avait ses deux mains prises — n'avait pas remarqué les deux jeunes hommes arrivés à leur hauteur. Aussi, lorsqu'elle sentit la main de sa sœur lui échapper — tout en remettant son chapeau en place — elle s'écria :

— Julia !

Elle se retrouva nez à nez avec John qui avait attrapé sa main libre qu'elle tendait toujours au-devant d'elle, tandis qu'avec son autre main, il prenait d'une seule poigne tous ses bagages avec une facilité déconcertante. Hattie se troubla au contact de la main puissante enveloppant la sienne. Un courant déferla de ses doigts jusqu'à sa colonne vertébrale, remontant le long de sa nuque avant qu'elle ne se sente rougir fortement. John la fixa. Troublée, elle resta figée créant, par ce fait, un petit bouchon sur la passerelle. Au bout de quelques longues secondes, lorsque son cerveau décida de se remettre en marche, elle put enfin articuler quelques mots.

— Je vous remercie, Monsieur…

— John Crawford. Et je vous en prie, tout le plaisir

est pour moi, Miss Allen, lui répondit-il avec un sourire à faire damner un saint.

Ils déposèrent les bagages des deux jeunes femmes, juste à côté des leurs qui avaient été surveillés par un jeune garçon bien rétribué pour ce travail.

— Mesdemoiselles, pourrions-nous vous déposer quelque part ? Nous attendons une voiture et, si vous en êtes d'accord, nous pourrions faire un bout de chemin ensemble. J'en serai honoré, leur demanda John.

Hattie ne sut quoi répondre. Aussi, Julia intervint-elle. Elle leur annonça qu'elles se rendaient à Londres. Les jeunes hommes, ayant la même destination, insistèrent pour les y accompagner. Malgré son trouble qui ne l'avait pas quittée depuis le contact électrisant de leurs mains, l'orgueil de Hattie ressurgit. Il n'était pas question pour elle de se laisser entretenir même cinq minutes par un homme, aussi beau soit-il ! Et là, il y en avait deux !

— Nous acceptons, Messieurs, à la condition que nous partagions le prix du trajet et que vous choisissiez un fiacre à la place d'une voiture ! leur précisa Hattie en fixant John.

Les deux sœurs n'avaient pas les moyens de se payer un véhicule à moteur. John lui sourit en acceptant.

Il aurait, de toute façon, consenti à prendre n'importe quoi du moment qu'elle ne le quittait pas…

Ils avaient trouvé rapidement un fiacre et, si rien ne venait troubler leur route, ils devraient arriver sous trois jours à leur destination. C'était plus long que ce que John et Lee avaient prévu. Pourtant, cet imprévu ne les gêna nullement. Bien au contraire, ce trajet promettait d'être des plus passionnants.

— *Trois jours avec elle...* se dit John dans une réflexion silencieuse, en ne perdant pas un seul instant son sourire.

Lee aida Julia à s'installer dans la voiture avant de prendre place à son tour en face d'elle. Hattie, quant à elle — trop nerveuse —, fixa John qui était en plein émoi plongé dans ses propres pensées. Elle s'approcha alors doucement de lui.

— Dans la mesure où nous allons devoir passer du temps ensemble, Monsieur, essayons de ne pas nous gêner ou nous agacer, lui souffla-t-elle.

— Eh bien... Vous ne m'agacez pas, Miss Allen. Vous me rendez nerveux, lui répondit-il dans un murmure.

Cette surprenante réponse ne fit qu'accroître le mal-être de Hattie. Troublée, elle tenta de grimper seule sur la première marche. Sa cheville, encore fragile, lui fit perdre l'équilibre. Elle se retrouva dans les bras de John en moins d'une seconde et ne mit pas plus de temps pour rougir violemment. Tout avait été si rapide qu'elle n'en revenait pas. Elle se sentait engourdie par une douce sensation depuis que le corps ferme de John était rentré en contact avec le sien. Il la soulevait à présent comme une plume et l'installa confortablement dans l'habitacle du véhicule. Elle ouvrit la bouche, mais n'arriva pas à prononcer un seul mot. John la regarda et lui murmura à l'oreille :

— Ne dites surtout rien, Miss Allen ! Tout le plaisir est pour moi... encore une fois...

Hattie resta muette, alors qu'il s'installait à son tour en face d'elle. Il regarda avec émerveillement la couleur émeraude, si brillante, de ses yeux en forme d'amandes, tout en constatant la jolie couleur rouge que ses joues avaient conservée à la suite du contact de leurs corps. D'ailleurs, ce contact subjuguant leur avait imposé un trouble, lequel ne se dissipa guère alors même que la voiture s'ébranlait doucement. Celle-ci était assez spacieuse pour quatre personnes et aucun bagage n'encombrait l'habitacle. Aussi, Hattie se contraria lorsqu'elle s'en aperçut. Ce fiacre était luxueux et le prix de celui-ci, même pour moitié, risquait d'entamer considérablement leurs économies. John soucieux en voyant son visage se transformer se risqua à lui parler.

— Quelle chose ne va pas, Miss Allen ?

— *Oui, rien ne va !* se dit-elle dans sa tête avant de se reprendre, les lèvres tremblotantes. Non, tout va bien…, Monsieur.

— Hattie ? interrogea Julia. Es-tu sûre que tout va bien ? lui demanda sa sœur.

Puis elle se tourna vers Lee auquel elle chuchota cette petite phrase :

— Je dois dire que je n'ai jamais vu ma sœur, si nerveuse, lui dit-elle en mettant sa main près de sa bouche comme pour donner un côté secret à ses paroles.

— Oh ! alors vous êtes sœur ! s'exclama Lee en fixant Julia.

— Oui ! Nous sommes sœurs ! lui répondit-elle avec un petit sourire mutin.

— Hattie, répéta John à voix basse, le regard brillant vers l'intéressée.

La volupté qu'il mit à prononcer son prénom la troubla de nouveau. Du coup, la contrariété l'habitant quelques minutes auparavant disparut comme par enchantement. Elle fixa John du regard, hypnotisée par celui-ci. Il était tellement beau et dégageait un tel magnétisme, qu'il l'attirait tel un papillon vers la lumière. John la fixa également sans mot dire, alors que Lee et Julia conversaient ensemble, sans se rendre compte de l'atmosphère qui s'était chargée d'émotions plus intenses à leur côté. Hattie ferma les yeux. Elle ne les rouvrit qu'au bout de plusieurs longues secondes. John la regardait toujours avec autant d'envie. Elle ressentait cette attirance qu'il avait pour elle, car elle avait la même pour lui. Pourtant, il ne le fallait pas ! Si elle avait la bêtise de tomber amoureuse maintenant, comment ferait-elle pour s'en sortir ? Du haut de ces vingt-deux ans, elle était bien plus mûre que la plupart des jeunes femmes de son âge et son attitude suggérait à ceux posant les yeux sur elle qu'elle était dotée d'une assurance inébranlable.

Cette particularité n'étant plus avérée depuis qu'elle avait rencontré John Crawford…

Mais son allure restait parfaite avec ses cheveux châtain miel, tirés dans un chignon sérieux, amenant une couleur chaude à son visage de porcelaine. Et ses lèvres vermeilles donnaient l'impression d'avoir été peintes. Quant à son corps, la nature l'avait dotée de formes généreuses la faisant paraître quelques années de plus. Malgré tout, elle n'était jamais tombée amoureuse et aucun homme n'avait encore *posé* la main sur elle. Encore que, juste avant d'embarquer sur le RMS Mauretania, un voisin prénommé Gabriel, lequel se présumant être son cousin éloigné — bien que son oncle lui avait toujours assuré que ce n'était qu'un gros mensonge — ait réussi à lui donner un baiser chaste la prenant, là, au dépourvu.

Gabriel était bien plus âgé qu'elle et avait toujours été attiré par elle comme la plupart des hommes de son entourage. Néanmoins, ce baiser n'avait pas été réciproque. Et bien que c'eût été la première fois qu'elle fut embrassée, ce contact n'avait rien déclenché chez elle de plaisant alors que le premier frôlement de la main de John n'avait été qu'un tourbillon de sensations incontrôlables. John continuait de la fixer et son regard dériva vers les lèvres de la jeune femme. Elle referma les yeux, le ventre habité par une multitude de papillons. John — alors même s'il savait que cette attitude n'était pas digne d'un gentleman — en profita pour continuer à explorer visuellement son corps. Lorsqu'elle ouvrit de nouveau les yeux, elle s'aperçut qu'il fixait sa poitrine. Surprise, elle se redressa tout en lui donnant un coup de pied sous sa chaussure. Seulement pour lui remettre les idées en place !

— Oh ! excusez-moi, Monsieur, lui dit-elle dans un faux mea-culpa.

Ce qui fit sourire John.

— Ce n'est rien, Miss Allen, lui répondit-il, en inclinant sa tête sur le côté tout en la fixant de son beau regard bleu.

Cette petite posture ne fit qu'accentuer le trouble envahissant déjà la jeune femme. John, amusé, ferma les yeux savourant les délicieuses images qu'il venait de capturer dans sa tête. Alors que Hattie, agitée — l'esprit rempli de pensées incontrôlables —, se mit à fixer la petite fenêtre. Elle regarda alors sans le voir, le paysage défilant au-dehors.

Presque deux heures s'étaient écoulées depuis que le

fiacre les transportait. Et, aussi confortable soit-il, Hattie demanda s'il était possible de s'arrêter dans une auberge pour se dégourdir les jambes et boire de l'eau fraîche. Leur arrêt fut bref, à peine une vingtaine de minutes. Toutefois, ils en firent plusieurs durant la journée. À la fin de celle-ci, ils trouvèrent sur la route une auberge agréable pour la nuit. Les jeunes femmes leur précisèrent qu'elles ne souhaitaient pas dîner, surtout après que Hattie ait lu brièvement la carte de l'établissement accrochée à l'entrée. Leurs moyens ne leur permettaient pas de s'octroyer un repas d'une telle qualité et d'un tel prix. Aussi, leur souhaitèrent-elles bonne nuit avant de monter se coucher. Hattie convainquant discrètement sa sœur avec cet aphorisme : *Qui dort dîne.*

Dès l'aube, Hattie, réveillée par la faim, était descendue au comptoir et avait demandé à l'aubergiste, sa note. Celui-ci lui avait répondu qu'elle avait déjà été réglée la veille par Mr. Crawford et que leurs petits déjeuners leur seraient servis dans la petite salle, à l'heure qui leur conviendrait. Furieuse, elle remonta à l'étage et s'arrêta devant la porte de John. Elle s'apprêtait à cogner sur celle-ci lorsqu'elle hésita. Indécise, elle fit quelques pas dans le couloir avant de venir se repositionner devant ladite porte. Décidée, elle releva sa main en vue de cogner sur celle-ci. Au même moment, elle entendit un petit bruit métallique avant de voir la poignée se tourner. Surprise, elle suspendit son geste et recula de deux pas. Alors, elle vit John sortir de la chambre. Elle fit comme si de rien n'était alors que ses joues, la brûlant, trahissaient son état.

— Mince ! se dit-elle. Tant pis, je vais lui dire quand même ce que je pense de sa façon de faire…

Néanmoins, elle fut prise de court.

— Bonjour, Miss Allen. Avez-vous bien dormi ? lui demanda-t-il avec un agréable sourire.

Il était rasé de près et sentait bon la savonnette, et une autre odeur qu'elle n'arrivait pas, depuis le début de leur rencontre, à en saisir les fragrances. Sa voix était douce et chaude l'enveloppant tel un énorme édredon de soie rempli d'un duvet moelleux, lui faisant perdre instantanément ses moyens.

— Oui, Monsieur, bredouilla-t-elle comme une jeune fille.

— Puis-je avoir le plaisir de vous accompagner, Miss Allen ? Je descendais, moi aussi, prendre mon petit déjeuner, lui dit-il en lui offrant son bras.

— Oui, Monsieur, s'entendit-elle lui répondre, de nouveau, confuse dans son raisonnement.

Mais que lui arrivait-il ? Elle n'avait jamais été aussi désemparée de sa vie et qui plus est, par un homme. Un homme peu commun aux autres, elle devait se l'avouer ! Pourtant, aucune personne de son entourage ne lui faisait faire ce qu'elle ne voulait pas faire. Elle avait beau être douce et généreuse, son caractère ne se laissait pas discipliner aussi facilement. Cependant, cet homme avait un pouvoir mystérieux sur elle, ce qui l'inquiétait quelque peu. Lee les rejoignit, suivi de près par Julia. Le petit déjeuner se déroula agréablement sans que Hattie compromette celui-ci par son mécontentement. Toutefois, lorsqu'elle se retrouva à l'écart de sa sœur et de Lee, elle apostropha John.

— Mr. Crawford ! Je vous remercie d'avoir pris soin de régler notre note. Toutefois, j'insiste pour vous rembourser. Dites-m'en le prix ! lui demanda-t-elle, le visage rempli d'émotions.

— Je vous en prie, Miss Allen ! Laissez-moi ce plaisir. Je me verrais insulté d'une telle demande si vous persistiez, lui répondit-il en portant à ses lèvres, la main de la jeune femme.

Sans attendre une quelconque répartie, il tourna les talons tout comme elle l'avait fait avec lui durant la traversée, la laissant seule dans sa contrariété. Il remonta rapidement la volée de marches avant qu'elle ne puisse dire un mot et c'est en souriant qu'il rentra dans sa chambre avant de s'éclaffer du visage de la jeune femme. Il avait passé la nuit à penser encore à elle et il s'était aperçu qu'il devait agir de la même façon qu'elle, s'il voulait la faire réagir. Sinon, miss Allen le fuirait encore et encore. Hattie était restée coite de ce qu'il venait de se passer devant elle. Il l'avait prise par surprise, une nouvelle fois encore !

— Gourde ! marmonna-t-elle. Tu n'es qu'une gourde ! se dit-elle en remontant dans sa chambre retrouver sa sœur.

Elles rangèrent leurs bagages avant de redescendre, toutes deux, rejoindre leurs compagnons de route. Hattie et Julia étaient fatiguées. Elles somnolèrent pratiquement toute la journée. Se coucher avec la faim au ventre n'avait pas été une si bonne idée et cette sottise les avait empêchées de dormir d'un sommeil réparateur. La journée s'écoula donc rapidement, et ils firent une nouvelle et dernière halte pour la nuit — l'arrivée à Londres étant prévue pour le lendemain en fin de matinée. Hattie avait insisté, à nouveau, pour ne pas dîner. Si bien qu'elle se réveilla encore plus tôt que la veille.

L'aube pointant à peine le bout de son nez…

Elle descendit la première, afin de ne pas se faire surprendre par John, lequel prenait un malin plaisir, songea-t-elle, à *les* entretenir. Lorsque l'aubergiste lui présenta la note, elle eut un moment d'absence. Et lorsque son cerveau déchiffra le montant qu'il y avait d'inscrit dessus, elle sentit son sang refluer d'un seul coup de son visage.

— Mon Dieu ! Mais je n'ai pas assez d'argent pour régler une telle note, pensa-t-elle.

John s'était levé lui aussi à l'aube puisque, tout comme Hattie, il n'avait pu fermer l'œil. Néanmoins, la cause en était tout autre. Il pensait tellement à la jeune femme que cela le privait de sommeil. Aussi, arriva-t-il sans bruit derrière elle. Discrètement, il fit signe à l'aubergiste que la note était pour lui. Le patron récupéra le petit papier toujours posé sur son comptoir et pour lequel Hattie — blanche comme un linge — n'avait pas réussi à en détacher ses yeux. Elle releva la tête lorsque l'aubergiste froissa la note et la jeta dans une panière posée sur le sol. C'est à ce moment-là, même, qu'elle ressentit une présence derrière elle. Le rouge lui remonta aux joues et sa tête se mit à vaciller. Elle se retourna pour se retrouver nez à nez avec l'être de ses rêves. Enfin là, c'était plutôt l'être de tous ses tourments !

— Monsieur ! Que manigancez-vous encore ? lui demanda-t-elle.

— Bonjour, Miss Allen, lui dit-il à la place de répondre à sa question tout en portant à ses lèvres, la main gracile de la jeune femme.

— Bonjour ! Mais qu'a-t-il de bon, ce jour ? s'exclama-t-elle en retirant vivement sa main. Je me sens humiliée par votre attitude, Monsieur ! continua-t-elle de s'écrier en avançant vers lui.

Puis, son orgueil lui fit rajouter ceci alors qu'elle n'en pensait pas un mot :

— Quelle faveur croyiez-vous attendre de notre part, Mr. Crawford ?

John fut surpris et ne s'attendit pas du tout à une telle exclamation. Sa tante leur avait appris à Lee et à lui — lorsqu'ils étaient encore que des mioches — qu'il fallait toujours respecter et protéger le sexe féminin. Il avait pensé que le fait de régler la note était une façon honorable et respectueuse envers ces jeunes femmes et, à aucun moment, il n'avait pu imaginer les offenser en agissant de la sorte. Dès les premières minutes sur les quais de Liverpool lorsqu'ils s'étaient mis d'accord pour prendre un fiacre à la place d'un véhicule à moteur, il avait tout de suite compris les moyens limités des deux jeunes femmes.

— Miss Allen ! Je crois que vous vous méprenez sur mon attitude. Je n'ai absolument pas voulu vous vexer et vous gêner. Si vous y tenez tant que cela, Miss Allen, j'acquiesce à votre demande, bien entendu.

— Merci, lui répondit-elle en ressentant un fort étourdissement avant que sa vision ne se trouble violemment.

Elle sentit, alors, le sol se dérober sous ses pieds et des bras puissants la retenir avant qu'elle ne touche le sol. Cependant, elle était inconsciente et le resta lorsque John la porta jusqu'à une banquette. Il s'y installa avec la jeune femme toujours au creux de ses bras. Il demanda un verre d'eau, des sels et une serviette humide. Lorsqu'elle reprit connaissance au bout de plusieurs minutes, il la maintenait toujours contre lui, lui épongeant délicatement le visage avec le tissu humidifié. Elle aurait voulu lui parler, cependant elle ne put articuler un seul mot. Des sensations lui parcoururent tout le corps alors que John la fixait de son regard bleu si brillant. Au bout de plusieurs longues secondes, toujours installée confortablement au creux des bras de John dont le regard n'arrivait pas à se détacher du sien et par lequel elle se sentait aussi hypnotisée que lui, elle l'entendit murmurer :

— Miss Allen… Pardonnez-moi pour ce que je m'apprête à faire…

Il termina sa phrase en déposant ses lèvres sur les siennes sans qu'elle puisse dire un seul mot. Aussi, lorsqu'elle sentit qu'il prenait possession de sa bouche, elle répondit à son baiser avec plus d'ardeurs que ce dernier ne s'y était attendu. Il resserra son étreinte et elle laissa échapper un petit grognement de plaisir qui ne fit qu'enflammer le jeune homme. Leur échange fut tendre et passionné. Lorsqu'il releva la tête, elle le regarda tout étourdie d'un tel moment de félicité. En entendant des bruits de pas descendant l'escalier, elle se releva précipitamment en prenant soin, auparavant, de lui ôter vivement sa main qu'il avait innocemment, semblait-il, laissée vagabonder sur son sein. John rajusta sa veste légèrement froissée par le contact du corps de Hattie avant de se relever de la banquette, lui aussi.

— Ah ! Vous êtes déjà là ! s'exclama Lee.

Lee et Julia ne s'aperçurent de rien ; ni du malaise frappant la jeune femme quelques minutes plus tôt ni du baiser venant d'avoir lieu. Sans attendre une quelconque réponse, Lee poursuivit.

— Julia me racontait que vous étiez une excellente créatrice de vêtement, Miss Allen.

Les trois jeunes gens regardèrent en même temps Hattie, laquelle avait ses lèvres encore gorgées du baiser qu'elle venait d'échanger avec John. Elle ne put articuler un seul mot, toujours troublée par ce qu'il venait de lui arriver. John, quant à lui, avait aussi une rougeur inhabituelle sur les joues. Il réussit, néanmoins, à répondre à l'exclamation de son ami.

— Je dois dire, Miss Allen, que cette robe vous va à ravir. Elle est… Elle est, comment dirais-je ? Surprenante ! lui dit-il en plongeant son regard dans le sien avant de fixer ses lèvres encore brûlantes de leur secret.

Hattie comprit tout de suite qu'il ne parlait pas de la robe, mais d'elle. Elle rougit encore plus, si tant est que cela lui soit possible. Gênée, elle baissa les yeux avant que John n'attrape sa main et ne la dépose sur son bras.

— Allons prendre notre petit déjeuner, lui proposa-t-il avec un merveilleux sourire.

Durant le reste du trajet, John et Hattie, envoûtés l'un par l'autre, n'échangèrent que peu de mots. Pourtant, ils ne se quittèrent pratiquement pas du regard…

Chapitre 3

De Dures Séparations

Londres, Centre-ville, Lundi 27 novembre 1911

Bien que plus tard que prévu, ce fût en début d'après-midi qu'ils arrivassent à Londres. Lorsque les jeunes femmes se retrouvèrent sur le bas-côté — attendant que John et Lee déchargent tous leurs bagages —, elles remarquèrent tout d'abord les commerces élégants se disputant les grandes artères ainsi que le bruit assourdissant qui se faisait entendre. Les rues grouillaient de passants et l'air était chargé d'une multitude d'odeurs. Julia, angoissée par toutes ces nouveautés, se jeta dans les bras de sa grande sœur, les larmes aux yeux. Plus rien n'allait pour elle tout à coup. L'idée d'être séparée de sa sœur dans la prochaine heure la terrorisait. L'inquiétude de la jeune femme n'échappa pas à Lee. Une fois les bagages déposés au sol, il s'approcha des deux sœurs tandis que John réglait discrètement la note du trajet sans en faire part à Hattie.

— Julia, est-ce que quelque chose ne va pas ? demanda-t-il doucement.

La jeune femme le surprit en relâchant sa sœur et en attrapant ses mains dans les siennes.

— J'ai si peur, Seigneur ! Qu'allons-nous devenir ?

sanglota-t-elle.

Il lui caressa la joue et lui replaça une mèche derrière l'oreille, échappée de son chignon. Hattie se trouva désemparée. Elle était terrorisée autant que sa sœur, mais ne voulut pas le montrer.

— Julia, lui dit-elle doucement, je t'ai dit de ne pas t'inquiéter que tout se passerait bien. Tu verras, ma Julia, tout se passera bien, fais-moi confiance. Je t'en prie…

Puis elle attrapa sa sœur par les épaules et la récupéra de nouveau entre ses bras. Elle lui embrassa le front et essuya ses larmes délicatement avec ses pouces.

— Sois courageuse, lui murmura-t-elle dans les cheveux en l'embrassant de nouveau.

Lee lui tendit son mouchoir d'un blanc immaculé — portant ses initiales brodées d'un bleu profond — avec lequel Julia s'essuya les yeux avant de le porter à son nez pour en humer la délicieuse odeur l'imprégnant. Quant à John, il regardait Hattie avec admiration. Il sentait qu'elle avait envie de pleurer comme sa sœur. Pourtant, elle se retenait.

Trop fière, sans doute, pour laisser entrevoir sa peur et ses angoisses…

— Mesdemoiselles, pourrions-nous vous accompagner à votre lieu de résidence ? proposa Lee.

— Non ! Ce ne sera pas nécessaire, Messieurs. Nous ne devrions pas nous trouver trop loin de notre destination, lui répondit Hattie avant que sa sœur ne prenne la parole.

Les deux jeunes hommes se regardèrent et avant que l'un d'eux n'insiste pour les escorter, Hattie rajouta :

— Messieurs, nous vous remercions pour tout ce que

vous avez fait pour nous. Toutefois, nous allons devoir prendre congé de vous. Maintenant ! précisa-t-elle à l'intention de Julia qui fixait toujours Lee.

— Mesdemoiselles ! Le plaisir du voyage n'en a été que plus agréable à vos côtés, répondit Lee, le regard toujours accroché à celui de Julia.

— Absolument ! répondit John en fixant Hattie.

— Merci pour tout, lui répondit cette dernière, toujours hypnotisée par son regard bleu. Pour ce voyage quelque peu… surprenant, ajouta-t-elle avec un incroyable sourire malgré son regard toujours voilé d'une tristesse.

John fut submergé par une exquise douleur. Hattie lui rendait la monnaie de sa pièce. Il s'avança alors vers elle.

— Nous sommes donc quittes, lui murmura-t-il discrètement à l'oreille dans un souffle chaud continuant de troubler Hattie, alors qu'il se replaçait devant elle.

Elle étouffa un rire et il prit sa main dans la sienne, afin d'y déposer un tendre baiser. Lee en fit autant avec Julia et les deux sœurs se mirent à rougir dévoilant, là, les sentiments que leur inspiraient ces deux gentlemen.

— Je pense que mon ami se joindra à moi pour vous assurer que nous aurons toujours un grand plaisir à vous revoir, fit Lee.

John acquiesça sans réserve à l'exclamation de son ami.

— Sans vouloir vous paraître impolis, Mesdemoiselles, pourriez-vous nous dire où nous pourrions vous retrouver ? demanda Lee avec un charmant sourire.

— Je ne crois pas que cette information soit bien

raisonnable à vous faire connaître, répondit Hattie en fixant du regard sa jeune sœur. Cependant, nous sommes dans la même ville, alors… il est fort probable que nos chemins se croisent à nouveau !

Les joues toujours rougies par de nouvelles émotions envahissantes, Hattie s'approcha de John, avec audace, et lui murmura quelques mots à l'oreille. Elle lui lança un dernier regard et recula avant d'attraper le bras de sa jeune sœur. Avec des regrets silencieux, elles quittèrent ces deux superbes chevaliers. Chargées toutes deux de leurs bagages, elles prirent la direction de Regent Street, là où se trouvait la résidence Grant qui serait, pour un temps, celle de Julia. Les deux hommes les suivirent du regard jusqu'à ce qu'elles disparaissent au détour d'une rue. Lee questionna alors John.

— Peux-tu me dire ce que *miss Hattie* t'a murmuré à l'oreille, mon ami ? Tu semblais fortement apprécier ses paroles. Vu ta tête ! ajouta-t-il en lui faisant un clin d'œil.

— Elle m'a tout simplement confirmé qu'elle ne nous dirait pas où nous pourrions les retrouver. Néanmoins, elle m'a assuré qu'elle me rembourserait le prix du fiacre jusqu'à la dernière livre dès qu'elle le pourrait. Ce que j'ai accepté tout de suite ! Cela me permettra de la revoir, n'est-ce pas ? lui répondit-il avec un clin d'œil lui aussi.

— Charmant ! Parfait et charmant ! Je vais pouvoir revoir ma douce ! s'exclama Lee, lequel, par sa voix forte et agréable, fit sourire plusieurs passantes marchant sur le même trottoir qu'eux.

Lorsque les jeunes femmes se postèrent face à la résidence Grant, juste au-devant de la clôture et son portail en fer forgé représentant du lierre, elles poussèrent en chœur un petit soupir d'admiration tant l'ensemble était fort beau. Et bien que l'on ne distingue de la rue qu'une partie du jardin, on pouvait se douter, malgré la fin de l'automne, de la conquête du printemps qui y avait eu lieu. On imaginait facilement la magnificence des fleurs l'embellissant les mois précédents. Les deux sœurs franchirent la porte d'entrée en ne perdant pas une seule seconde leurs sourires. Lady Grant, la maîtresse de maison, les reçut avec gentillesse et demanda en cuisine qu'on leur offre une collation dans la salle des domestiques. En attendant, elle leur présenta ses deux plus jeunes enfants, Jason et Simon — des jumeaux tout juste âgés de six ans — pour lesquels Julia avait été embauchée comme gouvernante pour au moins les trois prochaines années. Et d'emblée, elle poursuivit en leur annonçant qu'elle quittait Londres, dès le lendemain, pour un voyage de plusieurs semaines à Bath. Elle informa les deux sœurs, qu'elle et sa fille avaient prévu de se rendre chez une connaissance de longues dates pour y passer les mois d'hiver — bien plus agréables qu'à Londres. Vivian, sa fille âgée de vingt-trois ans, devait l'accompagner. Les deux sœurs n'auraient donc pas le plaisir de rencontrer celle-ci avant son départ puisqu'elle passait la soirée chez une amie. Lady Grant ajouta qu'elle ne souhaitait pas emmener les jumeaux. Il n'y aurait que des femmes là-bas et les deux garçons ne pourraient que les gêner dans leur séjour. Elle poursuivait ses explications lorsque miss Elliot, la préceptrice des enfants, arriva. Lady Grant laissa les sœurs Allen continuer de discuter avec cette dernière et retourna finir sa correspondance qu'elle avait délaissée lorsqu'elle avait dû accueillir, elle-même, les deux jeunes femmes — son majordome étant souffrant.

Miss Elliot — laquelle était une pipelette — apprit entre autres choses aux deux sœurs que les Grant étaient des aristocrates fort honorables, gentils et justes. Hattie se sentit rassurée par toutes ces informations et c'est l'esprit moins soucieux qu'elle quittât sa jeune sœur.

Il était presque cinq heures lorsqu'elle arriva devant la somptueuse boutique de Mrs. D'Arcy, située sur Baker Street. Alors qu'elle franchissait la porte — chichement décorée d'arabesques dorées —, une clochette tinta, prévenant par là Mrs. D'Arcy de son arrivée. Cette dernière releva la tête qu'elle tenait entre ses mains. Hattie aperçut tout de suite les yeux rougis de la propriétaire des lieux.

— Je suis désolée, Madame. Je ne peux prendre de nouvelles commandes, lui annonça sa future patronne.

— Oh ! Mrs. D'Arcy ! Je ne suis pas une cliente, je suis Hattie Allen, votre nouvelle employée ! s'exclama avec enthousiasme la jeune femme.

— Oh ! alors vous m'en voyez navrée, mon petit…
Puis elle se mit à sangloter fortement.

— Madame ? Y a-t-il une chose que je peux faire ? lui demanda Hattie, prise au dépourvu.

— Non, Mademoiselle. Et je ne vais pas pouvoir vous embaucher comme je l'avais promis à votre oncle. J'ai reçu ce matin une missive m'annonçant la mauvaise santé de ma mère. Je dois me rendre dans le Westmorland. Au plus tôt ! lui répondit Mrs. D'Arcy complètement désemparée.

— Je comprends, lui répondit Hattie, soudain prête à

pleurer elle aussi.

— Vous pourrez rester ici cette nuit, si vous le voulez. Cependant, je dois partir demain par la malle-poste de dix heures.

Mrs. D'Arcy essuya alors ses yeux avant de rajouter dans le vide :

— Mon Dieu ! C'est si loin le nord du pays... Pourvu que j'arrive à temps...

Envahie d'une forte angoisse, Hattie s'approcha néanmoins d'elle. Elle se saisit de ses mains dans les siennes.

— Je suis désolée, Mrs. D'Arcy, réussit-elle à lui dire malgré une boule qui s'était formée dans sa gorge — rendant celle-ci douloureuse.

— Je suis navrée, Melle Allen, lui répondit Mrs. D'Arcy, à son geste de sollicitude.

— Non, je comprends, Madame, je comprends.

Après quelques minutes dans le silence, Mrs. D'Arcy se ressaisit quelque peu. Elle montra à Hattie la chambre à l'étage et redescendit derrière son comptoir afin de relire cette mauvaise nouvelle qu'elle avait reçue. Hattie comprenait la douleur et les angoisses de Mrs. D'Arcy. Elle-même avait perdu sa mère et rien depuis n'avait pu la remplacer. Rien, non plus, pour ôter cette douleur toujours présente malgré les années passées. Après quelques minutes, elle se força à sortir de ses tristes pensées et regarda autour d'elle. Elle trouva parfaite et fort agréable la chambre, dans laquelle elle aurait dû vivre durant les prochaines années. Une petite fenêtre donnait sur la rue et un halo de lumière pénétrait dans la pièce par une lucarne installée dans le toit. C'était la première fois que la jeune femme voyait une telle chose. Ce système lui permettait de distinguer le ciel et ses nuages passants poussés par le vent. Et les tissus, utilisés pour la décoration de la chambre, avaient été choisis avec goût. La beauté de la pièce donna encore plus de regrets à Hattie. Elle aurait tellement aimé travailler avec Mrs. D'Arcy. Une heure entière s'était écoulée lorsque cette dernière lui demanda si elle voulait se joindre à elle pour le dîner. Elles passèrent la soirée à discuter. Mrs. D'Arcy, après avoir appris certaines informations, conseilla à Hattie de se rendre à la boutique du seul fourreur se trouvant presque à la sortie sud de la ville, et ce, afin de s'y faire engager. Elle lui remit un petit mot pour son futur employeur et lui assura que dès qu'elle rentrerait de son voyage, elle la *re*prendrait aussitôt à son service dans sa boutique. Néanmoins, elle ne put lui confirmer une date.

« Deux mois ou plus ! » lui avait-elle dit, mais en réalité, elle n'en savait absolument rien…

John et Lee, de leur côté, avaient réservé les deux meilleures suites du St James Palace, un hôtel outrageusement luxueux situé sur Marlborough Road. Ils avaient prévu d'acquérir un domaine. Cependant, ils souhaitaient voir comment la vie était à Londres avant de se décider à s'y installer durablement. Et cet hôtel, l'un des plus réputés de Londres, leur permettra de prendre aisément leurs temps. Oui, quoi de mieux que le luxe, pour patienter ! Aussi, l'arrivée de ces deux jeunes hommes en ville ne passa pas inaperçue. Toutes mères, ayant une fille bonne à marier, avaient demandé à leurs époux de se saisir rapidement de leurs plumes, afin d'inviter ces richissimes gentlemen dans leur maison.

Hattie s'était présentée, comme prévu, chez Mr. Eslond. Le jour du départ de Mrs. D'Arcy, elle avait quitté elle aussi Baker Street avec en poche la lettre de recommandation de cette dernière, et ce, afin de se rendre chez ce fourreur renommé situé à Brent. Cette lettre aurait pu être décisive dans son embauche immédiate, mais non ! Alors que Mr. Eslond était admiratif de son hermine de zibeline habillant ses fines épaules, elle lui expliqua qu'elle l'avait confectionnée elle-même. La beauté de l'ouvrage était telle, que le résultat avait suffi pour qu'il l'embauche sur le champ. Sur l'instant, une grande joie avait envahi le cœur de Hattie, avant qu'elle ne se remémore que la ville de Brent l'éloignait considérablement de sa sœur. Chose à laquelle elle n'avait pas pensé sur l'instant.

— *Tant pis, si je me trouve trop éloignée de la maison des Grant pour que je puisse rendre visite à ma sœur comme prévu !* se dit-elle silencieusement tandis que Mr. Eslond lui tendait la main pour valider leur accord. *L'urgence est un travail et un toit pour dormir !* continua-t-elle à songer.

Elle devait donc se résigner à ne pas revoir Julia pendant un certain temps car, pour le moment, elle n'avait guère d'autres choix. Mrs. D'Arcy avait été la seule couturière à rechercher une styliste. Les autres boutiques et ateliers de luxes étant déjà au grand complet. Mr. Eslond, habitant avec son épouse une petite maison à quelques pas de son magasin, offrit la possibilité à Hattie de dormir au-dessus de celui-ci. Il y avait une petite chambrée pas excessivement grande, mais étonnamment lumineuse. Aussi, Hattie s'en contenta-t-elle. Qui plus est, l'avantage d'être logée sur son lieu de travail lui évitera toute sortie d'argent supplémentaire !

Bien que la Saison des bals ne commence que l'année prochaine pour les jeunes prétendantes, les mères de ces dernières souhaitaient déjà poser leurs jalons sur John et Lee qu'elles voyaient comme de potentiels gendres. Cela faisait, tout au plus, quinze jours qu'ils étaient arrivés à Londres et déjà leurs petits plateaux d'argent débordaient de cartons d'invitations — que le réceptionniste remplissait quotidiennement. John et Lee avaient répondu positivement à plusieurs invitations sans tomber sur la perle qui leur ferait battre le cœur à foison. Il faut dire qu'ils n'avaient qu'en tête le souvenir de deux jolies sœurs, lesquelles, par ailleurs, ils n'avaient jamais revues.

Afin de faire fructifier leur argent, John et Lee avaient essayé de faire des affaires avec des personnalités des hautes sphères de la ville. Cependant, les jours passaient et rien ne se profilait à l'horizon. Ils s'étaient vite rendu compte que c'était lord Grant qui dictait les règles et que rien ne se faisait sans l'accord de ce dernier. Pratiquement aucun des hommes d'affaires dirigeant la ville n'avait souhaité s'engager avec eux. Ils leur répondaient pratiquement tous la même phrase : « Lord Grant est parti visiter son père dans le Kent pendant que sa femme se trouve à Bath avec sa fille. Attendons son retour et nous verrons bien ce qu'il décidera de faire. »

Chapitre 4

Bonne Année !

Londres, Centre-ville, quelques heures avant le Jour de l'An

Bien que John et Lee n'eussent pas eu encore l'occasion de rencontrer lord Grant et sa famille, ils avaient pu rencontrer beaucoup d'autres aristocrates avec lesquels ils avaient passé quelques marchés. Enfin, rien de bien transcendant pour des hommes d'affaires tels qu'eux ! Toutefois, tous ces contacts leur permirent d'être conviés à passer le jour de l'an dans la splendide demeure de sir Cosmo Edmund — cinquième baron des Duff Gordon et grand propriétaire terrien — et de son épouse, lady Lucy Duff Gordon — une styliste considérée et largement renommée dans l'aristocratie. Lorsque cette dernière leur fut présentée, John pensa qu'il aurait adoré présenter lui aussi ce soir-là à la baronne, une jeune femme qui n'était pas en manque d'un certain talent de création de vêtements. Il resongea à Hattie et à son remarquable regard de la couleur d'une émeraude. La jeune femme lui avait ravi son cœur, malheureusement, il ne l'avait pas revue depuis. Pourtant, ce n'était pas faute d'avoir essayé de la retrouver. Il s'était rendu avec Lee à la boutique de mode de Mrs. D'Arcy, car c'est là que John pensait retrouver Hattie. À la place, ils y avaient trouvé un mot suspendu sur la porte du magasin indiquant une longue fermeture sans aucune autre explication. Cette information peu utile avait plongé John dans une mélancolie et Lee dans le désespoir de retrouver sa douce Julia. Ils s'étaient dit tous les deux que s'ils retrouvaient une sœur, l'autre ne serait pas bien loin. Mais là, ils avaient fait chou blanc !

La soirée débuta agréablement. Comme ils avaient pu faire la connaissance de plusieurs membres de l'aristocratie au cours des semaines précédentes, les discussions allèrent bon train, et le baron ne dut leur présenter que quelques personnes qui leur étaient encore inconnues. Toutefois, certains invités étaient encore attendus. John et Lee se sentirent assez à l'aise avec les gens les entourant pour se trouver convaincus de s'installer durablement à Londres. Ils décidèrent que dès le courant du mois de janvier, ils se mettraient en recherche de domaines à acquérir.

Une horloge d'une grande finesse, posée sur un long meuble ciré, affichait tout juste dix heures du soir. C'est précisément à cette heure-là que lady Taylor et sa fille, lady Grace, firent leurs entrées. Elles étaient accompagnées par le père et le fils Barrow. Lord Barrow avait décliné l'invitation qu'il avait reçue de la part de la Baronne. Cependant, comme lady Taylor connaissait lady Duff Gordon, il avait accepté de s'y rendre au dernier moment avec ses invitées et son fils. Bien évidemment, leur arrivée ne passa pas inaperçue. Surtout lorsque Lee changea de couleur en voyant la bouche sévèrement pincée de sa tante lorsqu'elle l'obligea, malgré tout, à embrasser la main rigide qu'elle lui tendait. Grace les salua avec un merveilleux sourire alors que son fiancé daigna à peine les regarder dans les yeux. Cette attitude en disait long sur celui-ci ! Comme toutes les fois précédentes, ils ne purent réussir à s'adresser à Grace. Et cette fois-ci, ce fut à cause de Maximilien Frederick Barrow ! Il laissait peu de liberté à Grace et son arrogance à répondre à la place de celle-ci en devenait agaçante. Pourtant, tous les invités n'y voyaient là qu'un dévouement amoureux.

Mais, ils se fourvoyaient tous…

Grace étouffait et personne ne semblait vouloir la sauver, sauf Lee qui tenta de le faire. Cependant, c'était sans compter sur sa mégère de tante qui coupa court à la conversation qu'il venait à peine d'entamer avec sa cousine. Elle annonça haut et fort à toute l'assemblée, que sa fille, son fiancé et elle-même se verraient embarquer sur le voyage inaugural du RMS TITANIC qui aurait lieu en avril prochain. Le billet acheté par lord Barrow, pour une suite en première classe et offert en présent de Noël aux ladies Taylor, valait pas moins de trois mille cinq cents dollars. Il était bien plus onéreux que les billets qu'il leur avait offerts pour la traversée sur le RMS Mauretania. Il comprenait en sus trois domestiques à disposition pour toute la durée de la traversée. La mère de Grace l'avait accepté sans aucune gêne, car elle avait déjà offert sa propre fille en échange d'avantages, que Grace se rappela durement au moment où elle avait ouvert l'enveloppe contenant le billet.

Elle était le présent que lord Barrow avait acheté pour son fils…

Lord Barrow et lady Taylor s'étaient entendus pour que le mariage de leurs enfants ait lieu sur le sol qui les avait vus naître. En outre, la grande majorité des invités — pas moins de cinq cents — habitaient les États-Unis. Donc, cela fut une évidence que leur union a lieu là-bas. Le père de Maximilien Frederick avait prévu de rentrer avant eux en partant à la mi-janvier. Il avait encore des affaires urgentes à régler et son absence depuis le mois de novembre avait dû engendrer des piles de papiers, lesquels devaient depuis son départ, s'entasser sur son bureau. La comtesse de Rothes, laquelle était également invitée ce soir-là, informa tous les convives qu'elle avait, elle aussi, son billet pour le premier voyage du TITANIC. Au fil de la discussion, il s'avéra que plusieurs des invités avaient prévu d'être sur le même paquebot sans le savoir. Et ceux n'ayant pas encore leurs billets, annonçaient haut et fort qu'ils iraient au plus tôt en acquérir un ! Si bien qu'entre ceux déjà invités au mariage et ceux qui ne l'étaient pas, lord Barrow décida de convier tous les invités de cette soirée à être présents à ce grand évènement qui aurait lieu au mois de mai prochain. Seuls John et Lee déclinèrent l'invitation. Ils venaient d'arriver à Londres et ne souhaitaient pas en partir avant plusieurs mois, avaient-ils répondu pour justifier un tel refus.

Puis lord Barrow leva son verre en direction de sa future bru et de son fils. Ce dernier se rengorgea alors, de toute cette suffisance le caractérisant et tout en attrapant la main de Grace, il la força à se lever de son siège. Avant même qu'elle ne puisse ouvrir la bouche pour s'adresser à Lee avec lequel elle conversait quelques secondes plus tôt, il l'entraîna sur le grand sol de marbre — ressemblant à un damier — en vue de danser. Bien évidemment, sans omettre de jeter auparavant un regard arrogant à Lee, qu'il voyait là comme un rival. John agrippa le bras de son ami avant que celui-ci ne commette une regrettable erreur. Il se saisit d'un verre de champagne et le donna à Lee qui le but d'une traite. La soirée, si bien débutée, commençait à mal tourner pour les deux jeunes hommes. Lorsque la valse cessa, tous les convives applaudirent la performance du jeune couple. Maximilien et Grace retournèrent s'installer sur leurs places. Toutefois, Maximilien arrêta Grace dans son élan. Il alla s'asseoir sur le siège qu'elle occupait avant la danse. Lee, se sentant visé par son attitude, allait se relever de son fauteuil lorsque John posa à nouveau sa main sur son avant-bras, afin de l'arrêter. Au même moment, sir Duff Gordon annonça que les artificiers étaient parés à tirer le feu d'artifice dans le parc. Soit ! Lee devra prendre son mal en patience.

Après tout, il n'était pas encore minuit pour souhaiter une bonne année au fils Barrow…

Du côté de Hattie et de Julia, elles avaient décidé de passer la veille du Nouvel An ensemble. Quoiqu'elles n'eussent pas vraiment le choix ! Les parents Grant n'étant pas là, Julia avait dû passer la veille de Noël avec les jumeaux. Hattie avait prévenu sa sœur qu'elle travaillait chez le fourreur Eslond et non pas, comme prévu, chez Mrs. D'Arcy . Aussi, en cette veille de fêtes, elle avait rejoint sa sœur dans une petite auberge située à l'entrée est de la ville. Elles y passaient une soirée agréable à discuter de tout un tas de choses qu'elles avaient vécues, durant cette période où elles ne s'étaient pas revues.

— Oh ! Hattie ! Si tu savais comme les jumeaux sont des coquins ! Ils m'en font voir de toutes les couleurs, mais ils sont si attachants que je ne peux rester fâchée bien longtemps après eux. Et miss Elliot est si gentille avec moi ! Comme lady Grant et sa fille se trouvent à Bath, elle a eu l'autorisation de rester dans la résidence. Nous partageons la même chambre alors, cela nous a rapprochées considérablement.

— Je suis si contente que tu te plaises chez les Grant ! s'exclama Hattie.

— Tu me manques tant, Hattie !

— Toi aussi tu me manques, ma Julia !

Les deux sœurs s'étreignirent les mains avant que Julia n'interroge sa grande sœur.

— Et toi ? Comment se passent tes journées chez Mr. Eslond ?

— Eh bien dans la situation précaire où je me suis retrouvée, je dois dire que cela peut aller ! Sa femme est adorable et ils ont un petit bébé d'à peine trois mois. Alors, Mr. Eslond est dur en affaire. Il a une bouche de plus à nourrir et cela se ressent au niveau du magasin. Malgré tout, je ne dois pas me montrer ingrate ! Il m'a engagée alors que j'aurais pu me retrouver à la rue…

— Non, Hattie ! Je ne peux te laisser dire cela ! Tu as des mains en or et c'est pour ton travail délicat qu'il t'a embauchée. J'en suis sûre !

— Tu as sans doute raison, petite sœur ! Cependant, j'ai hâte que Mrs. D'Arcy revienne et me réemploie. Je préfère confectionner des vêtements au lieu de fabriquer des nappes de peaux à longueur de journée destinées aux stylistes…

À la fin du repas, Hattie offrit à Julia une toque ainsi qu'un manchon qu'elle avait confectionnés avec des morceaux de chutes de diverses peaux que Mr. Eslond lui avait autorisées à prendre. Le résultat était si surprenant que Mr. Eslond lui avait demandé d'en faire d'autres.

En l'espace d'une semaine, ils avaient vendu les sept manchons assortis à leurs toques et de nouvelles commandes avaient été passées par des gentlemen voyant, là, un cadeau original à offrir à leurs épouses ou bien à leurs maîtresses…

Tard dans la nuit, les deux sœurs se séparèrent à nouveau pour plusieurs semaines.

Chapitre 5

Lady Vivian

Londres, Centre-ville, Mois de mars 1912

Le mois de février était passé aussi vite que le mois de janvier. Lee et John s'étaient mis en recherche d'un domaine, mais sans succès. Ils n'avaient pas eu le coup de cœur attendu. Certes ! cela était sans nul doute à cause de ce manque d'enthousiasme qu'ils avaient de n'avoir pas retrouvé deux jolies jeunes femmes. Ils ne les avaient toujours pas revues et pensaient même qu'elles avaient peut-être quitté Londres. Ces pensées négatives n'arrangeant en rien leurs morals !

***

C'est une vérité indubitable que lorsque l'on veut paraître à son avantage lors d'une soirée, d'une sortie ou d'un bal, il n'existe rien de mieux que de se faire confectionner une nouvelle robe ! Eh bien, cette vérité se vérifiait tout simplement en se rendant chez Mrs. D'Arcy, car celle-ci avait employé la créatrice la plus habile pour ce faire : *Mademoiselle Hattie Allen !*

Mr. Eslond avait laissé partir à regret la jeune femme. Pourtant, Hattie ne lui avait pas caché depuis le début qu'elle travaillerait avec Mrs. D'Arcy, dès que celle-ci rouvrirait sa boutique. La mère de cette dernière avait rendu son dernier souffle, alors, Mrs. D'Arcy — une vieille fille âgée de plus de trente-cinq ans, après l'avoir pleurée seule — était rentrée tout simplement chez elle après plusieurs mois d'absence. Hattie avait présenté ses modèles à sa patronne et celle-ci avait été complètement subjuguée par de telles créations. Et lorsque la jeune femme lui confectionna une robe d'une originalité incroyable, Mrs. D'Arcy l'exposa immédiatement dans sa vitrine, s'attirant ainsi, toute la *gentry* féminine flânant devant son magasin. C'est ainsi qu'elles se retrouvèrent acculées de commandes. Néanmoins, Hattie travaillait vite et bien, et à elles deux, elles arrivèrent à satisfaire toutes les clientes passant le seuil du magasin.

Et chaque journée qui s'écoulait était donc, agréable…

Puis, la mi-mars arriva. Alors que Lee et John se promenaient dans le centre-ville de Londres, ils rencontrèrent, devant l'entrée d'un restaurant, sir Duff Gordon accompagné par lord Grant qu'ils ne connaissaient pas encore. Ce dernier venait de rentrer du Kent et reprenait contact avec toutes ses relations d'affaires afin de savoir ce qu'il avait manqué durant les mois d'hiver. Les présentations faites, John et Lee furent conviés à déjeuner avec les deux hommes. À la fin du repas et après un bon cigare, lord Grant convia les deux jeunes hommes à venir partager ce dimanche, après la messe dominicale, le repas familial.

Bien qu'une seule semaine se fût écoulée depuis que

lady Grant était rentrée chez elle après un voyage à Bath de plusieurs mois avec sa fille, qu'elle entendit déjà parler de cette nouvelle couturière venant des Amériques et qui — aux dires de ses proches amies — créait des robes comme on n'en avait jamais vu par ici. Et bien sûr ! rien n'était trop beau pour sa fille adorée, Vivian. Bien que celle-ci ait atteint l'âge de vingt-trois ans, elle n'avait toujours pas été demandée en mariage. Cependant, ses parents comptaient sur la prochaine Saison pour arriver à changer ce fait. Pourtant, Vivian était belle à croquer. Blonde, toujours joliment apprêtée dans des tenues de rêves, elle avait un visage délicat et un corps avec juste ce qu'il faut pour attirer l'œil. Malheureusement, la belle était peu aimable, dotée d'un caractère capricieux, d'une nature narcissique et le plus souvent désagréable, aussi bien avec ses connaissances qu'avec de parfaits inconnus ! Tout ceci ne se résumait qu'au fait que sa famille soit l'une des plus riches de Londres. Mais également parce que ses parents l'avaient élevée comme une enfant unique durant dix-sept ans, et n'avaient jamais su lui refuser quoi que ce soit. Et encore moins depuis la naissance de ses petits frères qui l'avait rendue verte de jalousie. Elle avait peu d'amies. Pas plus d'une à la fois, qu'elle choisissait fort jeune et surtout naïve afin de pouvoir la manipuler comme bon lui semble. Et évidemment, elle en changeait dès qu'elle sentait qu'elle ne la maîtrisait plus. Et elle agissait ainsi depuis son plus jeune âge ! Elle avait exercé son pouvoir de chef incontestée avec toutes les petites filles qu'elle rencontrait. Et ce, à cause de ses parents jeunes et admiratifs de son caractère qui l'avaient laissée faire tout ce qu'elle voulait durant toutes ces années, en ne pensant à aucun moment être dans l'erreur.

Aussi, aujourd'hui, se permettait-elle tout sans avoir aucune gêne à le faire…

Lady Grant appela sa fille afin de s'entretenir avec elle à propos de cette délicieuse nouvelle.

— Vivian !

— …

— Vivian ! s'écria-t-elle de nouveau. Ah ! Vous êtes là, mon enfant !

— Oui, maman !

— Ma fille, j'ai une bonne nouvelle à vous dire ! Je reviens de chez les Johnson où je prenais un thé avec la comtesse et d'autres amies. J'y ai appris qu'une nouvelle couturière venait d'arriver chez Mrs. D'Arcy et qu'elle faisait des miracles, paraît-il, avec les tissus.

— Et alors, ma chère maman ! Que dois-je en déduire ? lui demanda Vivian, soudain intéressée par la réponse de sa mère.

— Eh bien ! vous pourriez tout d'abord vous faire confectionner plusieurs robes de soirée et de salon, car nous allons énormément recevoir prochainement.

— Oh ! maman, que vous êtes bonne ! s'exclama Vivian en sautillant de joie.

— Je souhaiterais que vous paraissiez à votre avantage durant ces réceptions, poursuivit sa mère. Et prévoyez des robes de bal pour la nouvelle Saison. Bien que vous n'ayez besoin d'aucun artifice comme ces jeunes sottes ! Aussi, faites-vous plaisir ! s'exclama-t-elle, tout heureuse de voir sa fille lui sourire avec tant d'ardeurs.

— Et bien alors, maman, je pense que je vais m'y rendre dès que possible avec Sophie, lui répondit joyeusement Vivian.

— C'est parfait, ma fille ! Faites-le avant que la boutique de Mrs. D'Arcy soit envahie par ces mères et leurs jeunes péronnelles. Je m'assurerai, de toute façon, que votre commande vous soit livrée dans les temps ! lui rétorqua-t-elle, en déposant un baiser sur le front de sa fille.

Julia — se trouvant depuis le début de leur conversation dans la salle de jeux avec les jumeaux — se mit à sourire lorsqu'elle les entendit converser sur Hattie. Elle admirait tellement sa grande sœur et cet éloge était si bien mérité !

John et Lee venaient d'adhérer au White — un club fermé de l'aristocratie londonienne. Lord Grant les avait parrainés dès le lendemain de leur rencontre. Et puisqu'il dirigeait d'une poigne de fer la majorité des aristocrates qui l'entouraient, il lui fut facile d'y faire rentrer deux étrangers américains, en un rien de temps. Les jeunes hommes — ignorants que les votes avaient sûrement dû être achetés par lord Grant comme ce dernier avait l'habitude de faire dans toute affaire — s'étaient parfaitement bien entendus avec lui dès les premières minutes. Et ils avaient hâte de se retrouver à sa table ce dimanche, après la messe. Lord Grant avait informé sa femme de l'invitation à déjeuner qu'il avait faite auprès de deux gentlemen richissimes. Celle-ci, ravie, avait informé immédiatement sa fille de cette merveilleuse nouvelle.

Elle voyait là une opportunité de mariage à ne pas manquer…

Le dimanche arriva. John et Lee s'étaient rendus, ce

matin-là, à l'office religieux dans une petite chapelle éloignée du centre de Londres, afin de fuir toutes ces mères-marieuses. Ils n'avaient donc pas encore rencontré les autres membres de la famille Grant. Aux alentours de midi, John et Lee se présentèrent comme prévu chez ces derniers. Le majordome les débarrassa de leurs manteaux et de leurs chapeaux, puis les installa dans le petit salon vert. Toutefois, il n'avait pas échappé aux deux amis que le majordome n'aimait pas les Américains. Malgré un accueil poli, celui-ci avait été froid et hautain. Cependant, son attitude ne perturba en rien John et Lee, lesquels lui trouvèrent un air totalement ridicule. Deux minutes plus tard, le couple Grant arrivait pour les saluer. Ils discutaient tous les quatre depuis quelques minutes lorsque Vivian fit son entrée.

— Chers gentlemen ! Permettez-moi de vous présenter ma fille, Vivian ! s'exclama avec fierté le père de la jeune femme.

John et Lee regardèrent la beauté arrivant droit sur eux, dans une démarche temporisée. Elle s'inclina dans une révérence courtoise comblant de joie ses parents — certains de l'effet escompté de celle-ci sur les deux jeunes hommes. Ces derniers la saluèrent comme la bienséance le voulait avant de s'échanger un bref coup d'œil, sans plus de détails. Le repas se déroula agréablement, car les parents de la jeune femme étaient fort intéressants. Vivian aussi leur parut plaisante. Toutefois, John, sans savoir du reste pourquoi, resta envahi d'un mal-être la concernant. Lee, quant à lui, n'avait pas encore vraiment discuté avec elle. Il était positionné au côté de lord Grant et ne s'ennuyait pas une seule seconde des histoires que ce dernier lui racontait comme s'il les vivait à nouveau. Soudain, deux petites têtes blondes déboulèrent dans la salle à manger, poursuivies par une jeune femme tout essoufflée. Celle-ci s'excusa en passant, sans prendre la peine de voir qui se trouvait assis autour de la table. Lee reconnut instantanément Julia. Pourtant, il ne bougea pas — la bienséance interdisant à toute personne de se lever sans prétexte. John, quant à lui, n'aurait pas pu la reconnaître puisqu'il était assis en face de Lee et n'avait donc pas bénéficié du même angle de vue que son ami. Il remarqua que Lee avait soudain un drôle d'air, mais comme ce dernier n'ouvrit pas la bouche pour manifester quoi que ce soit, John n'en tint pas compte. Lady Grant s'excusa de cette animation en informant les jeunes hommes que leurs jumeaux en faisaient voir de toutes les couleurs à leur gouvernante. C'était une jeune femme douce et agréable à laquelle les enfants s'étaient déjà fortement attachés. En outre, malgré toutes les taquineries qu'ils lui faisaient, elle restait aimante et attentionnée des deux garçonnets. Lee se troubla et sentit dans son corps, tout un tas de sensations d'entendre parler ainsi de Julia. John ne fit pas le rapprochement et Vivian reprit le fil de sa conversation qu'elle avait avec lui. Au bout de plusieurs minutes, impatient, Lee demanda où se trouvaient les toilettes. Il s'excusa et sortit de table. Alors qu'il arrivait dans un couloir d'une blancheur immaculée, il entendit la voix de Julia tintant agréablement dans une petite mélodie qu'elle fredonnait aux jumeaux. Il resta silencieux quelques minutes, à savourer la plaisante tonalité. Puis, Julia sortit de la salle de jeux en vue de se diriger vers les cuisines. Elle voulait prévenir la cuisinière que les enfants étaient enfin calmés et fins prêts à déguster leurs desserts. Elle tomba nez à nez avec Lee et, avec une joie immense, elle se jeta dans ses bras. Lee lui fit signe de ne pas faire de bruit avant de déposer un tendre baiser sur les lèvres de la jeune femme. Ce qui la fit rougir fortement.

— Oh ! Lee ! Mais que faites-vous ici ? lui demanda-t-elle avec un merveilleux sourire, les joues toujours rougies.

— Chut, Miss Julia ! lui murmura-t-il. Je suis invité avec John au repas familial des Grant.

Puis il plongea son regard dans celui de la jeune femme, laquelle ne savait quoi lui répondre.

— Je crois rêver…, lui dit-il sans terminer sa phrase en attrapant en coupe, entre ses mains, le visage de la jeune femme.

Toujours sans un mot, elle déposa doucement ses mains sur celles de Lee.

— Julia, serait-il possible de vous voir ? À l'extérieur, bien entendu ! ajouta-t-il.

— Bien sûr ! Mais avec le retour de lady Grant, je ne connais pas encore mon nouveau jour de congé. Dites-moi où vous êtes et je vous ferais prévenir…

Julia avait les yeux qui brillaient autant que ceux de Lee.

— Je suis au Saint-James Palace, sur Marlborough Road dans la suite vingt-sept.

Puis il lui donna, à nouveau, un baiser bref avant de s'éclipser et de retourner à la table de ses hôtes. Lorsqu'il se rassit, John — surpris par la couleur rose que les joues de son ami avaient prise — lui posa d'un regard, une question silencieuse. Lee lui répondit d'un regard rieur avant de reprendre sa conversation avec lord Grant comme si de rien n'était. La fin du repas arriva et les deux jeunes hommes furent invités à prendre un brandy dans le bureau de leur hôte. John proposa à ce dernier un cigare à la violette dont il avait toujours une petite quantité sur lui. Celui-ci l'accepta avec joie. Les trois hommes fumèrent tranquillement en parlant d'affaires.

Quant à Vivian, elle était montée dans sa chambre accompagnée de sa mère. Tellement excitées d'une telle rencontre, toutes deux parlaient presque en même temps !

— Oh ! maman ! Comme Mr. Crawford est élégant et si beau ! Son ami l'est aussi, mais je dois dire que je préfère Mr. Crawford. Il est blond comme moi ! Je crois que nous irons assez bien ensemble, n'est-ce pas maman !

— Oui, ma fille ! Je suis bien d'accord avec vous, il est parfait ! s'exclama lady Grant.

— Je crois bien avoir jeté mon dévolu sur lui. Et lui aussi, maman ! Qu'en dites-vous ?

— Oui, c'est certain ! Vous êtes belle comme un cœur et je crois bien que vous lui plaisez, vous aussi. Et même si l'argent n'a rien à voir là-dedans, j'ai appris par la comtesse qu'ils étaient, tous deux, riches comme Crésus ! ajouta sa mère.

— Oh ! maman ! Croyez-vous que papa pourra m'aider dans cette alliance ? Je vous en prie, dites-moi que cela est possible ! insista Vivian, comme si elle souhaitait à tout prix un jouet, comme une petite fille gâtée.

Ce qu'elle était bien en vérité !

De retour dans le salon, John et Lee remercièrent leurs hôtes avant de prendre congé d'eux. Ils avaient fait à peine quelques pas dans la rue que John soupira fortement en s'exclamant :

— Mon Dieu ! Elle est aussi belle que détestable !

— Heureusement que ses parents sont agréables, alors ! Je les ai trouvés charmants ! Et toi, qu'en as-tu pensé ? demanda Lee.

— Je dois dire que je les ai trouvés fort agréables, moi aussi. Par ailleurs, pourrais-tu m'expliquer ce rouge aux joues qui n'a pas cessé de te saillir durant tout le repas ? lui demanda John, les sourcils relevés.

— Tu ne me croiras pas même lorsque je te l'aurais dit !

— Essaye un peu pour voir !

— J'ai embrassé Julia ! s'exclama Lee.

— Julia ? Julia Allen !

— Oui ! Ma Julia ! s'écria Lee.

— Et peux-tu me dire quand tu as pu l'embrasser alors que nous étions enfermés chez nos hôtes, petit futé ?

— Eh bien ! tu te souviens des deux garnements qui ont traversé la salle à manger et qui étaient poursuivis par une jeune femme…

— Julia ! s'écria John.

— Oui, Julia ! Et lorsque je me suis absenté, ce n'était que pour la retrouver.

— Chose, a priori, que tu as réussi à faire, me semble-t-il ? s'esclaffa John.

— Oui ! Et tu ne peux imaginer comment elle a accepté mes deux baisers, lui répondit-il le regard rêveur.

— Deux baisers ! Espèce de veinard ! lui répondit John, tout en lui assenant une tape amicale sur l'épaule.

Lui n'avait pas cessé de penser à Hattie et en rêvait toutes les nuits depuis cet incroyable baiser qu'ils avaient échangé. Il ne l'avait pas revue depuis leur première séparation lorsqu'ils avaient atteint Londres. Qui plus est, il ne savait toujours pas où elle résidait. Pourtant, à chaque fois qu'il mettait un pied au-dehors, il regardait tous les visages féminins croisant son chemin, en espérant que l'un d'eux soit celui de la jeune femme. Mais, malheureusement pour lui, cet espoir ne s'était pas réalisé. Cependant, le fait de savoir que sa petite sœur travaillait chez les Grant lui laissa penser qu'il arriverait prochainement à avoir des nouvelles de Hattie et, ainsi, pouvoir la revoir. C'est avec l'esprit joyeux que les deux amis reprirent donc le chemin de leur hôtel.

Chapitre 6

Sans Recommandation

Boutique de Mrs. D'Arcy, Jeudi 4 avril 1912

Chez Mrs. D'Arcy, les affaires ne s'étaient jamais aussi bien portées. Hattie travaillait depuis environ cinq semaines à la boutique et ses modèles se vendaient comme des petits pains. Toutes les dames des environs et autres villes alentour venaient passer commande de ces nouvelles coupes de robes qui mettraient à leurs avantages, à coup sûr, leurs filles. Hattie était épanouie par son travail qu'elle adorait. De plus, elle avait reçu un petit mot de sa sœur l'informant qu'elle avait hâte de la revoir et que les parents Grant l'appréciaient beaucoup. Julia lui avait annoncé également — avec quelques regrets — le départ de la maison de sa nouvelle amie, miss Elliot, dont il avait été prévu que cette dernière ne reste à la résidence que durant l'absence des Grant. Et depuis leur retour, miss Elliot ne revenait que trois fois par semaine afin de subvenir à l'éducation des deux garçons. Elle avait terminé sa lettre en lui disant qu'elle lui manquait horriblement. En postscriptum, elle avait ajouté qu'elle ne s'ennuyait toujours pas avec les jumeaux. Cependant, à aucun moment dans sa lettre, Julia ne lui souffla mot de sa rencontre avec Lee.

Elle ne voulait pas, là, se voir sermonnée…

Le lendemain après-midi, Vivian et son amie Sophie entrèrent dans la boutique de Mrs. D'Arcy. Hattie les reçut avec un large sourire et s'aperçut que l'une d'elles était vraiment jolie. Toutefois, la seconde — beaucoup plus jeune — avait aussi son charme.

— Bonjour, Mesdemoiselles ! Que puis-je, pour vous servir ? demanda Hattie, avec son joli accent américain, toujours parée d'un merveilleux sourire.

Vivian daigna lui répondre et fit signe à Sophie de le faire. Cette façon d'agir surprit Hattie. D'autant plus, lorsque la jeune fille s'exécuta — un peu égarée, tout de même, par ce qu'elle devait dire.

— Heu…, oui, bonjour ! Nous venons… voir… si de nouveaux modèles… pourraient nous intéresser, lui demanda-t-elle en rougissant.

— Ne bougez pas, j'ai exactement ce qu'il vous faut ! leur répondit Hattie en conservant son sourire.

Ce joli visage souriant n'eut pour effet que de mécontenter Vivian, qui vit là une concurrente à sa beauté. Hattie passa derrière le comptoir et se saisit de son cahier regorgeant de dessins de tenues complètes qu'elle avait effectuées les semaines précédentes. Ce matin-là, elle tenait seule la boutique, car Mrs. D'Arcy était dans son bureau à l'étage et comptabilisait le total de ses ventes de la veille.

— Voilà, Mesdemoiselles ! Si vous voulez bien me suivre jusqu'à cette petite table ronde, demanda Hattie en passant devant les deux jeunes femmes.

— Pardon ! répondit Vivian. Je souhaite voir vos modèles et non pas des dessins ! s'exclama-t-elle sur un ton hautain.

— Mademoiselle, je vous promets que vous aurez autant de détails sur le catalogue et je compte, de toute façon, vous montrer des échantillons de tissus pour chaque modèle qui pourrait vous plaire.

— Je ne le pense pas, non ! s'écria Vivian.

— C'est une nouvelle méthode de travail, Mademoiselle. Je vous promets que vous ne serez pas déçue, insista Hattie.

Alors que Sophie fortement intéressée se rapprocha de la table, Vivian, coléreuse, ne bougea pas de sa place. Puis Sophie laissa échapper tellement de « oh ! » et de « c'est magnifique ! » que Vivian, à contrecœur, céda.

— Voyez-vous ! Ici, nous pourrions rajouter en biais de la dentelle de Chantilly, ce qui affinera la taille. Et en jouant sur un dégradé de couleur, nous modifierons considérablement l'allure, lui détailla Hattie.

— Oui, peut-être, rétorqua Vivian avec une mauvaise foi évidente, en se déplaçant vers une étagère, où était entreposé un nombre incroyable de rubans et de délicates dentelles françaises voisinant avec le coton des Indes, et le cachemire d'Angleterre.

— Oh ! je puis vous assurer que nous avons déjà vendu trois de ce modèle-ci et que ces dames sont reparties satisfaites !

— Comment ça ? Trois ! Je ne compte pas porter une robe dont trois autres personnes pourraient en être attifées ! grogna Vivian.

— Non, excusez-moi ! Je me suis mal exprimée. En fait, la structure est assez identique comme dans tous les patrons de robes, mais la coupe, les tissus et les couleurs

choisis sont complètement différents sur chaque modèle
que nous composons. De plus, nous pouvons jouer sur
les fronces ou bien sur les plissés du tissu pour donner à
la robe son côté unique, lui répondit Hattie en conservant
son sourire.

— En quelque sorte, vous me dites que je porterai le
quatrième exemplaire simplement d'une autre couleur !
insista Vivian, parée d'un ton hautain et toujours d'une
mauvaise foi évidente, en dévisageant Hattie comme si
celle-ci était un petit insecte qu'elle devait, à tout prix,
écraser !

— Non, non, non ! Pas du tout ! Je… Attendez-moi
ici ! Je vais aller vous chercher Mrs. D'Arcy. Elle saura
mieux que moi comment vous l'expliquer.

Hattie grimpa les marches de l'escalier en vitesse pour
les redescendre, à peine une minute plus tard,
accompagnée de Mrs. D'Arcy.

— Oh ! bonjour, Lady Vivian ! Je ne savais pas que
vous étiez là, sinon je serais venue vous voir plus tôt !
s'exclama Mrs. D'Arcy. Hattie vous a-t-elle présenté un
modèle pouvant vous satisfaire, Lady Vivian ?

— Eh bien non ! En fait, aucun modèle ne sied à mes
yeux et je me demande si je ne vais pas aller à Kensington
voir ce fameux atelier de luxe de Mme… Quel est son
nom déjà, Sophie ? Ah oui, Mme…

— Lady Vivian ! Je vais m'occuper de vous
personnellement, s'exclama Mrs. D'Arcy en lui coupant la
parole. Hattie ! Vous pouvez disposer ! s'adressa-t-elle à la
jeune femme en lui lançant un regard furieux, les joues
rouges de contrariété.

— Oui, Madame, lui répondit Hattie, contrariée de se

faire houspiller et congédier de la sorte devant cette harpie qui ne manqua pas de lui jeter un regard sournois, alors qu'elle se dirigeait vers les escaliers pour remonter à l'étage.

— Lady Vivian, venez avec moi, s'il vous plaît. Je vais vous montrer les modèles suspendus à l'arrière de la boutique.

Vivian regarda Sophie et lui fit un clin d'œil complice. La jeune fille lui sourit timidement, car elle se sentait déconcertée par ce qu'il venait de se produire. Peut-être, avait-elle eu tort de vouloir l'amitié de Vivian ? Toutefois, cette dernière ne lui laissa pas le temps de s'apitoyer sur son propre sort. Elle comptait bien régler celui de Hattie, et ce, immédiatement !

— Mrs. D'Arcy ! Qui est cette femme que vous employez ? Elle n'a pas l'air de s'y connaître en affaires, et je n'ai point apprécié son accueil, n'est-ce pas Sophie ? demanda Vivian fielleusement.

Prise de court, Sophie lui répondit instantanément sans réfléchir.

— Oui, Vivian !

— Oh ! Lady Vivian ! Je vous prie de m'excuser pour ce regrettable malentendu. Comment puis-je faire pour vous satisfaire ? lui demanda Mrs. D'Arcy, en courbant le dos dans une posture de soumission, presque animale.

— Eh bien ! si toutes les personnes de ma connaissance venaient à savoir que vous acceptez d'employer délibérément une personne aussi mal élevée, je pense que vous n'aurez bientôt plus personne à habiller, Madame ! Je ne vois qu'une seule chose à faire, c'est de renvoyer cette incompétente ! s'écria Vivian, en croisant ses bras, jubilante de sa propre méchanceté.

— Oh ! Lady Vivian. N'y aurait-il pas un autre moyen de s'entendre ? lui demanda-t-elle, le visage anéanti.

— Non, je ne le pense pas ! Et je suis sûre que maman sera d'accord avec moi ! Mais c'est vous qui voyez, lui répondit-elle en lui tournant le dos, prête à quitter son magasin. Sophie ! Nous partons ! Nous reviendrons demain seulement si vous avez opéré à ce changement, Madame ! lui rétorqua-t-elle d'un ton acide sans la regarder.

Les deux jeunes femmes quittèrent la boutique, laissant derrière elles une couturière anéantie et remplie d'amertume…

Même si la voix de Mrs. D'Arcy était chargée de regrets, cette dernière avait congédié Hattie de son magasin sur-le-champ, sans que la jeune femme puisse faire entendre raison à sa patronne. Il faut dire que la simple évocation de l'un des parents Grant faisait trembler Londres et ses alentours. Ils étaient synonymes de richesse et de puissance, et peu de monde se risquait donc à se mettre en travers de leur chemin. Aussi, la couturière ne pouvait-elle pas se permettre de perdre ses meilleurs clients qui faisaient la pluie et le beau temps. Enfin, plus précisément leur fille, Vivian, dont les parents approuvaient systématiquement tout ce qu'elle disait ou désirait. Hattie avait quitté aussitôt la boutique et, la tête haute, n'avait versé aucune larme. Elle avait touché deux mois de salaire bien qu'elle ait travaillé chez Mrs. D'Arcy à peine plus d'un mois.

Cette dernière n'avait pas voulu se montrer pingre avec celle qui lui avait fait faire des affaires, plus que florissantes...

Hattie décida de ne rien dire à Julia, puisque celle-ci travaillait chez les Grant. Elles ne pouvaient pas se permettre de se retrouver toutes les deux sans travail. Elle traversa la ville à pied et loua une petite chambre pour la nuit dans une petite auberge éloignée du centre-ville. À peine arrivée dans sa chambre, elle s'effondra en pleurs. Elle aurait pu se rendre chez Mr. Eslond, mais son orgueil — toujours si présent — l'empêcha de s'y rendre pour quémander son ancien poste. Cependant, dès le lendemain matin, elle repartit d'un pas vif, décidée à retrouver une place pouvant suffire à sa survie. Elle tenta de se vendre comme vendeuse, serveuse, femme de chambre et gouvernante. Pourtant, à chaque fois, elle s'entendit répondre « non » puisqu'elle n'avait aucune recommandation à leur présenter. Elle n'avait pas osé demander des références à Mrs. D'Arcy car, dans sa précipitation à la renvoyer, elle était certaine que cette dernière n'aurait pas accepté de lui faire un nouveau courrier de recommandations. La journée s'écoula sans aucune bonne nouvelle pour elle. Épuisée, humiliée, elle sembla abandonner. Elle récupéra sa valise qu'elle avait déposée à ses pieds le temps d'essuyer les larmes qui s'échappaient de ses yeux puis, tout en soupirant, elle décida de retourner dans la petite auberge où elle avait dormi la veille. Elle prit un autre chemin pour s'y rendre et tomba en cours de route sur un orphelinat. Elle décida d'aller frapper à la porte et de voir si elle pourrait faire l'affaire pour un travail, quel qu'il soit. La charité des religieuses ne la laisserait sûrement pas repartir seule sur son chemin. Il y avait certainement une tâche utile que

Hattie pourrait exercer au sein de cette communauté sans avoir besoin d'être dotée d'une grande expérience. Dès qu'elle précisa à la nonne, lui faisant front, qu'elle était couturière, elle fut emmenée directement chez la Révérende Mère, laquelle l'embaucha sur-le-champ. L'orphelinat n'avait pas assez de mains pour s'occuper du linge et la présence de Hattie fut vue comme un miracle. Elle pourrait s'occuper de raccommoder les vêtements des enfants, des nappes, des soutanes et autres vêtements en mauvais états. La solde était peu élevée. Néanmoins, le couvert et le gîte étaient offerts.

Et elle n'avait pas les moyens de jouer la fine bouche…

Ce même jour, Lee et John avaient décidé de déjeuner dans le restaurant luxueux accolé au White. Alors qu'un jeune serveur se dirigeait vers eux, en vue de les accueillir, lord Grant qui y déjeunait déjà les interpella. Celui-ci était entouré de personnes que les deux jeunes hommes auraient préféré ne jamais revoir.

— Messieurs, puis-je avoir la joie de vous présenter lord Maximilien Frederick Barrow ? L'un de vos compatriotes et un gros magnat de l'acier, ajouta lord Grant avec l'œil excité.

Les deux jeunes hommes le saluèrent froidement, nullement impressionnés comme lord Grant, car ils avaient encore en tête cette soirée du jour de l'an que le fils Barrow avait acidifié par sa présence. Qui plus est, avant cette soirée, ils avaient déjà entendu parler des mines de Lawrence Valentine Barrow. Pourtant, ce n'était sûrement pas ce blanc-bec qui détenait la fortune familiale, comme il le prétendait à qui voulait l'entendre.

En fait, il ne faisait que profiter de la fortune de son père et ne faisait rien de plus que cela. Puis lord Grant poursuivit les présentations.

— Et voici Lady Taylor et son adorable fille, Lady Grace.

Alors que Grace allait s'exclamer qu'ils se connaissaient déjà, sa mère lui pinça le bras assez fort pour la faire taire, tandis que lord Grant — n'ayant rien remarqué — poursuivit en informant les deux jeunes hommes que Grace était la fiancée de lord Barrow. Puis, Vera salua froidement les deux jeunes hommes. Ils la saluèrent avec autant de froideur qu'elle et présentèrent un sourire de compassion à Grace. Cette dernière leur répondit brièvement par un faible sourire.

— Chers amis, je vous présente Mr. John Crawford et Mr. Lee Moore, deux amis de la famille, poursuivit lord Grant.

Lady Taylor pinça de nouveau la bouche, en présentant un sourire forcé à lord Grant, car elle ne voulait surtout pas se donner en spectacle devant le fils Barrow. Le mariage de ce dernier avec sa fille était déjà bien avancé. Il n'était donc pas question de le compromettre par une attitude qui pourrait faire changer d'avis le fiancé de Grace, si celui-ci apprenait que Lee était le cousin de sa future femme.

Elle avait toujours d'énormes dettes à éponger, se rappela-t-elle...

— Vous joindriez-vous à nous, Messieurs ? demanda mielleusement lord Grant.

Lee ne laissa pas à John le temps d'une réponse.

— Non, c'est bien aimable à vous, Lord Grant, mais

nous avons déjà un rendez-vous qui nous attend !

Puis avant que lord Grant ne demande plus d'explications à propos de ce rendez-vous — comme il avait l'habitude de le faire —, Lee salua rapidement la tablée et John l'imita. Ils ressortirent du restaurant sans avoir, au préalable, pris leurs déjeuners.

— Lee ! Est-ce que ça va ?

— Oui, laisse-moi une minute afin de me remettre de mes émotions. Nom de Dieu ! Combien de fois, allons-nous la croiser ? demanda Lee, sans vraiment poser la question directement à John. Heureusement qu'oncle Edward ne m'a pas laissé entre les griffes de cette exécrable tante. Bon Dieu ! As-tu vu ma cousine ? Elle est bridée ! Et ce Barrow ! As-tu vu ? Il a passé une commande sans lui demander son avis ! Il est aussi odieux que durant cette soirée chez le baron. Quelle vieille vipère de tante ! continua-t-il à s'exprimer avant que John ne lui coupe la parole.

— En voilà une deuxième que nous pourrions caser avec la première ! s'exclama John avant que tous deux s'exclament d'une seule voix : Vivian !

Cette clameur commune eut pour effet de dérider Lee, qui éclata d'un rire de gorge.

— C'est bien vrai ! Enfin, j'ai ou plutôt *nous* avons échappé à ce repas tordu. Imagine si nous avions dû passer celui-ci à leurs côtés, je n'aurais pas pu mentir plus longtemps à ma cousine et cela aurait, à coup sûr, perturbé les plans machiavéliques de ma tante !

— Allons ! Oublions-les et allons prendre un déjeuner à trois lieux d'ici ! Aussi loin des fréquentations peu souhaitables de lord Grant, souligna John.

Chapitre 7

RMS TITANIC
CQD[1] : 41°46' N. – 50°14' O.

Résidence Grant, Lundi 15 avril 1912

En ce début de soirée, où John devait accompagner tout seul Vivian au thé âtre Shaftesbury, lord Grant l'interpella dès son arrivée dans son hall d'entrée. Il voulait lui faire part d'une nouvelle importante dont un ami journaliste, travaillant pour le journal *The Times,* venait de l'informer. Ce dernier avait des contacts avec un rédacteur américain du journal *New York Times* qui lui avait fait part d'un communiqué « ex-cep-tion-nel ! » lui avait-il dit en découpant chaque syllabe et en ajoutant que cette information ne serait pas publiée dans les journaux avant plusieurs heures !

— Cher Mr. Crawford ! Quel bonheur de vous revoir !

— Bonsoir, Lord Grant, répondit simplement John surpris par cet excès de joie.

— Il me faut vous apprendre une nouvelle exclusive, cher ami !

— Exclusive ! répéta John, le regard étonné.

— Oui, exclusive ! Vous souvenez-vous des

---

[1] *Come Quickly Distress : Signal de détresse envoyé par John George Phillips, Chef-opérateur radio sur le RMS TITANIC.*

personnes que je vous ai présentées chez Stuart Hall, il y a environ une dizaine de jours ? Lady Taylor et sa fille ainsi que lord Maximilien Barrow ? lui précisa-t-il.

— Oui, en effet, je m'en souviens fort bien.

— Et, vous souvenez-vous également de lord Thaddeus Benedict avec lequel nous avions mangé le mois dernier ? … le banquier ?

— Oui, oui ! Le banquier, je m'en souviens également, mais poursuivez, s'il vous plaît !

— Eh bien ! figurez-vous qu'ils ont tous embarqué à bord du fameux paquebot transatlantique TITANIC, lui annonça lord Grant en marquant une pause.

— Oui, et alors ? lui demanda John, impatient.

Lord Grant voyant l'intérêt de John pour cette histoire continua de lui narrer celle-ci comme s'il l'avait vécue. Cependant, John n'avait d'intérêt que pour lady Grace et attendait la suite avec un manque de patience certain.

— Eh bien, le TITANIC, durant sa traversée, a foncé droit sur un iceberg. Il a sombré tôt ce matin dans l'océan Atlantique, au large de Terre-Neuve !

— Mon Dieu ! Grace ! songea John.

Devant le visage blême de John, lord Grant poursuivit en se gratifiant mentalement de son excellente interprétation dans sa narration puisqu'il arrivait à chambouler le jeune homme.

— Lord Benedict a été secouru par le Carpathia. Aussitôt à bord, dès qu'il l'a pu, il m'a fait envoyer un télégramme m'indiquant des faits de la catastrophe ainsi que les noms de certains des survivants. Ceux de première classe, bien entendu ! souligna-t-il.

— Laquelle ? s'entendit dire John pris d'un désagréable frisson en continuant à ne penser qu'à la cousine de Lee.

— Eh bien ! il y a donc lord Benedict, évidemment ! Ainsi que lady Taylor et lord Maximilien Barrow qui ont échappé à la noyade. Ce qui n'a pas été le cas de la pauvre lady Grace ni celui de lord J. J. Astor ! Le baron Duff Gordon et sa femme ainsi que la comtesse de Rothes s'en sont sortis également. Il y a aussi lady Manton et son fils… Oh ! il me faudrait reprendre ma liste pour vous donner tous les autres noms. Le nombre de morts est incroyable ! ajouta-t-il tout en recherchant dans le regard de John, une expression de satisfaction d'avoir la primeur d'une telle nouvelle.

— *Mon Dieu, Lee…*, pensa John qui ne l'avait pas écouté jusqu'au bout dès qu'il avait entendu la noyade de Grace. Êtes-vous sûre de cette information ? lui demanda John, perplexe.

— Croyez-moi ! J'ai mes sources bien avant qu'elles ne soient connues du grand public ! lui répondit-il avec un clin d'œil. Mon ami journaliste m'a confirmé tout cela, il n'y a pas plus d'une heure ! ajouta-t-il, rempli de suffisance, d'avoir des amis *si* bien placés dans le milieu.

— Certes ! lui répondit John en se frottant le menton, contrarié par cette mauvaise nouvelle.

— Heureusement pour moi, s'exclama lord Grant, je n'ai pas voulu signer d'affaires avec ce Barrow. Je ne le jugeais pas assez fiable pour m'engager avec lui ! Ce naufrage lui a sûrement fait perdre une bonne partie de sa fortune, car il s'était vanté qu'il transportait beaucoup de liquidité avec lui ! Et, surtout, une alliance dotée d'un diamant de plus de sept carats, qu'il venait d'acquérir la semaine précédente. Sûrement celle qu'il destinait à sa pauvre fiancée décédée. J'espère pour lui qu'il aura pensé à la prendre avant de monter dans un canot, lâcha-t-il sans plus de délicatesse. Je dois dire, reprit-il devant le silence de John, que j'ai eu beaucoup de clairvoyance vis-à-vis de cet homme, n'est-ce pas ? s'exclama-t-il, tout heureux, alors qu'il venait d'apprendre à John la mort horrible de plusieurs centaines de personnes.

— Oui, certes ! ne sut que répondre de nouveau John.

Puis, comme il ne voulut pas échanger plus sur ce sujet, John lui demanda si Vivian était prête pour sortir. Lord Grant ne s'en offusqua absolument pas, car il était pressé d'aller trouver une autre personne à laquelle il pourrait de nouveau narrer toute cette histoire. Ce soir-là, John fut indifférent aux remarques déplacées, acerbes ou mielleuses de Vivian. Ces pensées étaient toutes tournées vers cette effroyable nouvelle que lord Grant lui avait apprise. Il savait que Lee, sous son air légèrement coriace, était vraiment un garçon tendre et le rejet de sa tante lorsqu'il était enfant, l'avait blessé plus qu'il ne voulait se l'avouer. Alors qu'il avait refusé de déjeuner avec sa tante, il n'avait pas cessé tout l'après-midi de lui parler à nouveau de Grace. Devoir lui apprendre qu'elle était décédée le contraria durant toute la soirée.

Aussi, après avoir déposé Vivian chez elle, sans prendre le temps de la supporter une seconde de plus, il rentra à son hôtel. Il passa d'abord réfléchir dans sa suite. Après une quinzaine de minutes de réflexion en se demandant comment il devait aborder le sujet avec Lee, il se décida à aller frapper à sa porte. Celui-ci lui ouvrit avec le regard légèrement endormi.

— Bonsoir, Lee. Comment vas-tu ?

— Ça va ! Et toi ? On dirait que miss vipère t'a encore épuisé par sa bêtise, non ?

— Non. Non, ce n'est pas vraiment ça... J'ai appris ce soir par lord Grant une mauvaise nouvelle...

John s'interrompit ne sachant comment poursuivre.

— Eh bien, dis-moi, mon ami ! Quelle est-elle ?

John resta silencieux en se dirigeant vers la console où se trouvait l'alcool fort. Il servit deux petits verres à liqueur et en tendit l'un à Lee. Il garda l'autre dans sa main, laquelle s'était mise à trembler.

— Ta tante et ta cousine... Elles ont embarqué à bord du paquebot... Du TITANIC, lui précisa-t-il.

— Oui, et alors ! Ma tante s'en est assez vantée à la soirée du Jour de l'An, n'est-ce pas ? Elle est partie ! Aussi, je ne risque donc plus de la croiser elle ou ce stupide Barrow ! C'est plutôt une bonne nouvelle sauf pour ma cousine, certes ! Cependant, elle est jeune et je la retrouverais sans doute beaucoup plus tard, lorsque sa mère ne sera plus...

— Grace n'est plus ! s'exprima John, mal à l'aise, en lui coupant la parole, tout en avalant d'une traite son petit verre contenant une liqueur rouge.

— Qu'est-ce que tu veux dire par là « Grace n'est plus » ?

Il fixa Lee avant de poursuivre.

— Le paquebot a sombré dans l'Atlantique Nord après avoir heurté un iceberg. Il n'y a que peu de survivants. Lord Grant m'a confirmé que ta tante et Barrow s'en sont sortis, mais pas Grace. Cette nouvelle n'apparaîtra que demain dans les journaux…

— Non ! Ce n'est pas possible. Grace…, lui répondit Lee, saisi d'un brusque tremblement avant de lâcher son petit verre d'alcool, qui explosa en mille morceaux lorsqu'il atteignit le sol de marbre.

Complètement bouleversé, il avait posé ses mains sur son visage. John se frotta la joue, ne sachant que dire. Il était triste pour son frère. Un silence pesant s'imposa entre eux. John le rompit en s'approchant de Lee et en l'attrapant par les épaules.

— Je sais que cette nouvelle est choquante, pourtant, dis-toi que le fait que tu aies croisé son chemin, cela t'a permis de la voir une dernière fois, lui dit-il en le prenant dans une accolade fraternelle. Je suis navré, mon frère…

— Merci, lui répondit Lee, la gorge douloureuse et le cœur serré de n'avoir pu connaître cette jeune fille, laquelle lui avait inspiré de la bonté.

Le mardi 16 avril 1912, de New York à Londres en passant par Paris, tous les journaux annonçaient la catastrophe maritime. Dans les rues de Londres, le journal *The Times* — qui était dans toutes les mains des passants — affichait en gros titre :

« LE NAUFRAGE DU TITANIC
ENGLOUTI À LA SUITE D'UNE COLLISION
AVEC UN ICEBERG. »

À la lecture du journal, Lee avait eu de nouveau le cœur serré. Il aurait tant aimé faire connaître à sa cousine ce lien parental qui les liait. Cependant, la vie en avait décidé autrement.

Dans les jours suivants, Lee fut de nouveau invité avec John chez les Grant pour le déjeuner. En cachette dans le corridor, il avait retrouvé Julia. Il s'était épanché auprès de sa bien-aimée du naufrage qui avait causé la perte de sa cousine. Julia avait tout juste eu le temps de le serrer dans ses bras pour le consoler et lui donner un tendre baiser avant qu'ils ne se retrouvent, tous deux, surpris par les jumeaux recherchant leur gouvernante. Ce qui avait empêché Lee de demander à Julia où logeait sa sœur — comme il avait promis à John de le faire. Hattie manquait à John chaque jour, de plus en plus. Il devenait, à ce dernier, de plus en plus difficile d'accepter de n'avoir pas encore retrouvé sa trace.

Les deux jeunes hommes avaient été conviés plusieurs fois à dîner chez les Grant, depuis l'annonce dans les journaux du naufrage du RMS TITANIC. Lee pouvait donc à chaque fois retrouver sa douce entre le plat et le dessert, et ainsi, lui voler un ou deux baisers. Néanmoins, les jumeaux arrivaient dans la minute qui suivait leurs retrouvailles, les empêchant de parler librement. Les deux garnements, aussi jeunes soient-ils, avaient fait un petit chantage à la jeune femme. Si celle-ci ne leur donnait pas des bonbons tous les jours pour leurs quatre heures, ils lui avaient assuré qu'ils pourraient tout à fait laisser échapper quelques mots à leurs parents. Même si Julia était sûre que ces deux chenapans n'en feraient rien, dans le doute, elle préféra faire attention avec Lee. Malgré ce petit chantage, la jeune femme était d'une humeur joyeuse et Lee ne l'en trouva que plus désirable. Évidemment, Julia n'était pas au courant que sa sœur vivait péniblement dans l'orphelinat situé sur Cheapside, à la sortie de la ville. Elle avait reçu des nouvelles de Hattie, laquelle n'avait pas mentionné bien entendu ce détail ! Lee revint s'asseoir à table et retrouva John toujours accaparé par lady Vivian qui ne quittait pas son bras.

— Mr. Crawford… Enfin, John… Si vous me le permettez ? papillonna-t-elle des yeux en s'adressant à lui. J'ai reçu une invitation pour assister à un récital qui aura lieu dans deux jours en soirée. Aussi, je me demandais si vous me feriez l'honneur de m'y accompagner !

— Je ne peux vous répondre sur l'instant, Lady Vivian. Il me faut voir auparavant, si je n'ai pas déjà une soirée réservée ce soir-là…

— Oh ! je vous en prie ! insista-t-elle en lui coupant la parole. Je suis sûre que vous aurez du plaisir à m'accompagner à celle-ci, poursuivit-elle en essayant de faire papillonner ses cils un peu plus vite.

Cette mièvrerie de séduction fit sourire John en voyant dans quel ridicule la jeune femme se mettait pour le séduire. Toutefois, il n'avait absolument pas l'envie de se retrouver toute une soirée avec cette vipère accrochée à son bras. Il essaya donc de décliner l'offre.

Cependant, c'était sans compter sur le père de la jeune femme…

— Ne t'inquiète pas, ma Vivian ! Je suis sûr que Mr. Crawford trouvera un moyen de se libérer, si une obligation venait l'en empêcher, n'est-ce pas ? finit-il sa phrase en fixant l'être élu par le *cœur* de sa fille.

— Oui… Sans doute, répondit John, néanmoins surpris par le ton que lord Grant employa pour s'adresser à lui.

Lee le fixa surpris, lui aussi, que son ami se laisse dicter un tel ordre. John lui fit signe alors discrètement de ne rien dire. Lorsqu'ils repartirent de la demeure des Grant, John sentit un poids énorme disparaître de son ventre.

— Vas-tu me dire ce qu'il se passe, John ? lui demanda Lee.

— Écoute, je ne le sais pas moi-même. Mais ce n'est pas une soirée qui va me tuer ! Quoique… Toute une soirée avec elle ! Ô Seigneur !

— Tu ne peux pas agréer à tous les caprices de cette femme, John, aussi jolie soit-elle !

— Oh ! Je le sais, et je te rassure quant à sa beauté, elle ne m'attire absolument pas ! Néanmoins, je ne souhaite pas être en désaccord avec lord Grant. Je te rappelle que nous sommes en cours de signatures sur plusieurs contrats avec la ville et je ne veux pas qu'un simple refus, de ma part, vienne contrarier tous nos plans.

— Oui, peut-être as-tu raison… Mais de là à tout accepter…

— Ne t'inquiète pas, mon ami ! Je te remercie pour ton soutien.

Soudain, ils entendirent les cloches de la cathédrale Saint-Paul sonner la demie de quatre heures. Instantanément, ils décidèrent d'aller boire un café dans une petite taverne suffisamment éloignée de la maison des Grant et surtout de ses propriétaires.

Chapitre 8

Une Famille Agaçante

Hôtel particulier des Cavendish, Vendredi 26 avril 1912

Le récital qui avait lieu à l'hôtel particulier de la comtesse-douairière de Cavendish était agréable, malgré une Vivian collante. Celle-ci laissa sous-entendre, dès le début, que John était son prétendant. Ce dernier n'osa pas vexer la jeune femme en démentant ses paroles devant ses amies. Sa tante Leonore, qui l'avait élevé, lui avait toujours appris que les règles les plus élémentaires de la courtoisie n'autorisaient pas un homme à contredire une femme devant d'autres individus, surtout lorsque ceux-ci étaient composés en majorité du beau sexe. Sauf, bien sûr, s'il s'agissait d'une question de vie ou de mort ! Toutefois, agacé, John aurait aimé n'avoir pas reçu cette leçon de politesse afin de faire ravaler ses mensonges mielleux à cette langue de vipère. Heureusement pour lui, malgré tous les désagréments que représentait Vivian, il n'avait pas perdu son temps. Cette soirée lui avait permis de rencontrer une personne intéressante avec laquelle il pourrait s'engager en affaires prochainement.

Ce qui, malheureusement à son insu, n'échappa pas à Vivian…

Lee ne les avait pas accompagnés, car c'était la soirée

libre de Julia. Aussi, comptait-il passer égoïstement cette soirée avec la jeune femme et uniquement avec elle. Du coup, plus personne ne comptait à ses yeux, y compris son frère de cœur. Il avait alors rejoint discrètement sa douce chez les Grant. Julia le retrouva caché derrière l'entrée de service, un petit bouquet champêtre entre les mains.

— Oh ! c'est pour moi ! s'exclama-t-elle.

— Oui, ma douceur, lui répondit-il en portant la main de la jeune femme à sa bouche.

Et tout en la ramenant à lui, il l'embrassa tendrement sur la joue, débordant en partie sur ses lèvres.

— Pas ici, on pourrait nous voir ! s'exclama-t-elle dans un murmure en pouffant d'un rire nerveux.

— Pas ici ? Tiens donc ! Alors là, ce devrait être mieux…

Tout en murmurant ces paroles, il déposa un tendre baiser sur l'autre coin de ses lèvres. Il fixa la jeune femme de son beau regard noisette et c'est avec un sourire identique accroché à leurs bouches qu'ils se mirent en marche, main dans la main. Lee l'emmena dans sa suite. Il avait commandé un repas qui ne tarda pas à arriver quelques minutes après eux. La jeune femme était heureuse et ils passèrent toute la soirée à parler, rire et, bien entendu, à s'embrasser. Cependant, Lee ne dépassa pas cette limite. Il estimait fortement Julia. Et leurs sentiments, bien que réciproques, pensait-il, ne devaient pas le pousser à se précipiter dans sa relation. Julia était une jeune femme innocente, tout juste âgée de dix-huit ans, et il souhaitait la respecter. Leur soirée se termina tardivement, certes ! mais vertueusement ! Le jeune homme raccompagna sa compagne. Ils étaient tous deux emplis d'une certaine félicité chaste.

Le lendemain matin, John retrouva son ami complètement ravi. Ce dernier lui raconta sa soirée, ce qui ne fit que donner encore plus de regrets à John.

— Et toi ? Ta soirée avec miss caprices. Comment était-ce ? lui demanda son ami d'un air amicalement moqueur.

— Rien de bien comparable avec ta soirée, si tu veux le savoir. Toutefois, j'ai rencontré Peter Williams, un aristocrate qui a monté sa société de transports. En dix ans, il aurait quadruplé sa flotte de transbordeurs, laquelle serait aujourd'hui l'une des plus grosses de Londres, m'a-t-il dit.

— Et alors ?

— Eh bien ! après m'être entretenu avec lui, il ne serait pas contre un partenariat avec nous. Il m'a informé qu'il quittait Londres dès demain pour deux semaines. Mais il doit me recontacter dès son retour, afin de discuter de cette possibilité de signer une affaire ensemble.

— Oh ! alors la soirée ne fut pas une cause perdue. Je te reconnais bien là, mon frère ! Tout est bon pour faire des affaires…

Cela était bien vrai ! John avait bâti sa fortune sur son intelligence à flairer les bonnes affaires. Et l'on pouvait dire que cette perception qui le caractérisait lui avait fortement réussi jusqu'à maintenant, ainsi qu'à Lee auquel il avait fait partager chaque signature de contrat.

— Eh bien ! moi aussi, j'ai une bonne nouvelle !

— Ah, oui ! Est-ce que miss Julia aurait accepté une demande ? lui demanda John, sur un ton moqueur, à son tour.

— Presque ! Mais non, ce n'est pas ça ! Bien que je doive te l'avouer, l'envie de le faire me démange…

— Alors ?

— Alors !… Eh bien ! je sais où réside ta miss Allen, mon ami !

— Où ? s'écria John en prenant son ami par les épaules.

— Julia m'a dit qu'elle travaillait comme couturière à la boutique de Mrs. D'Arcy.

— La boutique de couture ! Mais nous y sommes déjà allés ! s'exclama John.

— Oui, je le sais. A priori, Mrs. D'Arcy a eu un problème personnel et a dû quitter Londres. Et lorsque ta miss Allen est arrivée avec nous, elle n'a donc pas pu être employée comme il lui avait été prévu de l'être. Elle a dû aller travailler chez un fourreur, à Brent, à plusieurs miles d'ici. C'est pour cette raison que nous ne l'avons jamais croisée ! Mais depuis le mois de mars, elle travaille et vit dans une chambre au-dessus de la boutique.

— C'est la meilleure nouvelle que j'entends depuis des mois, mon ami !

— Oui, en effet ! lui répondit Lee en lui rendant son sourire.

— Crois-tu que nous pourrions faire un tour par là-bas ? lui demanda John, les yeux brillants.

— Absolument ! lui répondit Lee toujours avec un grand sourire, en se relevant de son siège.

Lorsqu'ils arrivèrent devant la boutique, celle-ci était

fermée. Un petit panonceau indiquait que le samedi, sa fermeture se faisait à cinq heures. Et, bien entendu, il était cinq heures passées ! Qui plus est, la boutique n'ouvrirait pas ses portes avant le lundi matin. À toutes fins utiles, ils passèrent par l'arrière-boutique afin de tenter de cogner à la porte de service, au cas où Hattie viendrait leur ouvrir. Néanmoins, aucun signe de vie n'apparut.

Désappointés, les deux jeunes hommes repartirent en prévoyant d'y retourner deux jours plus tard…

Le lendemain matin, lorsqu'ils arrivèrent devant la cathédrale Saint-Paul en vue de se rendre à l'office du dimanche, ils y retrouvèrent toute l'aristocratie du coin. Les dimanches précédents, ils avaient préféré se rendre incognito, dans l'une des petites chapelles des alentours, afin d'éviter le flot de mères qui cherchaient comment leur faire épouser leurs filles.

Ils se fustigèrent mentalement en se demandant pourquoi ce jour-là, ils avaient choisi de changer d'endroit…

À peine arrivés, ils le regrettèrent déjà amèrement. En effet, malheureusement pour John, la famille Grant était là au grand complet. Lorsque Vivian l'aperçut, elle délaissa, sans le moindre mot d'excuse, les personnes avec lesquelles elle conversait et se dirigea d'un pas vif vers le jeune homme. John et Lee essayèrent tout de même de lui échapper. Mais c'était sans compter sur les parents de Vivian, lesquels les accaparèrent juste sur le parvis.

— Bonjour, Messieurs ! s'exclama lord Grant en s'adressant aux deux amis.

— Lord Grant, Lady Grant ! répondirent-ils en chœur, tout en faisant un signe courtois avec leurs chapeaux.

— Mr. Crawford, je suis bien content de vous revoir, car je voulais m'entretenir avec vous. J'ai appris par ma fille que vous aviez rencontré Peter Williams durant le récital.

— Oui, en effet, répondit John, surpris que Vivian ait fait part à son père de sa conversation.

— Et alors ? C'était à quel sujet ? demanda-t-il sans plus de courtoisie.

Ce qui agaça Lee.

— Oh ! rien en particulier pour le moment. Mais nous devrions le rencontrer à son retour de voyage, dans deux semaines environ, l'informa John, l'esprit troublé.

— Fort bien ! Alors, faites-moi savoir quel jour cette rencontre se tiendra et je me ferai un plaisir, Mr. Crawford, de vous y accompagner ! s'exclama lord Grant, d'une manière autoritaire.

— Entendu, répondit passivement John, frustré de ne pouvoir avoir un contact sans que lord Grant s'immisce dans ses affaires.

Puis ce dernier lui tendit la main de sa fille, le forçant par ce geste à la conduire à l'intérieur. Lee bouillait autant que John. Cependant, il ne pouvait rien dire sans créer un esclandre. C'est excessivement énervé qu'il aperçût soudain au loin *sa* Julia. Son visage se métamorphosa aussitôt et l'émotion désagréable qui l'avait envahi se dissipa comme par enchantement. Lorsqu'elle le vit à son tour, il lui envoya un baiser dans un souffle. Elle cligna des yeux en signe de réponse puisque ses deux mains étaient prises par les jumeaux, Jason et Simon, accrochés à elle, semblables à de petites sangsues. Elle se dirigea avec eux vers le banc où les Grant avaient pris place. Elle s'installa au bout de celui-ci, s'assurant auparavant que les deux jeunes enfants, assis côte à côte, ne fassent pas de bêtises durant l'office. Lee avait choisi de ne pas s'installer à côté de John, ce dernier étant accaparé par Vivian. Il préféra donc se mettre sur un banc voisin à celui de sa douce, afin de pouvoir la regarder. Durant tout l'office, ils s'échangèrent — avec discrétion — de doux regards. Cependant, Lee ne s'approcha pas plus de Julia. Il préférait ne pas éveiller de soupçons sur leur relation et garder à l'abri ce secret, loin de la famille Grant. Tandis que le pauvre John dut supporter, durant plus d'une heure, une conversation stérile et aussi inintéressante que toutes celles qu'il avait déjà eues avec Vivian. Et il dut supporter, également, les regards que lord Grant portait sur lui quant à ce qu'il répondait aux paroles *brillantes* de sa fille chérie !

De retour à leur hôtel, John avait envie d'exploser. Néanmoins, il se reprit. Difficilement, certes !

— Lee, ne dis surtout rien. Je sais ce que tu vas me dire, alors…

— Écoute, John ! Cela ne peut plus durer. Bientôt, il faudra que tu demandes à lord Grant avant d'aller te soulager ! s'écria-t-il.

— Je le sais… Et cette peste ! Elle aspire toute mon énergie dès que je la sens autour de moi ! s'exclama John en se laissant tomber dans un fauteuil moelleux.

Lee déboucha la carafe en cristal déposée sur un plateau d'argent, avant de se saisir de deux verres et de les remplir de scotch.

— Tiens, bois ça ! lui dit-il, en lui tendant un verre à

demi rempli d'un liquide ambré.

Chapitre 9

L'Introuvable Hattie

Hattie travaillait avec toujours autant de passion, même si elle n'exerçait plus à la boutique de Mrs. D'Arcy. La mère supérieure l'avait autorisée à s'occuper des tout-petits enfants. Tout en raccommodant le linge, elle leur chantait des chansons que sa mère leur chantait à elle et à sa sœur, lorsqu'elles n'étaient encore que de toutes petites filles. Même si elles avaient perdu leur mère avant que Hattie n'ait atteint l'âge de dix ans, elle avait gardé en mémoire tout un répertoire de mélodies dont, pour quelques-unes, elle avait dû inventer des paroles lorsqu'elle les avait chantonnées à sa petite sœur pour l'endormir les soirs d'orages. Les religieuses étaient contentes d'avoir une jeune femme arrivant à calmer pratiquement tous les petits orphelins. Lorsque la révérende mère Constance avait le dos tourné, les religieuses emmenaient à Hattie des enfants plus âgés, récalcitrants, dont elles n'arrivaient plus à gérer le caractère. Alors, Hattie se mettait à leur raconter des histoires qu'elle inventait au fur et à mesure qu'elle les narrait. Du coup, complètement captivés par ces aventures rocambolesques issues de l'imagination de leur conteuse, ils en oubliaient — la plupart du temps — pourquoi ils s'étaient énervés. Vivant autant l'histoire que la jeune femme, ils se retrouvaient ainsi l'esprit calmé et enthousiaste d'un tel récit. Hattie continuait d'écrire également à sa sœur et même si cela faisait plusieurs mois qu'elles ne s'étaient pas revues, elle lui mentait toujours sur le fait qu'elle avait été renvoyée de chez Mrs. D'Arcy, depuis un mois environ.

John et Lee s'étaient rendus ce jour-là, comme prévu, à la boutique de couture. Aussi, furent-ils désagréablement surpris d'apprendre que la jeune femme ne travaillait plus chez Mrs. D'Arcy. Cette dernière ne leur avait pas précisé pourquoi elle était partie et encore moins, où la jeune femme pouvait résider à ce jour. Cependant, elle avait l'air de n'être pas plus inquiète que cela. Il faut dire que Hattie avait oublié son livre de dessins et, qu'avec celui-ci, la couturière s'en était fort bien tirée. Ses ventes n'avaient pas cessé d'augmenter ! Même Vivian Grant avait refait faire toute sa garde-robe. On aurait pu croire que c'était une façon pour elle de récompenser la femme qui avait congédié sa propre employée sur son seul ordre. Mais non ! Elle s'était rendu compte que les modèles étaient superbes et que les robes, qu'elle avait fait confectionner, la mettaient plus en valeur que les anciennes. Mais il n'était pas question de l'avouer !

Lorsqu'elle avait vu Hattie, la première fois, elle avait senti une rivale avant même de remarquer sa tenue. Et, bien que la jeune femme ne puisse lui faire de l'ombre de par sa classe sociale, Vivian n'avait pas souhaité se retrouver en présence d'une personne aussi belle.

Et toutes celles qu'elle ne voulait pas dans son cercle,

elle les évinçait tout simplement…

Une dizaine de jours plus tard, John n'avait toujours pas retrouvé Hattie. Lee allait bientôt revoir Julia et il pourrait lui demander des nouvelles de sa sœur. Aussi John, en attendant, rongea-t-il son frein.

La journée de travail de Julia commençait dès le réveil des jumeaux et se terminait aussitôt que ses petits diablotins avaient les yeux fermés. Alors, comme elle était tous les jours de la semaine asservie à cette tâche, elle avait droit à une journée par mois de repos et une soirée tous les quinze jours, du moment que sa présence n'était pas requise également pendant ces repos-là. Chose qui — malheureusement pour elle — s'était produite la dernière fois de son jour de repos. Les jumeaux tombaient malades dès qu'ils savaient qu'elle ne serait pas présente avec eux toute une journée ou bien toute une soirée. Ce qui les priverait, à coup sûr, d'une lecture que Julia leur conterait avec autant de passion que sa sœur le faisait !

Lee lui avait fait parvenir une réponse à son petit pli reçu la veille dans lequel la jeune femme l'informait qu'elle serait libre jeudi soir pour un dîner. Le jeune homme retrouva donc sa douce aimée au même endroit que la fois précédente. Il exécuta le même rituel du baiser et la jeune femme ne le retient pas tout comme la première fois. Moins d'une demi-heure plus tard, ils se retrouvèrent autour d'un délicieux repas et discutèrent agréablement de tout ce qu'ils leur étaient arrivés depuis leur dernière séparation.

— J'espère que vous ne me jugerez pas mal, Lee, si je vous parle d'une personne.

— Comment pourrais-je même en avoir la pensée ? lui rétorqua Lee en lui donnant un baiser enivrant.

— Oh ! Lee ! Vous êtes incorrigible ! Comment puis-je parler si vous posez toujours vos lèvres sur les miennes ? s'exclama Julia en lui présentant un superbe sourire.

La beauté de celui-ci poussa Lee à l'embrasser de plus belle. Julia ouvrit de nouveau ses yeux brillants de passion pour le jeune homme, avant de reprendre ses esprits et d'essayer de poursuivre ses explications.

— Bien ! Alors, continuez à m'embrasser et vous ne saurez pas de quoi je veux vous parler ! s'écria-t-elle avec un sourire à le faire tomber à la renverse.

Lee sentit une agréable douleur le traverser et c'est avec difficultés qu'il dut se ressaisir. L'envie d'aller plus loin lui chatouillait le bas du ventre, toutefois, il ne ferait rien avant d'avoir une promesse d'une future union avec la jeune femme. Mais il lui fallait attendre encore, car elle ne le connaissait pas assez, et elle pourrait parfaitement ne pas vouloir aller plus loin. Aussi, ne comptant pas la perdre, il se résigna à poser ses mains sur ses propres cuisses et s'arrêta donc de l'embrasser. Avec difficultés, certes !

— Alors, où en étais-je ? Ah oui, voilà ! Je n'ai rencontré que peu de fois la fille de lord et lady Grant, et je dois dire que je ne l'aime pas beaucoup, lui annonça Julia, en faisant une petite grimace qui lui retroussa adorablement le bout de son petit nez.

— Oh ! alors vous aussi, vous n'aimez pas Vivian, la vipère ! s'exclama Lee.

— Oh ! ne dites pas ça ! Si Hattie m'entendait, elle me

houspillerait à coup sûr de dire du mal de quelqu'un !
s'écria Julia.

— Oh ! Hattie ! J'avais complètement oublié de vous
poser une question à son sujet. Vous me faites tellement
tourner la tête, ma colombe !

— Moi ! s'écria Julia, en posant ses mains sur son
cœur et en rougissant fortement.

— Oui, vous ! Ma beauté ensorcelante !

Puis il l'embrassa de nouveau. Au bout de plusieurs
minutes, ils relevèrent la tête et c'est Julia qui reprit ses
esprits en premier.

— Lee, vous n'êtes qu'un coquin et profitez de ma
faiblesse à ne pouvoir pas vous résister, lui dit-elle, en se
détachant de ses bras d'où elle s'était retrouvée
emprisonnée. Vous m'avez coupée dans mon élan et du
coup, je ne sais plus ce que je voulais vous dire à propos
de Vivian ! Mais que vouliez-vous savoir à propos de ma
sœur ?

— Eh bien, nous lui avons rendu visite à la boutique.
Cependant, nous y avons appris qu'elle n'y travaillait plus
depuis plus d'un mois. Aussi, John aimerait-il, vous
doutez-vous bien, savoir où il pourrait la retrouver ?

Julia se releva du sofa et un tremblement la saisit sans
qu'elle puisse le contrôler.

— Que voulez-vous dire ? Bien sûr qu'elle travaille à
la boutique ! s'écria-t-elle en se saisissant de son petit sac,
afin d'en ressortir la lettre que sa sœur lui avait fait
parvenir la veille.

Hattie lui racontait, entre autres, comment elle avait
vendu — il y avait tout juste deux jours —, plusieurs de
ses modèles pour lesquels sa patronne l'avait félicitée. Lee

en déduisit immédiatement qu'il y avait un mensonge du côté de l'ainée des sœurs Allen. Il ne connaissait pas la cause de celui-ci et ne souhaitait surtout pas tourmenter l'élue de son cœur avec une supposition qui resterait de toute façon sans réponse ce soir.

— Oh ! alors nous avons dû mal comprendre. C'est sûrement notre accent qui nous a encore mis dans l'erreur comme à chaque fois, lui mentit-il. Oubliez ce que je viens de dire, ce ne serait pas la première fois que cela nous arrive. Croyez-moi !

Puis voyant que la jeune femme resta immobile, il se leva et l'enlaça en la serrant tendrement dans ses bras. Elle releva la tête vers lui et entrouvrit la bouche pour inspirer une grande goulée d'air. Lee n'y résista pas et l'embrassa de nouveau. Ils s'échangèrent encore de longs baisers langoureux jusqu'au moment où il fut l'heure pour Julia, de retourner chez les Grant.

— Comment Julia ne peut-elle pas être au courant que sa sœur ne travaille plus à la boutique ? s'écria John lorsque Lee lui annonça la mauvaise nouvelle.

— Écoute ! Je sais que cette information te déplaît, mais je t'assure que Julia ne se doute de rien. Elle m'a montré une lettre de sa sœur datant d'hier et il n'y a aucun doute là-dessus ! Hattie lui ment ! Et je n'arrive pas à comprendre pourquoi. Cependant, la voir si angoissée ne m'a inspiré que le mensonge. Je lui ai dit que nous avions sûrement mal compris la réponse de la couturière, lui répondit Lee contrarié.

— Mal compris ! répéta John. Je ne comprends pas ! Pourquoi mentirait-elle à sa sœur ? Peut-être a-t-elle rencontré une personne ? Un homme sans doute ! Et peut-être vit-elle avec lui ?

John dérouté par la nouvelle ne réussissait plus à réfléchir. Son esprit était ébranlé de ne savoir pas où se trouvait la jeune femme lui ayant volé son cœur. Voilà que plusieurs mois s'étaient écoulés depuis leur séparation sur la place centrale de Londres, et pourtant John souffrait toujours autant de ne l'avoir pas déjà retrouvée. Et cette mauvaise nouvelle ne faisait que l'accabler davantage.

— John, ne crois-tu pas que cela fait beaucoup de « peut-être » ? lui demanda son ami.

— Non ! J'en ai la certitude ! Si elle avait eu des ennuis, elle aurait pu retourner voir sa sœur ou bien venir me voir, moi ! s'écria-t-il.

John continuait de ressasser des pensées noires tout en tournant en rond dans le salon de sa suite, tel un animal en cage. Devant le silence de Lee, il continua à s'interroger.

— Oui, pourquoi mentir et se cacher ? Je retourne cela dans ma tête depuis plusieurs minutes et rien d'autre ne me vient à l'esprit. Je dois me rendre à l'évidence, Lee, je l'ai perdue !

Tout en se rasseyant, il se prit la tête entre ses mains. Les yeux clos, il murmura d'une voix presque inaudible « oui, je l'ai perdue… »

Chapitre 10

Le Cœur Meurtri

Quelques jours plus tard, John fit passer un message à lord Grant — comme ce dernier l'avait exigé — afin que celui-ci se joigne à leur rendez-vous de ce vendredi avec Peter Williams. John et Lee avaient encore trop d'affaires en cours avec ce dernier pour se le mettre à dos. Ce jour-là, lord Grant avait pris soin d'inviter les jeunes hommes à déjeuner avec lui juste avant cette rencontre, au restaurant accolé au White. Sa femme et sa fille avaient également été conviées à ce déjeuner. Cette mauvaise surprise fit grimacer les deux amis qui pensaient pouvoir discuter entre hommes d'affaires.

— Oh ! Mr. Crawford, comme je suis ravie de vous revoir ! Vous m'avez manquée ! s'écria Vivian en s'accrochant à son bras dès qu'elle l'aperçut.

— Bonjour, Lady Vivian, lui répondit-il sans plus de cérémonie.

— Papa m'a dit que vous aviez un rendez-vous important cet après-midi. Que ce doit être excitant d'être un homme ! s'exclama-t-elle tout en prenant place autour d'une grande table ronde que son père avait fait réserver pour ce repas.

Puis chacun des convives l'imita. John était tellement dérouté depuis qu'il savait qu'il ne retrouverait pas Hattie — à tout le moins, comme il l'aurait souhaitée —, qu'il était quotidiennement habité d'une humeur maussade. Même Vivian ne put réussir à le contrarier. Hattie lui manquait horriblement et il aurait donné toute sa fortune pour la retrouver. Mais, a priori, elle ne l'avait pas choisi et cela le peinait grandement.

— Houhou ! Mr. Crawford ! M'entendez-vous ? lui demanda Vivian.

— Oui, veuillez m'excuser, Lady Vivian. Je pensais à quelque…

— Je vous disais, Monsieur, poursuivit-elle en lui coupant la parole, que la Saison commence la semaine prochaine. Aussi, je me demandai si vous accepteriez de m'accompagner durant le prochain bal, lui déclara-t-elle tout en papillonnant avec ses yeux, comme elle savait ridiculement le faire.

John était tellement dépité, qu'il accepta tout simplement. Lee, ayant entendu sa réponse, lui jeta un regard d'étonnement. Mais John balaya une poussière imaginaire devant ses yeux, lui intimant de la sorte qu'il s'en moquât totalement.

— Oh ! Ne vous inquiétez pas, Mr. Moore. Vous pourrez, vous aussi, nous accompagner, car j'ai une très bonne amie ! N'est-ce pas, maman ?

— Oui, ma fille, lui répondit affectueusement sa mère comme si elle s'adressait à une petite fille.

— Mon amie Sophie sera heureuse de vous avoir à son bras, croyez-moi ! répondit Vivian à Lee.

Ce dernier resta la bouche ouverte, tout ébahi par une

telle déclaration avant de se ressaisir et de lui répondre sur un ton assez sec.

— Non ! Je vous remercie, Lady Vivian ! J'ai déjà une amie intime ! lui rétorqua-t-il.

— Ah ! Eh bien ! dans ce cas-là, vous pourriez sans doute venir avec elle, alors !

— Non, je ne pense pas pouvoir la convaincre de venir. Néanmoins, vous aurez sans doute assez de John pour vous tenir compagnie ! Toutes les deux ! ajouta-t-il, d'un ton acide.

Puis Lee s'excusa en se relevant de sa chaise et décida d'aller se rafraîchir le visage. John s'excusa également et suivit son ami dans les toilettes.

— Lee ! Qu'essayes-tu de faire ?

— Rien puisque, a priori, tu as déjà décidé d'une chose sans m'en souffler un seul mot ! s'écria Lee.

— Écoute ! J'ai besoin de me sortir miss Allen de la tête et nous avons besoin d'être soutenus pour notre rendez-vous de cet après-midi, au cas où cela serait sorti de la tienne ! s'exclama John.

— Je me fiche complètement de ce contrat ! Et je ne vois pas pourquoi tu baisses si facilement les bras alors que nous n'avons toujours pas de nouvelles de Hattie ! J'avoue que je ne te reconnais plus, mon ami, lui dit Lee sur un ton de dégout.

— Lee, ce n'est pas parce que tu vis sur un petit nuage que je dois voir la vie comme toi ! Miss Allen a décidé que je ne ferai pas partie de sa vie. Point à la ligne ! Je m'organise pour réajuster ce paramètre qui vient de m'éclater à la figure !

John, à peine sa phrase terminée, s'était penché au-dessus d'un petit lavabo afin de s'asperger d'eau le visage. Lee s'éclaircit la voix et s'adressa à son ami sur un ton plus doux.

— John ! Mmm… Je sais que tu as mal ! Mais je t'en supplie, n'abandonne pas si vite !

— Je sais que tu essayes de me rassurer mais, crois-moi, j'essaye de faire ce qu'il faut pour la sortir de ma tête !

— Oui, je le sais. Cependant, ce n'est pas en étant plus proche de cette vipère que tu ressortiras la tête de l'eau.

— Non ! Non ! Ce n'est pas ce que j'ai voulu dire ! Je parlais des affaires avec son père, et uniquement de cela. Je suis en détresse, mais pas au point de me suicider.

Puis John éclata d'un rire de gorge.

— Oh ! mon frère ! Tu m'as fait une peur bleue ! s'écria Lee en serrant John dans une accolade amicale.

— Allons ! Retournons à table, sinon je crains fort que notre rendez-vous de cet après-midi soit déjà compromis !

Puis ils quittèrent la pièce l'un à la suite de l'autre. Le repas se déroula rapidement et lorsqu'il prit fin, les trois hommes prirent la direction des bureaux de Peter Williams, situés sur Whitehall. Ils furent reçus agréablement, et après une longue discussion, John et Lee négocièrent un partenariat en investissant une grosse somme dans la flotte de transport de lord Williams. Mais, bien entendu, les trois hommes reçurent avant tout pour conclure cette affaire, l'aval de lord Grant. Le fait que John avait accepté d'accompagner sa fille, durant toute cette Saison, avait certainement fait pencher la balance en leur faveur. Alors que les deux jeunes hommes prenaient congé de leur nouvel associé, lord Grant ne les raccompagna pas. Il avait souhaité rester pour discuter avec Peter Williams sans leur en donner la raison. En fait, il voulait tout simplement s'assurer que certains points du contrat s'alignaient bien avec les règles qu'il avait lui-même mises en place, afin de continuer à tenir les ficelles des marchés se négociant dans tout Londres.

— Maman, comme je suis heureuse. Avez-vous vu comment Mr. Crawford a tout de suite accepté de m'accompagner ? Je n'ai même pas eu besoin de l'aide de papa ! s'exclama Vivian auprès de sa mère.

— Oui, ma fille ! J'ai bien vu et j'en suis bien heureuse. Et lorsqu'il vous aura vue dans vos jolies robes de bal, il ne tardera plus à faire sa demande, croyez-moi ! lui répliqua lady Grant, un grand sourire trônant sur son visage.

Puis les deux femmes se serrèrent dans les bras l'une de l'autre et quittèrent le restaurant dans lequel toutes deux étaient restées afin de déguster quelques pâtisseries françaises.

***

— Hattie ! Hattie ! s'écria Blanche, une jeune religieuse novice.

— Oui ! Je suis là, ma sœur ! lui répondit-elle, en se dirigeant vers la voix de la nonne qui raisonnait dans le couloir fait de pierres — comme tout l'édifice d'ailleurs.

— Hattie ! Il nous faut votre aide ! C'est encore

Alice ! Elle hurle dans la chambre et effraie toutes les autres petites qui se sont mises à pleurer. Je vous en supplie, Hattie ! Venez vite !

Les deux femmes arrivèrent dans la partie de la bâtisse réservée aux filles. Elles pénétrèrent dans l'une des chambres pour se retrouver autour d'une ribambelle de petites filles en larmes.

— Allons, allons, mes petites princesses, leur dit Hattie tendrement comme le ferait une maman. Que se passe-t-il, Alice ?

— *Ze* veux maman ! *Ze* veux maman ! rétorqua la petite Alice, son visage inondé par de grosses larmes.

— Oh ! ma toute petite, viens là ! Voilà ! c'est fini, lui murmura Hattie en la prenant dans ses bras et en embrassant les cheveux bouclés de sa petite tête blonde.

Alice était la plus jeune des petites orphelines. Elle était âgée d'à peine trois ans et avait un léger cheveu sur la langue. Elles s'installèrent toutes les deux sur l'un des petits lits garnissant la chambre avant que Hattie ne s'adresse aux autres petites filles.

— Allez ! Venez là vous aussi, mes petits anges ! leur dit-elle en tapotant le lit de sa main gracile.

Sans se faire prier, elles se jetèrent toutes sur elle afin de recevoir un câlin de leur gentille maman d'adoption.

— Doucement, voilà, leur répondit Hattie.

Puis elle entama une petite berceuse qui les calma toutes.

* * *

John était assis dans un fauteuil du salon de sa suite. Il

buvait un deuxième verre de bourbon bien rempli qu'il venait de se servir, juste après que Lee, désolé de le voir dans cet état sans parvenir à le raisonner, avait préféré fuir. Pourtant, leur discussion avait bien commencé, car ils avaient trinqué avec un premier verre pour la signature de leur nouveau partenariat. Puis, l'alcool y étant sans aucun doute pour beaucoup, la conversation était devenue plus amère lorsque John s'était morfondu d'avoir perdu miss Allen pour toujours.

Lee avait eu beau essayer de le raisonner, son ami était resté enfermé dans ses propres déductions…

Juste en arrivant devant la porte de sa suite, une idée vint à l'esprit de Lee. Il décida de quadriller la ville afin de retrouver Hattie et, ainsi, de redonner de l'espoir à son ami. Il tourna la poignée de la porte de sa suite, y entra pour prendre quelques affaires, et en ressortit rapidement. Puisque John n'était pas en état de faire quoi que ce soit, il décida de ne pas lui en parler et de s'en charger seul. Après quelques renseignements pris par les commerçants du coin, il arriva sur Park Lane et trouva enfin le cabinet de l'enquêteur privé qu'il souhaitait engager pour ce travail. Il lui donna une description de la jeune femme et le paya grassement pour qu'il la retrouve. Après une vingtaine de minutes, il ressortit du cabinet en se disant qu'il avait bien agi.

Une semaine de plus s'écoula sans que l'enquêteur découvre ne serait-ce qu'un seul indice pouvant l'aider à retrouver la jeune femme. Pas la moindre personne qui aurait pu lui parler, ou même, l'avoir simplement croisée. C'était comme si elle n'avait jamais existé. Lee était désemparé. Heureusement qu'il n'avait pas mêlé John à ses recherches. Ce résultat l'aurait abattu encore plus qu'il ne l'était déjà.

Chapitre 11

Une Belle Demande

Enfin, la Saison, tant attendue par les jeunes filles, débuta. Le premier bal se déroula chez la duchesse de Bedford. Elle avait fastidieusement fait aménager son manoir de Londres, à cet effet, et celui-ci fut envahi par plus de quatre cents invités, tous parés de leurs plus beaux habits. Vivian arriva au bras de John comme elle l'avait prévu. Elle avait une robe splendide que Mrs. D'Arcy lui avait confectionnée avec un modèle trouvé dans le cahier de Hattie. Bien entendu, Vivian avait exigé que la feuille soit détruite devant elle, dès la fin de la confection de sa robe !

Les voix des invités se firent soudainement discrètes et furent remplacées par des murmures lorsque le jeune couple pénétra dans la salle de bal. Vivian s'était réjouie devant toute cette assemblée qui les regardait. Elle était à son apogée ! John, quant à lui, sembla quelque peu perdu. Lee n'avait pas souhaité l'accompagner. C'était bien la première fois que John assisterait à une grande soirée mondaine, sans que son frère se trouve dans les parages. Après quelques minutes, il lâcha le bras de Vivian en l'informant qu'il allait chercher des rafraîchissements. Il arriva devant une longue table sur laquelle des breuvages de toutes sortes avaient été entreposés et servis à discrétion. John prit un verre de champagne qu'il avala d'une seule traite. Il reposa la coupe vide et se saisit de deux nouvelles coupes remplies de ce joli breuvage doré, pétillant dans le cristal. Malgré son mal-être, il était tiré à quatre épingles comme toujours. Il s'était paré, ce soir-là, d'un superbe costume parfaitement ajusté à son corps d'Apollon. Son pantalon fauve lui moulait ses longues jambes musclées où ses bottes à la russe, plus hautes devant que derrière et d'un noir profond, s'assortissaient avec sa veste, laquelle lui carrait les épaules à la perfection. Ses cheveux blonds, qu'il portait plus long que la mode anglaise n'y était habituée, étaient liés sur sa nuque par un ruban de velours noir. Il était tout simplement superbe ! Cette magnifique allure n'échappant pas, bien évidemment, à la gent féminine se trouvant sur son passage lorsqu'il traversa, à nouveau, la grande salle de bal en vue de rejoindre Vivian.

— Ma chère Vivian ! s'exclama lady Crawley. Vous êtes somptueuse et je peux en dire tout autant de votre cavalier qui a du mal, semble-t-il, à revenir vers vous !

— Je suis bien d'accord avec vous, lui répondit Vivian sans rougir d'un tel compliment.

Effectivement, la traversée pour John fut plus difficile qu'à l'aller. Durant cet intervalle, beaucoup d'invités étaient rentrés dans la salle de bal, laquelle s'en retrouvait, maintenant, bondée. John était accosté par tous les pères et leurs filles, dont ces dernières insistaient auprès d'eux afin d'être présentées à ce magnifique jeune homme. Aussi, mit-il un certain temps pour revenir vers Vivian qui, entre-temps, poursuivit sa conversation avec lady Crawley.

— Mais ne comptez pas sur lui pour essayer d'obtenir une danse avec Charlotte, car il m'est exclusivement réservé, lui lança-t-elle venimeuse.

— Quel dommage ! lui répondit lady Crawley, la bouche pincée en pensant à sa fille, laquelle sera certainement déçue de ne pouvoir pas valser avec un tel homme.

Puis elle se retira, vexée par la réponse de Vivian. Cette dernière exultait d'une joie triomphante en voyant tous les regards se poser sur elle. Il était incontestable qu'elle était la plus jolie ce soir. Pourtant, John semblait être le seul à ne l'avoir pas remarquée. Et si Lee s'était retrouvé à ses côtés, il aurait sûrement remarqué, avant tout, que son ami ressemblait à un mort-vivant. John était présent de corps, mais son esprit était suspendu entre deux rives. Malgré tout, il avait accepté d'accompagner Vivian et il tiendrait parole comme il l'avait toujours fait depuis qu'il avait appris à parler. Il arriva à la hauteur de la jeune femme et lui tendit une coupe remplie de champagne.

— Oh, merci bien, Mr. Crawford ! Il fait si chaud chez la duchesse. J'ai l'impression que les cheminées ont été allumées trop tôt ! Qu'en dites-vous ? lui demanda Vivian.

— Sûrement, lui répondit John, évasif.

— Il est de notoriété publique que la duchesse a toujours froid, aussi bien en hiver qu'en été, lui raconta-t-elle sous son éventail.

— C'est vrai qu'il fait horriblement chaud ici, lui

répondit John en tirant légèrement sur le col de sa chemise d'un blanc immaculé.

Il porta sa coupe de champagne à sa bouche et but quelques gorgées qui ne le rafraîchirent absolument pas. Les musiciens entamèrent une première valse et Vivian, sans en demander la permission, ôta la coupe de champagne que John avait dans sa main. Avant de la déposer sur un plateau, elle la porta à ses lèvres pour en boire une gorgée.

— Je vais connaître maintenant toutes vos pensées, lui déclara-t-elle, émoustillée par son propre geste.

John en resta coi, qu'une jeune femme puisse être autant en manque de grâce. Cette façon d'agir lui parut vulgaire. Alors qu'un serviteur passait à proximité d'eux, elle l'interpella avec peu de politesse et déposa bruyamment les deux coupes en cristal sur le plateau d'argent. Les mains débarrassées, elle s'accrocha au bras de John — comme elle en était devenue experte — afin de le tirer vers elle pour qu'il l'emmène au milieu de la piste de danse. Ils prirent en cours de route une valse. John dut subir plus de quinze minutes de supplice. En regard de cela, alors qu'il pensait faire une pause, Vivian lui fit comprendre qu'elle ne souhaitait pas quitter la piste et qu'elle était déjà prête pour la danse suivante.

— *Ô Seigneur !* songea-t-il.

Elle passa donc toute la soirée à danser avec le jeune homme sans qu'aucune autre prétendante puisse venir contrarier ses plans.

Bien entendu, sans s'en rendre compte et l'esprit complètement ailleurs, il confirmait par ce fait à toute la bonne Société, qu'il était bien le prétendant de la jeune femme…

Vivian se réveilla le lendemain, d'une humeur plutôt joyeuse. Aussitôt levée, elle fit parvenir une invitation à son *amie* Sophie, afin que celle-ci vienne prendre le thé dans l'après-midi. Elle voulait discuter avec elle et entendre ce qu'il s'était dit à son sujet durant le bal. Mais, surtout, elle souhaitait savoir si tout le monde la considérait maintenant comme une femme prête à convoler en justes noces. Puisqu'elle n'avait autorisé aucune personne féminine à s'approcher de John, elle n'avait pu entendre aucun racontar qui, nul doute, s'était échangé en cachoteries.

L'après-midi arriva rapidement. Vivian avait traînassé au lit tout en rêvassant. Elle avait pris seule son déjeuner tardivement. Ses parents avaient été invités à déjeuner à l'extérieur de la maison et ses petits frères avaient, eux aussi, déjeuné sans elle. Ils étaient entre de bonnes mains, même si Vivian ne voulait pas le reconnaître. Elle n'aimait pas cette jeune gouvernante qui s'occupait d'eux depuis plusieurs mois. Pourtant, elle n'avait pas critiqué celle-ci auprès de ses parents, comme elle avait l'habitude de le faire lorsqu'une personne ne lui plaisait guère. Cette distinction particulière se résumait tout simplement au fait que depuis que *cette* Julia était rentrée à leur service, elle ne se retrouvait plus assaillie ou agacée par ses petits frères. Elle les aimait, certes ! d'une façon singulière, tout de même ! Toutefois, leur différence d'âge était si importante qu'elle n'avait pas réussi, jusque-là, à s'attacher à eux comme une grande sœur aimante.

— Alors, Sophie ! Dites-moi ce qu'il s'est dit durant le

bal ! s'exclama Vivian, lorsqu'elle se retrouva dans sa chambre avec la jeune fille âgée tout juste de dix-sept ans.

— Eh bien ! tout d'abord, tout le monde a trouvé séduisant votre cavalier, pensez-vous ! Eh bien entendu ! Vous aussi ! ajouta-t-elle rapidement en voyant la bouche pincée qui venait de naître sur le visage de son amie. Et j'ai pu entendre quelques vieilles rombières sous-entendre une future union entre vous et John ! lui répondit Sophie.

— C'est parfait ! Parfait ! C'est exactement ce que je voulais vous entendre me dire ! s'exclama-t-elle.

— Alors, si je puis dire, vous êtes tombée amoureuse, ma chère Vivian !

— N'exagérons rien, ma p'tite Sophie ! lui répondit-elle sur un ton condescendant. Je l'apprécie et c'est amplement suffisant ! Amoureuse… Quelle idée ! Mais cela n'a pas d'importance, n'est-ce pas ? Ce qui compte, c'est que l'on me remarque et John Crawford paraît être le candidat idéal pour cela.

— Oui, mais tout de même… s'il n'y a pas d'amour, comment…

— Sophie ! s'exclama Vivian en lui coupant la parole. Vous êtes trop fleur bleue ! Si vous attendez l'amour, vous pourriez attendre fort longtemps !

— Peut-être… Mais je ne pense pas pouvoir m'engager avec un homme que je n'aime pas ou qui n'éprouve aucun sentiment à mon égard, lui répondit Sophie, déçue par la réponse de son amie.

— L'amour n'a rien à voir là dedans, croyez-moi ! La seule chose qui compte, c'est que lorsqu'il m'aura épousée, je pourrai continuer à faire ce que je veux ! Vous comprenez ! Il n'est pas difficile et consent à toutes mes demandes, alors…

— N'est-ce pas à cause de votre père qu'il agit comme cela ? lui demanda Sophie d'une toute petite voix.

— Sophie ! Faites attention ! Je n'ose bien comprendre votre sous-entendu. Je peux vous l'assurer ! John Crawford n'a que moi en tête et il n'a pas besoin d'être poussé par qui que ce soit pour se retrouver dans mes bras ! s'écria Vivian, rouge de colère de se rendre compte que Sophie avait décelé son jeu.

— Pardonnez-moi, ma chère Vivian ! Je ne voulais pas me montrer impolie. Si vous êtes certaine de vous, alors oubliez ce que je viens de dire, répondit la jeune fille, les yeux larmoyants de peur que Vivian ne la congédie sur le champ de son cercle d'amies.

— Allons, c'est oublié ! De toute façon, je peux vous assurer que John Crawford, de gré ou de force, me fera sa demande prochainement, lui répondit Vivian, le regard ailleurs, perdue dans de mauvaises pensées.

— Que voulez-vous dire, Vivian ?

— Que s'il ne se déclare pas, je trouverais un moyen de l'y obliger !

Sophie se sentit mal d'apprendre une telle chose. Pourtant, elle n'osa plus poser d'autres questions sur le sujet. Alors, Vivian la congédia de chez elle puisque Sophie n'avait pas d'autre information intéressante à lui apprendre.

Julia retrouva encore une fois Lee, derrière la porte de service. Ils avaient prévu de se rendre au théâtre, avant de retourner prendre leur dîner dans la suite de Lee. Ce dernier n'en avait cure que l'on pût le voir au bras d'une jeune femme de petites conditions, car il était fou d'elle et n'en avait absolument pas honte. Il s'était dit qu'il pourrait lui faire prochainement sa demande. Ce soir, il avait décidé d'en savoir plus sur les idées que Julia se faisait sur le mariage et il prendrait sa décision en conséquence suivant ce qu'elle lui annoncerait sur ce sujet. Aussi, durant le spectacle, Julia avait agréablement surpris Lee par son attitude. C'était une œuvre romanesque qui s'était jouée devant leurs yeux et il avait vu tout un tas d'émotions défiler sur son visage. Elle versa quelques larmes lorsque les personnages principaux, censés être réunis, durent se séparer et elle se mit à sourire avec une joie contagieuse lorsqu'ils se retrouvèrent unis à la fin de l'histoire. Ils ressortirent du théâtre, tous deux, le visage rayonnant de bonheur.

— Alors, mon amour ? lui demanda Lee.

— Eh bien ! c'est la première fois que je rentrais dans un théâtre ! J'ai adoré cette pièce. Il nous faudra en revoir d'autres ! Voulez-vous bien, mon tendre ?

— Bien sûr, ma douce !

— Oh ! Lee ! C'était magnifique, lui dit-elle en s'approchant du jeune homme.

— Oui, mais pas autant que vous, ma Julia, lui répondit-il en l'attirant à lui.

— Oh ! seriez-vous un romantique ? lui demanda-t-elle avec les yeux scintillants.

— Oui. Un romantique fort amoureux…, lui déclara-t-il dans un murmure.

— Oh ! Lee ! Vous me faites tourner la tête ! s'exclama-t-elle.

— Vous aussi, ma douceur, vous aussi…

— Mmm…, eut-elle le temps de marmonner avant qu'il ne dépose un tendre baiser sur ses lèvres et qu'il ne poursuive avec une myriade de petits baisers.

Puis il l'embrassa doucement dans un tendre échange, avant de lui prendre la main pour rentrer chez lui. Ils décidèrent de rentrer à pied comme la première fois, marchant ainsi main dans la main jusque devant la porte de la suite du St James Palace que Lee occupait toujours. Ils dînèrent tranquillement en continuant de dialoguer sur les pièces de théâtre. Puis Lee demanda à Julia si elle avait reçu des nouvelles de sa sœur. Il ne comptait pas oublier son frère, lequel était malheureux depuis la perte de son grand amour.

— Oui, j'ai reçu, il y a trois jours de cela, des nouvelles de Hattie. Elle me fait savoir qu'elle se plaît énormément et qu'elle viendra me voir prochainement.

— Alors, ma douce, c'est parfait. Si vous pouviez me faire savoir lorsqu'elle viendra vous voir… Je crois que John aimerait lui parler.

— Mais pourquoi ne se rend-il pas à la boutique de Mrs. D'Arcy ? lui demanda-t-elle.

— Vous ne le savez peut-être pas, mais John n'aime pas trop se rendre là où il y a trop de demoiselles. Vous comprendrez sans doute pourquoi, lui dit-il.

— Je vois que le charme de votre ami a toujours autant de succès ! s'amusa-t-elle à lui répondre.

— Écoutez-moi bien, Miss Allen ! Je vous pardonne pour votre réponse, si vous m'assurez qu'il n'opère pas chez vous ! s'écria joyeusement Lee, tout en essayant d'attraper dans ses bras la jeune femme qui lui échappa.

— Je pourrai fort bien me laisser charmer par celui-ci,

lui dit-elle en tournant autour du sofa.

— Si je vous attrape, Julia, je devrais vous faire payer horriblement cher pour cette réponse.

Il rattrapa enfin la jeune femme qui éclata d'un adorable rire de gorge, avant de se retrouver couchée sur le sofa, son compagnon posé sur son corps, l'emprisonnant entièrement.

— Je vous l'avais dit, ma petite friponne ! Pourtant, vous n'avez rien voulu savoir. Je vais devoir sévir…

Il n'arriva pas à finir sa phrase. Julia avait cessé de rire et ses lèvres s'étaient mises à trembler. La bouche de Lee fut attirée par celle de la jeune femme, comme un aimant, et il se mit à frôler ses lèvres sur les siennes. Il fixa ce regard d'un bleu océan et n'eut soudain qu'une seule pensée : la faire sienne !

Mais pour cela, elle devrait l'épouser avant…

— Julia… Je vous veux pour être la mère de mes enfants, lui chuchota-t-il sur les lèvres.

— Vous avez des enfants ! s'écria-t-elle, surprise, en repoussant brusquement Lee par les épaules.

— Heu… Non !… Mais je comptais sur vous pour en avoir ! Épousez-moi ! Je vous aime, Julia, lui dit-il en effleurant ses lèvres des siennes.

— Oui, lui répondit-elle sans une once d'hésitation.

Puis ils s'embrassèrent passionnément, les mains du jeune homme caressant les courbes de la jeune femme au travers du fin tissu habillant son corsage.

— Je dois m'arrêter, mon amour, sinon je ne réponds plus de rien. Vous me rendez fou.

— Non, ne vous arrêtez pas ! Je vous aime Lee, je vous aime, lui dit-elle dans un grognement de plaisir lorsqu'il déposa de tendres baisers sur le haut de sa poitrine.

— Je vous aime moi aussi, ma douce. Pourtant, il nous faut nous en arrêter là ! C'est plus raisonnable…

Ce soir-là, Julia rentra chez les Grant, complètement étourdie par la demande de Lee. Elle allait épouser cet homme qui l'aimait avec désir et passion.

Assurément comme elle, elle l'aimait !

Le lendemain, Lee s'était rendu chez l'enquêteur qu'il avait embauché. Malheureusement, celui-ci n'avait toujours pas retrouvé la trace de Hattie. Toutefois, Julia l'avait informé d'une prochaine rencontre avec sa sœur que Lee s'empressa d'aller annoncer à John. Il ne le voyait plus que peu dernièrement à cause du fait que ce dernier se trouvait constamment accaparé par lord Grant, et plus précisément par sa capricieuse de fille se faisant conduire fréquemment au bal ainsi qu'à toutes autres sorties mondaines. Depuis, ils n'arrivaient plus à se voir pour échanger quelques mots ou bien prendre chacun des nouvelles de l'autre. Mais avec cette information capitale, Lee était sûr de remonter le moral de John et, à coup sûr, de lui redonner de l'espoir !

— Bonjour, mon ami ! J'ai une bonne nouvelle pour toi ! Peut-être, même, excellente ! lui dit Lee dès que son ami lui ouvrit la porte de sa suite.

— Bonjour, Lee. Est-ce que tu vas m'annoncer que miss Grant a jeté son dévolu sur quelqu'un d'autre ? lui répondit John, d'une voix blasée.

— Non ! Mieux que ça !

— Mieux ! Je n'ose penser à qui tu sais.

John n'arrivait même plus à prononcer son prénom tellement cela lui faisait mal.

— Eh bien ! tu ferais bien, car Julia doit rencontrer sa sœur prochainement. Il est prévu qu'elle me donne le jour et le lieu, bien évidemment ! s'exclama-t-il avec joie.

John, étourdi par la nouvelle, se laissa tomber dans un fauteuil moelleux en se frottant le visage.

— Mon Dieu !

— Oui, mon ami ! Tu vas enfin retrouver ta belle !

— Oui… mais si jamais elle est avec un autre ! Je ne pourrais pas le supporter, lui répondit John, dépité.

— Arrête de te torturer bêtement, s'il te plaît ! Je viendrai avec toi et tu sauras au moins à quoi t'en tenir. Je ne supporte plus de te voir te détruire en restant impuissant.

— D'accord, mon frère. Laisse-moi juste digérer la nouvelle…

John se releva de son assise et se dirigea vers la petite console où se trouvaient toutes les bouteilles d'alcool pour se servir un verre de whisky.

— Non, John ! Arrête avec l'alcool ! J'ai besoin que tu sois sobre pour entendre ce que j'ai à t'apprendre, s'écria Lee, en lui ôtant des mains, le verre qu'il allait porter à sa bouche.

John le regarda et acquiesça de la tête.

— Je veux t'annoncer qu'hier soir, j'ai demandé à Julia de m'épouser et qu'elle a accepté, lui raconta Lee, le visage heureux.

— Quelle bonne nouvelle, mon ami ! Je suis si heureux pour toi !

Et, tout en disant ces paroles, John attrapa dans une

accolade ce frère de toujours, afin de le féliciter comme il se doit.

— Prends-toi une veste ! Je t'emmène boire un bon café à l'extérieur, s'exclama Lee, le visage rayonnant de bonheur.

Les deux amis sortirent ensemble de leur hôtel, le visage joyeux. Ils se dirigèrent vers la même petite taverne, toujours située à la sortie de la ville, où ils aimaient tant se retrouver au calme, à l'abri des mondains.

Chapitre 12

Partenaires !

Orphelinat Saint-Sauveur, Trois jours plus tard…

Hattie occupait maintenant toutes ses journées auprès des enfants. Comme la mère supérieure Constance avait su qu'elle arrivait à tous les calmer, elle l'avait autorisée à s'en occuper totalement. Malgré le peu d'argent qu'elle touchait pour ce travail, Hattie arrivait à en mettre tout de même de côté. Peut-être pas autant qu'elle l'aurait voulu.

Cependant, le fait qu'elle ne sorte jamais de l'hospice, elle ne dépensait donc pas cet argent…

L'été était en avance et fort agréable, et le parc de l'orphelinat était immense ! Aussi, Hattie avait-elle réussi à obtenir l'accord de la Révérende Mère pour organiser des pique-niques dans celui-ci. Un matin, alors qu'un ébéniste était venu réparer un meuble, Hattie avait vu là une occasion en or. Elle lui demanda s'il ne pouvait pas fabriquer, pour les enfants, quelques petits jouets en bois pour qu'ils s'amusent dans le jardin. Celui-ci tomba sous le charme de la jeune femme.

Et, bien que marié, il n'hésita pas une seconde à lui faire plaisir, conservant pour son jardin secret toutes les pensées que la jeune femme éveilla en lui…

Si bien qu'en un rien de temps, le parc fut envahi par

une multitude de jouets : deux balançoires, trois petites bascules, des quilles en bois avec des petites boules pour les faire tomber, ainsi que des petits cubes à empiler. Hattie était ravie et les enfants s'étaient égaillés à cette vue magique. Ils décidèrent d'appeler Hattie leur Bonne Fée. Les nonnes se retrouvant, de ce fait, beaucoup moins sollicitées par les enfants — ceux-ci passant une bonne partie de la journée à jouer dehors avec Hattie —, elles pouvaient alors s'atteler dans la fabrique de toutes sortes d'objets comme des poteries, des petits sachets d'herbes médicinales, des colliers de perles de bois et autres objets afin de les vendre au marché de Northanger Abbey. Ces ventes augmentant considérablement les revenus de l'orphelinat. Mais surtout, l'estime et la reconnaissance que les religieuses ainsi que la révérende mère Constance portaient à Hattie.

John était à nouveau convié chez les Grant. Lee avait accepté de l'accompagner, afin de s'assurer que son ami n'abuserait pas d'un breuvage trop fort. Lorsqu'ils furent installés dans le petit salon — dans l'attente que lord et lady Grant arrivent —, ils se retrouvèrent face à face avec Julia, accompagnée des jumeaux.

— Bonjour, Miss Allen, lui dit en premier John, ravi de la revoir.

— Bonjour, Mr. Crawford ! lui répondit-elle avec enthousiasme avant que Lee ne s'approche d'elle pour lui embrasser la main.

— Eh bien ! Eh bien ! je suis surprise que vous connaissiez miss Allen, John ! s'exclama Vivian en arrivant par le grand corridor tout en se dirigeant vers ce dernier, en ne montrant aucune gêne de l'avoir simplement prénommé.

— Non, vous vous méprenez, Lady Vivian. Nous nous sommes rencontrés sur le bateau sur lequel nous avons voyagé, lui répondit Julia, fortement angoissée. C'est tout, ajouta-t-elle doucement en fixant Lee.

Elle n'avait jamais aimé lady Vivian. Et aujourd'hui, encore plus que jamais ! Lee allait parler, sûrement pour annoncer qu'elle serait bientôt sa femme. Julia fronça aussitôt ses jolis yeux bleus pour intimer à Lee de se taire. Ce dernier referma la bouche sans émettre aucun son. Julia leur fit alors une jolie révérence et disparut en prenant les jumeaux par la main. Lee bouillait de rage de voir sa douce aimée traitée de la sorte. Dès qu'il l'épouserait — c'est-à-dire prochainement —, elle n'aura plus à travailler pour cette famille, qu'il estimait de moins en moins.

Ni pour aucune autre, d'ailleurs…

— Mon cher John ! s'exclama Vivian en papillonnant des yeux. Je suis si heureuse de vous revoir.

— Tout le plaisir est pour vous, murmura Lee, pensant ne pas être entendu par la harpie.

— Plaît-il, Mr. Moore ?

— Oui, tout le plaisir est pour nous, chère Vivian, reprit John en lançant un regard noir à son ami, tout en présentant son bras à celle-ci.

C'est à ce moment-là que les parents Grant firent leurs entrées, ravis de voir que John était toujours attentionné envers leur *adorable* fille…

Durant le repas, les deux jeunes hommes apprirent qu'un point avait été modifié dans l'affaire qu'ils avaient conclue avec Peter Williams.

— Je ne comprends pas pourquoi ! demanda John à lord Grant.

— Eh bien ! c'est fort simple. J'ai pris l'initiative de modifier le paragraphe neuf qui stipulait que vos avoirs étaient liés à ceux de la banque. En fin de compte, je les ai rachetés auprès de la banque ! Ce qui fait de moi votre nouvel associé, leur signifia lord Grant, tout en levant son verre — rempli d'un grand cru — à la hauteur de ses yeux, ravi d'un tel partenariat. Il continuait de fixer John lorsqu'il porta le *cépage* rouge à sa bouche pour en boire une longue gorgée. John et Lee étaient complètement déroutés. Ils avaient misé beaucoup de leurs fortunes dans cette affaire et ils ne pourraient pas se retirer sans en perdre une bonne partie. Le risque était trop élevé et jamais une telle erreur de jugement ne leur était arrivée. John ne s'engageait habituellement que dans des risques calculés. Néanmoins, là, il s'était fait désagréablement surprendre. Il se sentait soudain prisonnier, tel un animal pris en cage par un trappeur. Quant à Lee, il bouillait !

— Ne vous inquiétez pas, mes amis ! poursuivit lord Grant en voyant se modifier le visage de chacun des jeunes hommes. Si tout se passe comme je pense le voir en ce moment, nos fortunes seront alliées, n'est-ce pas ? leur annonça lord Grant, tout en levant de nouveau son verre à la santé de John.

Lee regarda son ami qui avait soudain blêmi.

— *Mon Dieu, qu'ai-je laissé faire !* se fustigea silencieusement Lee.

Le fait qu'il ait abandonné John dernièrement avait, sans nul doute, contribué à le jeter dans la gueule du loup !

Ou, plutôt, d'une certaine vipère…

Aussi, la fin du repas fut difficile pour les deux jeunes hommes. Ils avaient envie de fuir. Cependant, ils ne pourraient pas le faire sans créer de différends. Alors, ils prirent leur mal en patience.

Mais, Ô Seigneur ! Quelle épreuve pour les deux jeunes hommes…

De retour à leur hôtel, ils se retrouvèrent chez John et se servirent, chacun, un verre à moitié rempli de whisky.

— Tu sais ce qu'il y a de drôle, là-dedans ? lui dit Lee. C'est que je suis venu avec toi, chez les Grant, uniquement pour t'empêcher de boire.

Et tout en disant ces mots, il avala une gorgée de son verre.

— Oui, en effet… Cela peut paraître drôle, lui répondit John en avalant son verre d'une traite.

Il marqua une pause tandis que Lee portait à nouveau son verre à ses lèvres.

— Lee, il faut que tu demandes à Julia quel jour elle va revoir sa sœur. Il me faut une échappatoire mentale avec une possibilité de bonheur sinon, je crains pour ma survie, lui signifia John en déposant son verre en cristal sur une petite console.

— Oui, tu as bien raison ! Je lui enverrai un petit mot dès ce soir.

Lee repensa alors à l'attitude que Vivian avait eue à l'encontre de Julia.

— Et cette garce de Vivian ! s'écria-t-il. Je lui aurais bien fait ravaler ses mots à celle-là !

— Oui, je te l'accorde. Mais pour le moment, il faut que nous trouvions comment nous sortir de ce contrat. Nous irons voir dès lundi matin Williams et je compte bien savoir pourquoi il ne nous a rien dit sur cette modification du contrat !

— Je suis bien d'accord avec toi ! Mais il n'y a pas que de *ce* contrat que l'on doit se sortir ! Le sous-entendu de lord Grant m'a fait comprendre qu'il imaginait une union entre toi et sa fille !

— Oui, j'ai bien compris la même chose que toi ! Mais là, je peux t'assurer qu'ils pourront tous se mettre un doigt dans l'œil, s'exclama John en se laissant tomber comme une masse dans son fauteuil préféré.

— Et demain matin, nous irons suivre l'office à l'autre bout de la ville, s'il le faut ! ajouta Lee.

Le lundi matin à la première heure, ils se rendirent chez Peter Williams. Ce dernier eut du mal à s'expliquer et après plusieurs heures en sa compagnie, les deux jeunes hommes étaient repartis complètement abasourdis.

Ils venaient de comprendre qu'ils n'avaient aucune possibilité de rompre leur contrat avec lord Grant, sans y laisser une grande partie de leurs fortunes…

Chapitre 13

Rendez-Vous

Jardin de la résidence Grant, Mercredi 5 juin 1912

Comme à son habitude, Julia demanda au garçon de service de faire parvenir un petit pli à l'attention de Lee. Elle lui précisait dans celui-ci qu'elle devait rencontrer Hattie ce vendredi soir. Évidemment, ils ne pourraient pas profiter de cette soirée en amoureux. Pourtant, Lee ne s'en offusqua pas du tout. Il ferait n'importe quoi pour sa Julia, mais surtout, John retrouverait enfin l'être qui l'avait envoûté. Lee, dès qu'il reçut la nouvelle, se précipita chez son ami pour l'en informer.

— John, dans deux jours tu retrouvas celle qui te fait vivre un vrai cauchemar !

— Comment ça ? Vivian ? s'écria-t-il.

— Mais non, idiot ! Hattie ! Oui, c'est vrai que Vivian est un vrai cauchemar à elle seule. Cependant, je parlais plutôt de la dépression dans laquelle tu es plongé depuis que tu as l'impression d'avoir perdu Hattie, s'expliqua Lee.

— Où dois-je la retrouver ? demanda John, le cœur battant.

— Aussi étrange que cela soit, Hattie a donné rendez-vous à sa sœur dans notre petite auberge, celle située à la sortie de la ville, lui précisa Lee.

— Bien, c'est parfait ! On ne risquera pas d'être dérangés par nos connaissances.

— Cependant, je dois demander à Julia qu'elle tait le fait que nous serons là, nous aussi. Hattie lui ment depuis longtemps maintenant et je n'arrive toujours pas à savoir pourquoi. Et si tu rajoutes « qu'elle pourrait voir un homme », je suis sûr que tu te trompes ! Elle est assez proche de sa petite sœur pour lui raconter cela sans lui faire de cachoteries, si c'était la vérité.

— Il s'agit peut-être d'un homme marié, lui répondit John peu enthousiaste par sa propre réponse.

— Arrête, avec tes *peut-être*, veux-tu ! Je n'en peux plus de t'entendre douter ! Tu as toujours été un modèle pour moi mais, là ! je n'arrive plus à te reconnaître ! Alors, tu vas me faire le plaisir de ronger ton frein jusqu'à vendredi soir et de ne pas boire une seule goutte d'alcool jusque-là ! Et arrange-toi pour avoir une tête plus attirante, si tu ne veux pas que ta miss Hattie se sauve ! Tu fais vraiment peur, mon ami.

John acquiesça et Lee s'approcha pour lui donner une tape sur l'épaule en signe d'affection.

Enfin, le vendredi soir arriva. John et Lee faisaient le pied de grue sur le côté de la petite auberge, où le rendez-vous des deux sœurs avait lieu. Même si Julia avait été difficile à convaincre de mentir à sa grande sœur, sans une explication plausible, Lee y était parvenu. Après les mots, un baiser langoureux plein de promesses lui avait fait lâcher prise. Maintenant, tous deux devraient réussir à faire croire à Hattie qu'ils étaient venus dans cette auberge, par le plus grand des hasards, pour y dîner. Lorsque John entendit un petit rire cristallin, il reconnut immédiatement celui de Hattie. C'était le même qu'elle avait eu le jour où elle avait dévalé les marches de l'escalier du navire. Il l'aurait reconnu entre mille. Lee eut du mal à retenir John le temps que les jeunes femmes s'installent.

Cependant, après trois bonnes minutes, impatients tous les deux, ils entrèrent…

— Oh ! Mr. Lee ! s'exclama Julia dès qu'elle les aperçut.

— Mr. Lee ? répéta doucement Hattie qui était assise, le dos tourné à la porte d'entrée.

— Miss Julia ! s'exclama Lee en s'approchant de la table où étaient installées les deux sœurs.

Il avait contourné le meuble, afin d'aller déposer un tendre baiser sur la main de sa bien-aimée.

Hattie, surprise et piquée d'une certaine curiosité, se retourna sur son siège d'un demi-tour au côté opposé de Lee et se retrouva donc nez à nez avec… John !

— Mr. Crawford ! s'exclama-t-elle en se relevant de son siège comme si elle venait de se faire piquer.

— Miss Allen, lui dit John en s'approchant. Quelle merveilleuse surprise ! ajouta-t-il avec un superbe sourire accroché aux lèvres.

Et sans que Hattie — stupéfaite de le voir ici — lui présente sa main, il s'en saisit délicatement et la porta à ses lèvres bien plus longuement que la bienséance ne le voulait. Leurs regards se transformèrent instantanément et un courant électrique s'empara de leurs corps. Puis, John relâcha à contrecœur sa main, laquelle resta suspendue dans les airs quelques secondes avant de retomber près du corps de la jeune femme, fourmillante de picotements là où les lèvres de John étaient rentrées en contact avec sa peau. Julia et Lee les regardèrent avant de pouffer de rire discrètement.

— Peut-être pourrions-nous nous joindre à vous ? Si cela ne vous dérange en rien, bien entendu, demanda Lee.

— Non, bien sûr que non ! N'est-ce pas Hattie ? la questionna sa sœur.

— Oui, bien sûr, répondit timidement Hattie, toujours envahie de frissons.

Lee demanda alors à l'aubergiste à changer de place pour s'installer sur une table pour quatre personnes. Celui-ci leur désigna une table au fond de la salle avant de s'en retourner vers les cuisines, afin de préciser qu'il y aurait deux couverts de plus. Les deux couples qu'ils formèrent s'installèrent ensemble autour de celle-ci.

— Je dois dire que nous sommes agréablement surpris de vous retrouver ici, Mesdemoiselles. Est-ce que vous venez y dîner fréquemment ? leur demanda Lee, innocemment.

— Eh bien non ! C'est la première fois, n'est-ce pas Hattie !

— Oui, c'est une première, répondit Hattie tout en sentant le regard fixe que John posait sur elle.

Ils étaient assis l'un en face de l'autre, et la table, bien qu'étroite, était tout de même encore trop grande pour John. Il aurait voulu réduire considérablement l'espace qu'il y avait entre eux, afin de prendre entre ses bras cette femme dont il était tombé éperdument amoureux.

Pourtant, il se contint…

Il trouva qu'il y avait quelque chose de changé dans son aspect. Elle avait maigri, songea-t-il. Son regard était marqué par une tristesse, et son visage, d'une certaine affliction. Hattie aussi remarqua du changement chez John. Ses beaux yeux bleus étaient cernés. Et ses joues, bien que légèrement creusées, modifiaient quelque peu son visage. Toutefois, il n'en était pas moins beau, simplement différent, pensa-t-elle.

— Alors, Miss Julia ! Comment se passe votre travail chez les Grant ? demanda Lee.

Avant que sa sœur ne réponde, Hattie trouva étrange que Lee sache chez qui elle travaillait, puisqu'elles ne leur avaient rien dit lorsqu'ils s'étaient séparés à la sortie du fiacre qu'ils avaient partagé sur les quais du port de Liverpool, il y a déjà tellement de mois…

— Eh bien, les enfants sont adorables et je m'y plais vraiment. Je suis confortablement logée. Et vous, le Saint-James Palace ! Est-il réellement superbe comme je l'ai entendu dire ? lui demanda Julia, d'un air coquin et complice.

Hattie ne parlait toujours pas. Comment sa sœur pouvait-elle savoir dans quel hôtel ils résidaient ? Tout ceci lui parut étrange.

— Il est aussi resplendissant que les rumeurs le disent, lui répondit Lee, un sourire charmeur sur le visage.

Hattie était toujours dans ses pensées lorsque John l'en sortit, avec des yeux interrogateurs.

— Et vous, Miss Allen ! Comment est-ce, le travail dans une boutique telle que celle de Mrs. D'Arcy ?

— Tout va pour le mieux, Monsieur ! lui mentit-elle, surprise.

Son propre mensonge lui fit monter violemment le rouge aux joues tandis qu'elle se demandait encore une fois comment ces deux hommes pouvaient connaître leurs lieux de travail.

— Nous n'avons entendu que du bien sur les tenues que vous créez, Miss Allen. Que du bien, répéta-t-il en la fixant de plus belle, cherchant une réponse dans son regard qu'il ne trouva pas.

— Je vous remercie, Monsieur, pour ce compliment, lui répondit-elle, envahie par un mal-être.

— Mais je vous en prie, Miss Allen. Et appelez-moi John, si vous le voulez bien…

Elle le regarda avec un petit sourire qu'elle ne voulait pas laisser s'échapper de sa bouche. Malgré le doute qui l'habitait encore quelques secondes plus tôt, au sujet des drôles de questions qu'ils avaient posées, elle était heureuse de le revoir.

— Ce qui est dommage, reprit John, c'est que nous soyons passés à la boutique, hier matin, et que vous n'y étiez pas !

Puis il fit une pause avant de poursuivre. Hattie avait ses joues qui la brûlaient. Elle avait envie de disparaître six pieds sous terre, loin de lui et surtout, loin de son propre mensonge.

— Mrs. D'Arcy nous a informés que vous étiez partie livrer une cliente. J'aurais tellement voulu voir vos créations, lui dit-il avec un regard profond comme s'il arrivait à lire au fond de son âme.

— Heu… Oui, bien sûr…, bafouilla-t-elle tout en cherchant une excuse. C'était sûrement au moment où… j'ai dû traverser toute la ville à… pieds. Oui, je m'en souviens bien maintenant.

— Oui, moi aussi, lui répondit-il, la laissant là dans un sous-entendu qu'elle ne comprit qu'à demi-mot.

Elle sentit son sang refluer de son visage et une forte angoisse l'habitat.

— *Mon Dieu, comment vais-je m'en sortir, si Julia venait à apprendre la vérité ?* songea-t-elle. Veuillez m'excuser, Messieurs, prononça-t-elle difficilement tout en se relevant de sa chaise.

John et Lee se levèrent ensemble, et Hattie quitta la salle principale du restaurant pour se rendre aux toilettes.

Julia se leva de son siège, mais Lee la retint en posant sa main sur la sienne. John quitta aussitôt la salle et prit le même chemin que Hattie.

— Laissez-leur un peu d'intimités, ma douce, lui demanda Lee. Puis il se leva afin d'aller embrasser sa future femme comme il se doit.

Lorsque Hattie arriva dans les toilettes pour dames, sa tête lui tournait follement et son cœur battait dans un rythme complètement désordonné. Elle posa ses mains sur le lavabo afin de se retenir. Elle fixa son regard dans le miroir avant de baisser la tête. John arriva juste à ce moment-là, derrière elle.

— Miss Allen… Hattie, lui dit-il doucement.

Elle releva la tête puis, lorsqu'elle aperçut son reflet dans le miroir, elle fit un demi-tour sur elle-même. John se rapprocha. Elle secoua sa tête de droite à gauche sans qu'aucun mot sorte de sa bouche, essayant, par là, de le convaincre de ne pas s'approcher plus. Ce qui, évidemment, ne fonctionna absolument pas ! Il fit encore un pas avant de s'arrêter. Puis encore un, afin de se retrouver tout près d'elle.

— Hattie, vous m'avez tant manqué, lui dit-il en approchant son visage du sien.

La jeune femme n'arrivait toujours pas à prononcer un seul mot. Et lorsqu'elle se mordilla la lèvre inférieure, avec une certaine coquetterie, John ressentit assez de courage pour poursuivre.

— Pardonnez-moi pour ce que je m'apprête à refaire…

Il attrapa, entre ses mains, le visage de la jeune femme et déposa un baiser sur ses lèvres pleines. Elle ferma les yeux. Il lui glissa alors sa main derrière sa tête, fit descendre ses doigts délicatement jusqu'à sa fine nuque qu'il emprisonna, avant d'écraser ses lèvres sur les siennes avec plus d'ardeur. Lorsqu'elle entrouvrit la bouche et répondit à son baiser, il sentit toute raison lui échapper. Son esprit s'embruma et il s'appuya contre elle afin de la serrer contre lui. Hattie fut envahie d'un délicieux tremblement lorsqu'elle sentit toute la passion qui brûlait le corps de John.

— Vous m'avez manqué au point de me rendre fou, lui murmura-t-il en l'embrassant dans le cou.

— Vous aussi, vous m'avez manquée, lui répondit-elle, envahie par une certaine hardiesse.

Il attrapa alors sa main et l'entraîna dans un cabinet qu'il verrouilla derrière eux. Ils continuèrent à s'échanger des baisers passionnés et lorsque John commença à lui défaire le dos de sa robe, elle ne l'arrêta pas. Il la fixait. Il croyait rêver. Elle était encore plus belle de près. Il déposa toute une multitude de petits baisers sur son épaule et lorsque son corsage tomba sur son ventre, il s'arrêta, subjugué par tant de beauté. Sa poitrine pointait sous le tissu transparent qui lui restait encore sur le haut du corps. Elle respirait avec difficultés, troublée par tant d'émotions nouvelles. Il la fixa avec intensité, puis l'embrassa dans le cou, lequel s'était mis à rougir violemment. Il descendit jusqu'à la pointe d'un sein qu'il embrassa à travers le tissu, avant de le prendre en succion dans sa bouche. Hattie grogna un petit gémissement de plaisir et afin de la faire taire, il reprit goulûment sa bouche dans la sienne tout en prenant dans sa main, son autre sein. Elle s'immobilisa le cœur battant, envahie jusqu'au plus profond de son être par un désir douloureux. Elle se pressa plus fort contre sa virilité imposante et lorsqu'elle posa audacieusement sa main dessus, John se sentit perdu. Un bruit de porte les ramena brusquement sur terre et les obligea à s'arrêter. Ils ne se quittèrent pas du regard lorsque John attrapa la main de Hattie — restée posée sur son désir —, et la porta à ses lèvres pour y écraser un baiser sur ses doigts.

— Il faut que nous nous arrêtions, lui dit-il dans un murmure.

— Pourquoi ? articula-t-elle difficilement.

— Parce que si nous ne nous arrêtons pas immédiatement, poursuivit-il, il va se passer une chose… une chose que je ne pourrai plus contrôler…, ajouta-t-il d'une voix rauque tout en la fixant de son beau regard bleu.

— Oh…, fit-elle lorsque son cerveau se reconnecta et qu'elle comprit où il voulait en venir.

Elle sentit alors une chaleur envahir son visage bien que ses joues soient déjà naturellement colorées d'un rouge carmin. Sans bruit, John lui ragrafa sa robe et sortit discrètement le premier des toilettes pour dames. Hattie s'apprêta encore quelques minutes avant de le rejoindre à la table, où Lee et Julia les attendaient. Enfin, presque ! Parce que pendant tout ce temps-là, et bien que le restaurant eut accueilli quelques personnes de plus, les deux tourtereaux n'avaient pas arrêté de s'échanger des baisers. Heureusement pour eux, c'était John qui les avait surpris et non pas Hattie, laquelle avec les joues rougies, arriva deux minutes plus tard.

— Il serait peut-être temps de passer commande, demanda Lee en regardant John avec un grand sourire.

Son frère avait encore sa chevelure légèrement ébouriffée. C'était sûrement le résultat dû aux caresses multiples que Hattie lui avait faites avec ses doigts lorsqu'elle les avait enfouis à maintes reprises pour le garder plus longuement contre elle. Néanmoins, celle-ci n'était guère mieux ! Plusieurs mèches s'étaient échappées de son chignon révélant le combat qu'ils avaient eu tous deux. Enfin, ils finirent par dîner tranquillement, laissant là toute une ribambelle de secrets qui n'avaient pas encore l'envie d'être dévoilés. Ils raccompagnèrent Julia en premier, étant donné qu'elle était la plus proche sur leur route. Le baiser que Lee lui donna n'échappa pas à sa sœur. Elle sentait bien, qu'ils avaient déjà dû se revoir et que cette visite impromptue avait certainement été organisée minutieusement. Lorsqu'ils raccompagnèrent Hattie devant la boutique de Mrs. D'Arcy, John demanda à Lee de leur accorder quelques minutes. Il s'empara avec douceur du bras gauche de la jeune femme et ensemble, ils firent quelques pas.

— Êtes-vous sûre que tout va bien, Hattie ? lui demanda John tout en lui prenant ses mains dans les siennes.

Elle murmura un *oui* si timide que ce mot ne le rassura absolument pas.

— Si vous voulez me dire quelque chose, me parler… maintenant. Je suis là, tout à vous, Hattie, lui dit-il d'un timbre de voix soucieux.

— Non, il n'y a rien à dire ou à rajouter, John. Je dois rentrer. Il se fait tard, lui répondit-elle prête à le quitter promptement.

Ses yeux lui piquaient horriblement et ne demandaient qu'à déverser, en flot, les larmes qu'elle contenait avec difficulté. Il l'attrapa dans ses bras et déposa un baiser sur ses lèvres. Hattie, malgré son cœur chargé d'un énorme mensonge, s'enflamma de nouveau. John, quant à lui, fut habité par un mauvais pressentiment. Il s'inquiétait de ce mensonge que Hattie s'obstinait à garder pour elle seule et il était encore plus navré qu'elle ne s'en ouvre pas auprès de lui après ce qu'il venait de partager dans les toilettes pour Dames. Il la quitta à regret, et elle disparut par un petit chemin qui longeait la boutique et l'emmena tout droit à la porte de derrière — qu'elle n'ouvrit pas bien entendu ! John et Lee attendirent plus d'une dizaine de minutes avant de repartir. Hattie, s'en doutant, attendit encore plusieurs minutes afin de s'assurer que les deux hommes avaient quitté les lieux. Elle ressortit et activa le pas. Au coin de la rue, elle fit signe à un fiacre. Elle grimpa rapidement à l'intérieur et le cocher la déposa à l'autre bout de la ville, juste devant l'entrée de l'orphelinat. La porte s'entrouvrit après qu'elle cogna trois petits coups dessus.

Elle pénétra précipitamment à l'intérieur et s'enfuit dans sa petite chambre avec ses secrets…

Chapitre 14

L'Égarée

Hôtel St James Palace, Samedi 8 juin 1912

Le lendemain, John et Lee se retrouvèrent pour déjeuner.

— Je sais qu'elle nous ment ! Néanmoins, je n'arrive pas à savoir pourquoi ! s'exclama John.

— Je le sais bien, mon frère ! Pourtant, je ne veux pas en rediscuter avec Julia et lui mettre des doutes dans la tête. Cela la terrasserait, si elle ne savait pas où sa sœur se trouve actuellement !

— Je le sais, mon ami, je le sais… Cela me rend fou ! Mais quelle soirée ! s'exclama John.

— Oui, quelle soirée ! répéta Lee. Je crois bien que tu as pu savoir si tu plaisais toujours à *beaux yeux,* on dirait !

Puis ils s'esclaffèrent comme deux petits garçons qui auraient fait une bêtise sans se faire prendre.

* * *

— Maman, il est sept heures et Mr. Crawford n'est toujours pas là pour m'accompagner au théâtre.

Sa mère attrapa sa fille entre ses bras afin de la rassurer.

— Ne vous inquiétez pas, mon enfant, une affaire a sûrement dû le retenir. Je vais demander à votre père de lui faire parvenir un mot immédiatement, lui dit-elle.

Elle sortit alors de la pièce afin d'aller trouver son mari confortablement installé derrière son bureau. John avait reçu, vingt minutes plus tard, un mot assez cinglant émanant de lord Grant. Ce dernier lui ordonnait de se trouver au plus tôt dans son hall d'entrée, et ce, afin d'honorer la promesse qu'il avait faite à sa fille. John était dans sa suite et discutait avec Lee lorsqu'il avait reçu ce petit carton.

— Mince ! J'avais complètement oublié ! s'exclama John en en terminant la lecture.

— Qu'est-ce que tu avais oublié ? lui demanda Lee.

— Que j'avais promis à miss vipère que je l'accompagnerais au théâtre ce soir !

— Tu ne vas pas continuer cette mascarade avec cette mégère ! s'écria Lee.

— Écoute ! Je ne peux me déroger, tu le sais fort bien. Tante Leonore nous a inculqué les mêmes principes ! Accompagne-nous ! S'il te plaît, ajouta John en tenant par les épaules son ami de toujours.

— D'accord ! Mais je ne veux pas entendre parler de miss Sophie ! Je suis sûre qu'elle ne vaut guère mieux que miss caprices ! lui rétorqua-t-il.

Les deux jeunes hommes étaient arrivés une demi-heure plus tard à la résidence Grant. John avait trouvé une excuse recevable et Vivian avait retrouvé son sourire factice. Elle applaudit toutefois gracieusement lorsqu'elle aperçut Lee accompagnant l'élu de son cœur.

Ou plutôt celui de ses projets…

Sophie arriva au même instant du couloir principal, où elle s'était rendue dans la salle de bain afin de nettoyer une petite tache de thé qu'elle venait de faire sur sa robe.

— Mr. Moore ! s'écria Vivian. Quelle joie de vous revoir ! Mon amie, Sophie, se trouve être des nôtres ce soir et je suis sûre que vous serez ravi de l'escorter, lui dit-elle, toute mielleuse en fixant Lee de son regard gris.

John fixa Lee, lequel n'avait qu'une seule envie : prendre la fuite ! Sophie s'avança vers eux en rougissant. Elle semblait effrayée et peu sûre d'elle, bien qu'elle soit une jeune femme ou plutôt une jeune fille dont la beauté n'était pas tout à fait éclose. John s'approcha et la salua, et Lee en fit tout autant. Les deux amis devaient sans doute se demander comment une jeune fille telle que Sophie pouvait être l'amie de Vivian qui, semblait-il, ne collait pas avec le personnage fantasque qu'était cette dernière. Les jeunes femmes enfilèrent leurs capes et se coiffèrent de leurs capelines. Alors, les deux couples qu'ils formèrent sortirent de chez les Grant.

Julia, arrivant à ce moment-là, aperçut Lee de dos qui souriait à Sophie. Une montée de chaleur intense la submergea et la jalousie lui mordit le cœur. Dans son aigreur, elle vit également que John tenait par le bras Vivian. Contrariée d'avoir cru en un amour trompeur, Julia escalada, d'un pas décidé, les escaliers pour se rendre de nouveau dans sa chambre. Si Lee l'aimait réellement, il ne sortirait pas en étant accompagné par une autre femme qu'elle. C'était aussi simple que cela !

Elle passa tout le reste de la soirée contrariée d'avoir été la dupe d'un homme. Néanmoins, elle resta attentive aux jumeaux et s'en occupa correctement jusqu'à ce qu'ils aient leurs petits yeux bien clos. Alors enfin elle se coucha le visage en pleurs et ne trouva le sommeil que tardivement.

Depuis ses retrouvailles avec John, Hattie était d'une humeur rêveuse. Voilà deux jours qu'elle souriait bêtement, le regard plongé dans ses pensées. Elle, qui était d'une nature douce, s'occupait des enfants avec encore plus d'amour, si tant est que cela soit possible. Son cœur en débordait tellement ! Son corps l'avait trahie plus d'une fois durant la nuit précédente et elle s'était réveillée en nage, le corps vibrant d'une douleur exquise. John avait donné vie à sa peau, et son corps ne demandait qu'à le ressentir de nouveau, là, pressé contre lui.

Pourtant, cette sensation l'abandonna crûment lorsqu'elle reçut dans l'après-midi par Louis — le garçon de service des Grant —, un mot de sa sœur. Elle lut rapidement le petit morceau de papier et fut fortement ébranlée par les nouvelles que lui annonçait Julia. Elle demanda au jeune garçon de bien vouloir patienter, comme elle avait eu l'habitude de le lui demander depuis plusieurs mois, à chaque fois qu'il s'était présenté à elle avec une lettre de Julia.

C'était miss Elliot, la préceptrice des jumeaux qui avait présenté Louis aux deux sœurs lorsque celles-ci étaient arrivées la première fois chez les Grant. Et après son départ précipité de chez Mrs. D'Arcy, Louis avait retrouvé Hattie dans la cour de jeux de l'orphelinat alors qu'il venait voir, en cachette, sa petite amie Clara. C'est grâce à cette amourette que Hattie avait pu correspondre avec sa sœur sans que personne se doute qu'elle ne travaillait plus à la boutique de Mrs. D'Arcy. Et le jeune Louis avait tenu parole en ne divulguant pas, à qui que ce soit, son secret.

Quelques minutes plus tard, Hattie lui remit un pli avec un petit panier de gâteaux pour le récompenser de son attente. Lorsqu'il eut tourné les talons, elle se dirigea vers les enfants qui jouaient toujours dehors, tous surveillés durant sa courte absence par Blanche, une des sœurs converses.

— Hattie, vous sentez-vous bien ? lui demanda Blanche lorsqu'elle aperçut le visage blême et grisâtre de celle-ci.

— Oui, oui. Ne vous inquiétez pas, ma sœur. Tout va bien. C'est juste une petite fatigue passagère. Mais je me sens déjà…

Elle n'eut pas le temps de finir sa phrase que le sol se déroba sous ses pieds. Elle perdit l'équilibre en tombant brutalement dans l'herbe, sa tête se cognant au passage sur un énorme caillou. Elle resta inconsciente lorsque le jardinier la transporta dans sa chambre et également lorsque le médecin, qui fut mandé, l'ausculta. La mère supérieure ne savait pas quoi faire à part prier. Hattie ne lui avait pas dit qu'elle avait une sœur et hormis le fait de savoir qu'elle était adorable, intelligente et vive d'esprit, les sœurs s'aperçurent qu'elles ne savaient pas grand-chose d'elle. Malgré les prières des sœurs, de la révérende mère Constance et des enfants de l'orphelinat, Hattie resta inconsciente.

***

Cet après-midi là, alors que Lee était tranquillement installé dans son fauteuil, John frappa à sa porte.

— Entre, mon ami !

— Lee ! Je suis content de te voir. J'ai une bonne nouvelle ! s'exclama John.

— Vas-y, raconte-moi, mon ami ! lui répondit Lee, enthousiaste.

— J'ai trouvé comment nous débarrasser de lord Grant, lui annonça John joyeusement.

— Poursuis ! Je suis tout ouïe ! s'exclama Lee en se rassoyant sur le fauteuil faisant front au sofa sur lequel John prit place.

Confortablement installés tous deux, ils allumèrent chacun un petit cigare à la violette, qui se consuma doucement entre leurs doigts.

— Nous allons racheter toutes les parts que les associés de lord Grant ont en leurs possessions. Nous deviendrons, par ce biais, majoritaires de sa propre fortune et nous le tiendrons jusqu'au cou ! lui annonça John, un sourire fabuleux sur les lèvres.

— C'est pour toutes tes fameuses idées que je t'adore, grand frère ! lui répondit Lee en se relevant pour échanger une poignée de mains sincères avec son frère de toujours.

— Tu ne pourras plus nier maintenant que je suis le cerveau ! lui dit John en explosant de joie.

Ce qui fit rire Lee aux éclats.

Le lendemain, lorsque Lee envoya un petit mot à sa douce, il fut surpris de ne recevoir aucune réponse. Au bout de deux jours, il se retrouva à attendre à la porte de service en vue d'apercevoir sa bien-aimée. Il la vit au moment où elle allait sortir cueillir quelques fleurs dans le jardin pour orner les vases de sa chambre, comme elle le faisait toutes les semaines. Pourtant, dès qu'elle l'aperçut, elle fit un demi-tour non sans lui avoir lancé, auparavant, un regard noir.

— Qu'est-ce ? se demanda-t-il, surpris.

Cependant, la jeune femme avait déjà repassé le pas-de-porte et il ne pouvait pas se permettre de la suivre à l'intérieur. Il retourna chez lui, dépité par ce qu'il venait de lui arriver.

— Comment ça, elle t'a fui ? s'exclama John.

— Oui, elle m'a fui me laissant, là, perdu dans mes pensées ! Je ne sais pas ce qu'il s'est passé. Toutefois, je ne resterai pas un jour de plus sans le savoir.

Puis il se laissa tomber sur le sofa.

***

Hattie avait repris connaissance. La première chose qu'elle demanda, c'était d'avoir auprès d'elle, sa fille.

— Hattie, mon enfant. Vous n'avez pas de fille, lui répondit la Révérende Mère.

La jeune femme la regarda fixement, essayant de se rappeler qui s'adressait à elle d'une façon si familière.

— Excusez-moi, mais je dois rentrer chez moi. Ma fille…

Puis elle chercha le prénom de celle-ci avant de poursuivre.

— Mon Dieu, Alice ! Elle doit m'attendre chez son institutrice !

Puis elle retomba dans un profond sommeil. Le médecin annonça à la révérende mère Constance que le coup reçu à la tête avait créé un hématome qui faisait pression sur le cerveau de Hattie, la rendant ainsi amnésique.

— Oui, mais concernant sa fille ? s'interloqua la none. La seule enfant qui porte le prénom d'Alice est une petite orpheline que nous avons auprès de nous.

— Je sais que sa demande peut vous paraître insensée. En regard de cela, souvent les amnésiques se créent de nouvelles vies avec des morceaux d'histoire qu'ils leur restent en mémoire, s'expliqua le médecin.

— Alors, que devons-nous faire ? l'interrogea la religieuse.

— Emmenez-lui la petite à son réveil, si elle la demande, lui répondit le médecin avant de refermer sa sacoche. Je repasserai dans deux jours.

Il quitta les lieux, laissant là toutes les personnes estimant fortement la jeune femme égarée dans les méandres de sa mémoire…

Chapitre 15

Un Baiser Impromptu !

Résidence Grant, Jeudi 13 juin 1912

Ce matin-là, lady Vivian croisa Julia dans le petit salon. Cette dernière lui lança un regard mauvais.

— Auriez-vous un problème ? lui demanda Vivian sur un ton ferme.

— Non ! lui répondit Julia avant de tourner les talons et de rejoindre les jumeaux.

Vivian n'avait pas du tout apprécié le ton et la réponse de Julia. Elle se dit que son heure ne tarderait pas à venir à *celle-là* !

Mais, pour le moment, elle avait d'autres chats à fouetter. Elle était toute à ses pensées. Ce soir, elle irait de nouveau à un bal en compagnie de John. Elle espérait qu'il se déclarerait durant celui-ci. Elle perdait patience, d'attendre qu'il ne vienne chez elle que sur invitation ou sur ordre de son père. Plus tôt elle lui serait fiancée, plus vite elle le verrait quand cela lui chante. De plus, elle pourrait organiser en conséquence ses sorties et ainsi se pavaner au bras d'un homme qui *fut* fortement convoité par la gent féminine, mais qui avait décidé de la choisir, *elle*…

Hattie s'était réveillée de nouveau et avait réclamé sa fille, Alice. La mère supérieure donna l'ordre qu'on lui amène donc l'enfant.

— Alice, ma toute petite ! C'est moi, maman, lui dit Hattie lorsqu'elle l'enlaça de ses bras afin de la presser contre son cœur.

— Maman ! lui répondit la petite fille.

Cette dernière n'était absolument pas choquée, car cela faisait plusieurs semaines qu'elle appelait Hattie « maman ». Elle lui présenta son visage afin de recevoir un baiser, tout heureuse d'être toujours aimée par la jeune femme. Puis, après ses tendres retrouvailles, Hattie se leva et demanda où elle se trouvait.

— Vous êtes à l'orphelinat Saint-Sauveur, lui répondit Blanche.

— À l'orphelinat ? répondit Hattie, comme si elle cherchait profondément dans sa mémoire sans arriver à s'en souvenir. Mais comment sommes-nous arrivées ici, mes sœurs ?

Les religieuses se regardèrent entre elles, ne sachant pas quelle réponse lui apporter. La mère supérieure prit la relève.

— Mon enfant, asseyez-vous, je vous prie.

Elle laissa à la jeune femme le temps de s'exécuter avant de poursuivre.

— Vous êtes là, ma fille, car vous l'avez souhaitée. Vous travailliez avec nous et auprès des enfants depuis plusieurs mois, maintenant.

— Non ! s'écria Hattie. C'est impossible ! Impossible…, répéta-t-elle avant de plonger quelques longues secondes dans ses pensées. Mais, oui ! Je me souviens de notre voyage à bord du TITANIC, de la noyade de centaines de personnes et du sauvetage que nous avons eu la chance d'avoir avec ma petite Alice. Ça y est, je me souviens de vous avoir demandé l'aumône la semaine dernière. Oh ! ma sœur ! Dites-moi que je peux encore rester quelques jours auprès de vous. Si nous devons partir, je ne sais pas ce que nous réserve la vie, seules, toutes seules à l'extérieur. J'ai si peur…

Puis le visage en pleurs, elle s'effondra. Ce souvenir qu'elle s'était créé devait sans doute lui provenir de la lecture du journal annonçant le naufrage du TITANIC et dont le nombre de morts avait énormément marqué les lecteurs. Impuissantes, les nones décidèrent de ne pas contredire la jeune femme, et ce, afin de ne pas la troubler plus qu'elle ne l'était déjà.

***

Ce soir-là, John se présenta seul chez Vivian, lui annonçant que son ami ne se sentait pas assez bien pour les accompagner.

— Eh bien, ce n'est pas grave, Sophie se trouvera quelqu'un d'autre, voilà tout ! lui répondit-elle tout en faisant avec sa main, un petit mouvement afin de chasser une poussière imaginaire de son épaule et ainsi, démontrer par ce geste toute l'indifférence qui l'habitait.

— Alors, allons-y, lui répondit John avec un sourire.

En fait, il était heureux. Non pas d'accompagner cette harpie ! Mais plutôt, tout simplement parce qu'il avait passé avec Lee les derniers jours à convaincre les investisseurs de lord Grant, de leur céder leurs parts dans les affaires qu'ils avaient conclues avec ce dernier. Ils avaient déjà signé quelques accords de ventes. Cependant, les plus gros étaient en attente. Et si tout se passait bien, ils devraient pouvoir se sortir prochainement de l'emprise Grant au sens le plus large du mot !

Et les autres gentlemen avec lesquels ils étaient en affaires avaient hâte, eux aussi, d'être libérés de cette poigne de fer qui dominait leurs quotidiens…

Lorsque le jeune couple arriva dans la salle de bal, tout le monde les regarda entrer. Des sourires coquins de jeunes filles parvenaient à John, comme à chaque fois qu'il arrivait dans ces évènements mondains. Vivian souriait à pleines dents, car ce qu'elle aimait le plus, c'était le regard envieux de ces mères qui voyaient en leur couple, tout espoir perdu pour leurs filles. John dansa avec Vivian en se disant que c'était sûrement la dernière soirée qu'il s'obligeait à passer avec elle.

— Monsieur, vous êtes un si bon danseur, lui narra-t-elle en papillonnant des yeux.

— Je vous remercie, Lady Vivian, lui répondit-il poliment sans émettre de joie dans sa réponse.

— Que vous êtes coincé, John ! Ne pourriez-vous pas m'appeler par mon prénom ? lui demanda-t-elle en lui faisant une moue aguicheuse qui n'eut pas l'effet escompté comme elle aurait pu le croire.

Malgré cette volonté qu'elle mettait à le prénommer et dont il détestait la consonance de son prénom dans sa bouche, il éclata de rire. Les personnes, les entourant, regardèrent aussitôt dans leur direction. Vivian se rapprocha de lui, heureuse qu'il la trouve *si* délicieuse.

— Nous sommes si proches maintenant. Il serait temps pour vous de faire votre annonce, ne croyez-vous pas, John ?

John garda son sourire difficilement lorsque l'insinuation de la jeune femme se fit jour dans son esprit.

— Je ne vois pas de quoi vous voulez parler, Lady Vivian, mentit-il.

— Allons, John ! Vous m'aviez promis de m'appeler Vivian, chuchota-t-elle la bouche pincée.

— Je ne vous ai rien promis ! lui répondit-il tout bas, surpris qu'elle puisse oser prononcer des paroles qu'il n'avait absolument pas imaginées.

— Enfin, cela va de soi ! Non ? Voyez-vous même ! Tout le monde nous regarde et s'attend sûrement à une grande annonce ! lui rétorqua-t-elle mielleuse.

John avait soudain envie de la fuir et d'aller retrouver Hattie qui lui manquait horriblement. Il n'avait toujours pas retrouvé sa trace et depuis que Julia ne répondait plus à Lee, il était replongé dans le flou total. Aussi, ne prit-il pas la peine de répondre à Vivian. La danse se termina et l'orchestre annonça une pause. Tous les invités quittèrent la piste en vue d'aller prendre quelques rafraîchissements et se ravitailler. Vivian insista pour aller prendre l'air avec lui. Elle avait, bien entendu, une idée derrière la tête !

Puisqu'il ne se déclarait pas, elle allait tout faire pour qu'il le fasse…

Ils croisèrent Sophie sur le chemin et cette dernière se mit à rougir fortement lorsque Vivian lui fit un clin d'œil en passant. Sophie comprit immédiatement ce que Vivian s'apprêtait à faire. Toutefois, terrorisée, elle ne put faire un seul mouvement pour l'arrêter. Vivian avait un tel empire sur ses amies, qu'aucune n'aurait eu l'idée, ne serait-ce qu'un seul instant, de s'opposer à elle. Le couple qu'ils formaient était arrivé sur la terrasse. Pourtant, Vivian souhaita aller marcher dans l'allée afin de se dégourdir les jambes. John acquiesça, n'y voyant là aucun problème. Il avait besoin de respirer de grandes goulées d'air frais, afin de calmer son cerveau qui n'avait qu'une seule envie : fuir cette vipère pour aller retrouver Hattie ! Il avait bien vu le visage de Sophie lorsque celle-ci les avait croisés. Elle était terrifiée rien qu'en étant vue par Vivian. Cela en disait long sur l'amitié que lui portait cette dernière ! Soudain, il fut sorti de ses pensées lorsque Vivian commença à frissonner tout en se rapprochant de lui.

— Allez-vous bien, Lady Vivian ? lui demanda-t-il.

— Non, j'ai un peu froid.

Il ôta sa veste, tout gentleman qu'il était, et la lui posa sur les épaules. Elle lui sourit tout en se collant à lui.

— Marchons ! Voulez-vous bien ? lui intima John.

— À vos ordres, cher John. Je vous suivrai jusqu'au bout du monde !

— Arrêtez, Lady Vivian, de vous comporter comme une demoiselle que je souhaite épouser ! lui dit-il d'un ton froid. Je ne sais pas ce qui vous pousse à le faire ! Pardonnez-moi, Milady, si je vous ai, ne serait-ce qu'une seule fois, induite en erreur, mais sachez que mes sentiments à votre égard ne sont pas réciproques aux vôtres.

— Qu'est-ce ? lui répondit Vivian, la bouche tordue par la colère.

— Tout simplement parce que je ne vous aime pas !

Voilà, il le lui avait enfin dit !

Il se sentit plus léger, même s'il venait d'être plus qu'impoli en prononçant ces mots auprès d'une femme.

— Vous ne pouvez pas ! lui répondit-elle. Je vais en parler à mon père et vous verrez bien que vous ne pouvez pas me repousser de la sorte, cracha-t-elle.

John recula de deux pas, croisa les bras sur son torse et la regarda souffler.

— *Mon Dieu ! Quel cauchemar ! Il faut que je rentre,* songea-t-il. Venez ! Je ne peux vous laisser seule dans ce jardin. Vous pourriez, ne serait-ce rien qu'avec vos pensées venimeuses, vous empoisonner ! lui dit-il en lui prenant le bras.

C'est à ce moment-là que Vivian aperçut Sophie sur la terrasse. Elle se jeta sur John et l'embrassa, le prenant au dépourvu. Sans plus d'explication à son geste, elle poussa un cri perçant et le quitta sur-le-champ en laissant tomber sur le sol, la veste de John. Elle rentra dans la salle de bal, le visage rougi par la colère et les yeux larmoyants. Elle se dirigea directement vers sa mère et se jeta dans ses bras.

— Vivian ! s'écria sa mère lorsqu'elle aperçut de la peur sur le visage de sa fille.

Il n'y avait rien à dire de ce côté-là ! Vivian était une véritable comédienne, si elle arrivait même à duper sa propre mère !

— Qu'y a-t-il ? Parlez-moi, ma fille ! s'inquiéta lady Grant, alors que Vivian pleurait maintenant à chaudes larmes.

— Maman… Oh… ma petite maman ! hoqueta-t-elle. Mr. Crawford m'a embrassée sans ma permission ! lui raconta-t-elle.

— Que me dites-vous, mon enfant ?

— Il m'a embrassée et a essayé d'abuser de moi. Sophie l'a vu ! Oh ! maman, je suis perdue si quelqu'un d'autre l'apprend ! s'exclama-t-elle.

Évidemment, toutes les personnes, les entourant, venaient de profiter de leur discussion sans en perdre une seule syllabe. Et cette nouvelle sans équivoque s'était déjà répandue comme une traînée de poudre dans la salle de bal. Si bien qu'à peine deux minutes plus tard, lorsque John traversa celle-ci, il remarqua que les gens murmuraient entre eux et que les musiciens s'étaient arrêtés, lui semblait-il, en plein milieu d'un morceau. La piste était envahie de couples confus. Soudain, il s'aperçut que tous ces gens le regardaient bizarrement. Même les serveurs ! Trop énervé pour s'en soucier plus que cela ne le méritait, il quitta le bal sans prendre la peine de savoir ce qu'il s'était passé. Il arriva au St James Palace et alla directement frapper à la porte de Lee. Son ami lui ouvrit la porte et John se jeta à l'intérieur comme s'il y avait un risque que Vivian l'ait poursuivi.

— Tu ne croiras jamais ce que je m'apprête à te dire, mon ami ! s'exclama John, le souffle haletant d'être rentré à pieds d'un pas si rapide.

— Raconte-moi toujours, lui répondit Lee.

— Cette vipère m'a sauté dessus et m'a embrassé lorsque je lui ai fait savoir que je ne l'épouserais jamais.

Lee resta sans voix. Il ouvrit la bouche et la referma sans rien dire. Décidément, cela devenait une habitude chez lui !

— Je sais ! Il y a de quoi devenir muet. Mais au moins,

m'en voilà débarrassée ! s'écria-t-il avant de servir deux verres de bourbon et d'en tendre un à son ami.

Le lendemain du bal, John reçut la visite de lord Grant. Ce dernier était de fort mauvaise humeur et John savait exactement pourquoi. Les affaires que les deux jeunes hommes avaient conclues étaient sûrement parvenues aux oreilles de lord Grant.

Aussi, la surprise fut-elle grande pour John lorsqu'il comprit que ce sujet n'en était pas la cause…

— Mr. Crawford ! Croyiez-vous pouvoir profiter de l'innocence d'une jeune femme et vous en tirer à si bon compte ? s'écria d'entrée lord Grant.

— Plaît-il ? demanda John, les yeux écarquillés par une telle déclaration.

— Je vous fais rentrer chez moi, je vous présente ma fille et vous pensez pouvoir salir son honneur sans aucune retombée ! cracha-t-il.

— Je crains, Lord Grant, que l'on vous ait mal renseigné. Je n'ai jamais touché un seul cheveu de votre fille ni d'aucune autre innocente d'ailleurs.

Au souvenir de l'échange qu'il avait eu avec Hattie, il se mit à rougir fortement laissant supposer au père de Vivian qu'il mentait.

— Je vous conseille, jeune homme, de faire votre déclaration sous peu. Je ne tolérerais pas ce genre d'attitude dans ma ville et qui plus est avec ma fille ! s'écria de nouveau lord Grant.

— Au risque de vous déplaire, Monsieur, je ne ferai jamais une telle demande, même sous la contrainte car, je vous le répète, je n'ai jamais touché à votre fille. Je n'ai aucune inclination de cœur la concernant et, du reste, c'est elle qui a essayé de m'embrasser ! se défendit John, les dents serrées par la colère lui faisant rougir à présent le visage.

— Une amie de ma fille vous a vu vous jeter sur elle dans le jardin ! Alors ! Qu'avez-vous à dire à cela, Monsieur ? Oseriez-vous le nier, maintenant ? lâcha-t-il en faisant de grands gestes démontrant, par là, dans quel état de colère il se trouvait.

— C'est impossible, Monsieur, je vous le répète !

— Je ne vous laisse que trois jours pour vous déclarer et pas un de plus ! lui répéta lord Grant, l'index relevé pointé vers le visage de John en guise de mise en garde.

Puis il quitta la pièce en claquant la porte derrière lui. John était complètement désemparé. Que venait-il de se passer ? On frappa à la porte et en ouvrant celle-ci, John fut rassuré de voir que ce n'était que Lee.

— Je viens de croiser lord Grant et vu l'impolitesse avec laquelle il m'a salué, je pense qu'il n'a pas dû apprécier la nouvelle à propos de nos affaires ! s'exclama joyeusement Lee.

— Ce n'est pas ça ! Mon Dieu ! Mais que m'arrive-t-il ?

En regardant de plus près, Lee s'aperçut que John avait une figure déconfite.

— Que se passe-t-il, mon frère ? lui demanda-t-il en s'approchant de lui.

— Il est venu pour exiger que j'épouse sa fille, annonça John en se prenant la tête entre les deux mains.

— Quoi ? s'exclama Lee.

— Il paraîtrait que j'ai essayé d'abuser de Vivian hier

soir dans le jardin et qu'une amie à elle aurait tout vu.

— Et alors ? Tu lui as bien dit que ce n'était pas vrai !

— Oui ! Pourtant, il n'a rien voulu savoir et me donne trois jours pour faire ma demande.

— John, il faut absolument que nous signions les quatre derniers contrats avec les actionnaires principaux de lord Grant et nous pourrons ainsi, nous sortir de ce tas de fumier dans lequel nous nageons depuis que nous connaissons les Grant.

— Oui, tu as raison ! s'exclama John, en se relevant de son siège avant de serrer dans une accolade, son frère de toujours.

Chapitre 16

Trois Jours Difficiles

Durant les deux jours précédant la visite de lord Grant, John et Lee s'étaient attelés à convaincre les derniers actionnaires restants. Ils avaient réussi à le faire en *mangeant* une bonne partie de leur fortune. Mais peu leur importait ! Ils se retrouvaient maintenant les deux actionnaires majoritaires de la fortune de lord Grant et pouvaient donc contrôler ce dernier. Le troisième jour, lorsqu'ils se rendirent chez lui dans l'après-midi, ils furent accueillis, avec surprise, comme à leur habitude.

— Chers amis ! Enfin, vous voilà !

— Lord Grant ! Saluèrent d'une seule voix les deux jeunes hommes, tandis que le père de Vivian s'effaçait pour les laisser entrer.

— Mr. Crawford, je vois que vous avez retrouvé la raison !

— Oui ! Effectivement, j'ai retrouvé la raison. À temps, me semble-t-il !

— Nous vous attendions avec impatience, surtout ma Vivian, lui annonça d'un ton jovial lord Grant.

— Que cela soit bien clair, Monsieur ! Je ne suis pas ici pour votre fille ! s'exclama John.

— Bien sûr que si ! Vous savez pertinemment que je ne vous laisse aucun choix ! lui répondit-il avec une évidente certitude.

Bien entendu, lord Grant n'était pas au bout de ses surprises et sa fille encore moins que lui. Surtout lorsque, accompagnée de Sophie, elle arriva dans le hall d'entrée où les trois hommes discutaient.

— Ah, Mr. Crawford ! La raison vous habite de nouveau et vous m'êtes enfin revenue ! s'exclama la jeune femme en se dirigeant vers lui.

— Oui, sauf que ce n'est pas pour vous ! lui répondit-il, d'un ton ferme, la stoppant net dans son élan.

— Mais, papa ! Vous m'aviez dit que tout était arrangé ! s'écria Vivian.

Son père regarda sa fille, puis la rassura d'un geste de la main tout en poursuivant la conversation.

— Mr. Crawford, je crains de devoir vous présenter la jeune femme, témoin de vos mauvaises actions, s'exclama lord Grant, satisfait, en prenant par le bras une Sophie rouge de honte.

— Mademoiselle, j'espère que vous ne poursuivrez pas à persévérer dans vos mensonges, lui demanda Lee, gentiment.

Il avait déjà passé une soirée avec elle et savait que la jeune femme était sous l'influence de Vivian. Aussi, il ne souhaitait que la rassurer sur la suite des évènements.

— Je sais que vous avez peur, en ce moment, poursuivit-il. Pourtant, je peux vous assurer que vous n'avez pas besoin de cette soi-disant amie. Libérez-vous de ce mensonge qu'elle vous a sûrement obligée à dire et faites ce que votre raison sait déjà.

La jeune femme fondit en larmes lorsque Vivian se détourna de son père pour la foudroyer du regard. Sophie ne put démentir ce mensonge, rendue muette par la peur. Lord Grant regarda John avant de s'en détourner pour sourire à sa fille. Il annonça fièrement à cette dernière qui lui souriait en retour :

— Ne t'inquiète pas, ma Vivian, tout sera réglé dans quelques minutes ! lança-t-il.

— Ne faites pas croire à votre fille une chose aussi stupide ! s'exclama Lee en voyant l'attitude ignoble de ce père, lequel devait sûrement y être pour quelque chose dans la conduite capricieuse de la jeune femme.

— Comment osez-vous me parler de cette manière ? Jeune homme !

— Je l'ose, *Monsieur,* depuis que je suis devenu l'un des deux actionnaires majoritaires de votre fortune ! explosa Lee en entendant le ton paternaliste que lord Grant utilisait pour s'adresser à lui.

— Comment ? articula difficilement lord Grant.

— Eh oui, Monsieur ! Je suis le deuxième ! lui répondit John avec un grand sourire. Mr. Moore ici présent et moi-même sommes devenus les deux actionnaires majoritaires de votre fortune, lui annonça-t-il en penchant la tête sur le côté afin de bien faire comprendre à lord Grant, à qui il avait affaire.

— C'est impossible ! répondit ce dernier, désemparé.

— Papa ! Que se passe-t-il ? lui demanda Vivian.

— Ma chère Vivian, si je puis dire maintenant, nous détenons la fortune de votre père par son portefeuille d'affaires qui nous a été cédé, il y a tout juste quelques heures. Aussi, je ne vous épouserai pas comme vous l'a promis votre père. Je me dois de vous dire qu'il ne tient qu'à lui, s'il souhaite retrouver ses biens, de me libérer de cette soi-disant union ainsi que du contrat que nous avions signé avec Peter Williams, lui répondit-il en se délectant de voir la même grimace défigurant le visage de Vivian et de celui de lord Grant. *Tel père, telle fille !* songea-t-il.

— Vous parlez de mon père ! s'exclama Sophie.

— Vous êtes la fille de Peter Williams ! s'exclama Lee à son tour. Alors, quel besoin aviez-vous de vous lier à une personne, telle que Vivian ? ajouta-t-il, le regard interrogateur.

Mais la jeune femme n'osa pas poursuivre et Lee attendit une réponse qui ne vint pas.

— Mais pourquoi ne pas vouloir m'épouser ? insista Vivian en s'adressant à John.

— Parce que je suis amoureux de miss Allen et que vous ne lui arriverez jamais à la cheville ! lui rétorqua John.

— Comment miss Allen ? Julia ! s'écria Vivian.

— Non ! Julia est ma fiancée, précisa Lee avec un formidable sourire trônant sur son visage.

— Mais, alors, quelle miss Allen ? s'entendit-elle demander.

Elle tenait à connaître celle qu'elle devrait éliminer prochainement. A priori, elle n'avait retenu aucune leçon de ce qui s'était déroulé quelques minutes plus tôt !

— Miss Hattie Allen, précisa John, heureux de prononcer à haute voix le prénom de la jeune femme.

— La couturière ! s'exclama Vivian en ayant entendu ce curieux prénom qu'une seule fois dans sa vie, avant ce jour.

Ses yeux gris clair prirent instantanément un éclat noir de mépris transformant ainsi son visage pourtant si beau. Un sourire vint se dessiner sur sa bouche tandis qu'elle repensait à cette couturière. Elle l'avait déjà évincée une première fois de son chemin, il lui suffirait de recommencer ! C'est avec le regard victorieux, mais toujours rempli de mépris qu'elle s'adressa à Sophie afin que celle-ci confirme ses dires.

— Ah ! Miss Hattie ! Vous en souvenez-vous, Sophie ? Moi, je me rappelle tout à fait comment cette femme a été renvoyée sans référence de chez Mrs. D'Arcy, prononça-t-elle avec un sourire de satisfaction lorsqu'elle vit le visage de John devenir blême.

— J'aurais dû me douter que vous y étiez pour quelque chose ! lui répondit John, le visage fermé.

Soudain, Julia pénétra dans la pièce, le visage sans couleur. Cela faisait plusieurs minutes qu'elle se trouvait dans le corridor. Elle s'y était arrêtée lorsqu'elle avait surpris des éclats de voix. Elle avait entendu pratiquement toute la conversation qui s'y était déroulée.

— Qu'avez-vous fait à ma sœur ? demanda-t-elle à Vivian d'une voix méconnaissable.

— Votre sœur a été renvoyée pour son incompétence, voilà tout ! lui répondit-elle comme si elle s'amusait du mal qu'elle causait.

— Ma sœur n'a sûrement pas été renvoyée pour son incompétence ! s'écria Julia.

— Non, vous avez raison ! Mais, chut ! car nous ne voulons pas que Mrs. D'Arcy l'apprenne, lui murmura-t-elle avec un sourire perfide en coin de bouche.

— Vivian ! Il suffit !

C'était Sophie qui avait crié ces mots.

— Arrêtez de faire du mal, je vous en prie, je n'en peux plus !

Puis la jeune femme se tourna vers Julia et prit ses mains entre les siennes.

— Pardonnez-moi pour tout le mal qui a été fait à votre sœur. Si je n'avais pas menti comme encore aujourd'hui à propos de cet abus que Mr. Crawford aurait soi-disant fait à Vivian, nous ne serions pas là à discuter de mensonges et de duperies, lui dit-elle le regard triste de tout ce poids étouffant ses jeunes épaules.

— Vous n'êtes qu'une lâche ! souffla entre ses dents Vivian, en fixant Sophie d'un regard mauvais.

— Vous ne me faites plus peur maintenant, se défendit la jeune fille en la fixant de son joli regard brun.

— Ah ! Mais je n'en ai pas encore fini avec vous ! Croyez-moi ! lui cracha-t-elle au visage.

— Vivian ! Retournez dans votre chambre ! lui ordonna son père, lorsqu'il comprit réellement comment s'était comportée sa fille.

— Mais, papa !

— Maintenant ! lui répondit-il les dents serrées, venant de comprendre clairement dans quel bourbier la duperie de sa fille l'avait mis.

Vivian tourna les talons en fixant auparavant toute l'assemblée d'un regard mauvais. Elle disparut de leurs vues par le couloir.

Mais ils l'entendirent monter bruyamment les marches du grand escalier, sur lesquelles elle fit claquer ses chaussures comme une petite fille privée de bonbons…

— Mr. Crawford, tout sera régularisé comme il se doit, annonça sans préambule lord Grant.

Il tendit sa main vers John qui, néanmoins, daigna la serrer.

— Nous avons un accord ! Je vous laisse trois jours, Monsieur, pour tout régler ! lui intima le jeune homme.

Un grand silence s'imposa entre les deux hommes avant que lord Grant se reprenne de cet affront qu'il venait de subir à cause de sa fille. Il se détourna de John et s'adressa à Julia.

— Miss Allen, je pense que nous n'aurons plus besoin de vos services, lui annonça-t-il.

La panique et l'angoisse se lurent aussitôt sur le visage de la jeune femme. Cependant, Lee vint se positionner tout de suite à ses côtés.

— Ne vous inquiétez pas, ma douce. Tout ira bien, maintenant, lui dit-il en attrapant sa main dans la sienne.

Ils ressortirent de chez les Grant, suivis de John. Ils traversèrent la rue, et tous trois restèrent quelques minutes sur le trottoir d'en face ne sachant pas par où commencer à rechercher Hattie. La porte d'entrée de la résidence Grant s'ouvrit, laissant sortir *une* Sophie qui, s'arrêtant sur le perron pour aspirer une goulée d'air frais, se sentait légère et enfin libérée des griffes de Lucifer. Julia l'interpella et Sophie traversa la rue pour les rejoindre. Julia tendit ses mains et Sophie s'en saisit. Elles s'étreignirent avec un sourire avant que John ne s'adresse à la jeune fille.

— Miss Williams, j'espère que vous allez bien. Je vous remercie d'avoir eu le courage d'affronter Vivian, car cela n'a pas dû être facile pour vous, lui dit-il, simplement.

— Seigneur, que vous êtes bien aimable, Monsieur ! J'espère que vous me pardonnerez pour tout le mal que je vous ai fait, répondit la jeune fille remplie de regrets.

— Bien sûr ! Tout est déjà pardonné, Sophie, lui répondit Julia. Tout !

Puis elle la serra entre ses bras avec un léger tremblement. Les deux amis échangèrent un regard de satisfaction et les deux jeunes filles se libérèrent de leur étreinte amicale.

— Sophie, ne sauriez-vous pas où se trouve ma sœur ? Je n'ai pas reçu de nouvelles d'elle depuis plus d'une semaine et je suis fort inquiète à son sujet. Ce n'est pas dans ses habitudes, la questionna Julia.

John avait pâli en entendant ces mots. Lui non plus n'avait reçu aucune lettre de la part de la jeune femme. Plus d'une semaine sans nouvelles, cela devenait plus qu'inquiétant. Il s'en était même étonné. Il ne savait pas si elle l'aimait. Néanmoins, ce qu'il savait, c'est qu'elle lui avait murmuré qu'il lui avait manqué. Alors leur histoire, aussi courte fût-elle, ne pouvait pas se terminer de la sorte.

— Non. Depuis son départ de la boutique, il y a plus de deux mois, je ne l'ai jamais revue, répondit Sophie, malheureuse de ne pouvoir les aider.

Sophie s'excusa encore une fois avant de prendre congé des jeunes gens pour rentrer chez elle à pied. Tous les trois restèrent encore quelques minutes sur le bas-côté à discuter. De toute cette histoire, ils ne retenaient qu'un seul fait : il y avait déjà deux mois que Hattie ne travaillait plus chez Mrs. D'Arcy. Deux mois sans savoir sous quel toit elle vivait. Pour sûr ! il y avait fortement de quoi s'inquiéter ! Vivian, soufflant tout ce qu'elle savait, regarda par la fenêtre de sa chambre qui donnait sur la rue. Lorsqu'elle les vit tous les trois ensemble, elle jeta son oreiller par terre. Celui-ci fut immédiatement suivi par son édredon. Pourtant, cela ne suffit pas à la calmer. Elle s'attaqua à son petit bureau et jeta contre le mur, tous les objets qui passaient entre ses mains. Lorsqu'elle éclata contre celui-ci son coffret rempli de billets et de pièces d'or, une idée mauvaise naquit instantanément dans sa tête. Elle quitta sa chambre pour se rendre discrètement dans celle de sa mère avant d'en ressortir, une minute plus tard, sur la pointe des pieds. Elle retourna dans sa chambre et ramassa tout l'argent éparpillé sur le sol. Elle attrapa sa cape et attendit patiemment devant la porte de service que les trois êtres, qui venaient de troubler le cours de sa vie, s'en aillent.

Elle sortit alors de chez elle, en toute discrétion…

Chapitre 17

Disparition

Hôtel St James Palace, le même jour…

John, Lee et Julia, épuisés par tous ces échanges, rentrèrent à leur lieu de résidence. Lorsque le jeune couple rentra dans la suite vingt-sept, Julia s'installa dans le sofa et ne tarda pas à s'assoupir. Lee la laissa se reposer et se rendit dans la suite de son ami.

— Comment va Julia ? demanda John.

— Elle s'est endormie sur le sofa.

Lee marqua une pause avant de poursuivre.

— Je voulais te dire que lorsque nous avons appris que Hattie mentait à sa sœur, j'ai engagé un enquêteur privé.

— Et alors ? lui demanda John.

— Eh bien, je me suis rendu à son cabinet plusieurs fois déjà. Malgré tout, je n'ai rien appris de nouveau. Toutefois, cela fait bien deux bonnes semaines que je ne l'ai pas revu. Sans doute qu'entre-temps, il aura retrouvé Hattie ? lui dit-il en écartant ses mains pour accentuer ses paroles.

— Oui, tu as peut-être raison, concéda fébrilement John.

— Je te propose d'y aller dès demain. Il se fait tard,

mon ami, et son cabinet doit déjà être fermé, lui répondit Lee en lui donnant une petite tape amicale dans le dos.

John lui adressa un faible sourire, avant que Lee ne sorte de la suite pour se rendre dans la sienne, retrouver sa bien-aimée.

***

Vivian avait parcouru le centre-ville afin de se payer, elle aussi, les services d'un enquêteur. Son but était de retrouver Hattie la première. Elle était sûre de son coup lorsqu'elle arriva dans la rue du cabinet de l'enquêteur, lequel ouvrait, de nouveau, la porte de son bureau. Pourtant, il avait bien fermé celui-ci à six heures précises. Cependant, comme il y avait oublié les clés de sa maison, il avait dû y retourner.

La chance semblait s'être tournée vers Vivian…

— Monsieur, s'il vous plaît ! l'apostropha-t-elle au moment même où il passait le seuil de sa porte. Monsieur ! s'écria-t-elle, de nouveau, avant qu'il ne la referme sur lui.

— Oui, Mademoiselle ? lui répondit-il en repoussant la porte pour la laisser passer.

Vivian pénétra à l'intérieur avant de s'écrouler en pleurs. Il l'obligea à s'asseoir sur une chaise placée devant son bureau, lui présenta son mouchoir et lui apporta un verre d'eau qu'elle simula de boire.

— Merci bien, cher Monsieur, lui dit-elle en s'éventant avec un petit morceau de papier qu'elle avait pris sur le bureau.

— Que puis-je faire pour vous, *Jolie Milady* ? lui demanda-t-il en se tenant bien droit pour paraître moins gros qu'il ne l'était en vérité.

— Je suis à la recherche de ma sœur. Hattie Allen, lui précisa-t-elle.

— Eh bien ! sachez que vous n'êtes pas la première à me faire cette demande, Mademoiselle ! Il y a un homme qui m'a déjà sollicité et réglé pour effectuer des recherches sur cette personne, lui répondit-il.

— Ah bon ! s'exclama Vivian, surprise, son visage se transformant par l'étonnement avant de reprendre un simulacre de faciès malheureux.

L'homme fit le tour de son bureau afin d'aller ouvrir un tiroir. Il se saisit d'un dossier, peu épais, dans lequel il y avait renseigné toutes les informations qu'il avait découvertes sur la jeune femme.

— Oui, attendez, voilà ! Mr. Moore ! lui annonça l'homme, ravi d'avoir un moyen de la faire sourire.

— Alors, mon cher cousin vous a donc déjà contacté pour la retrouver ! lui dit-elle en se relevant de son siège et en s'approchant considérablement de l'homme, lequel, le regard troublé, se mit à rougir.

— Oui, Mademoiselle. Cependant, je ne l'ai pas revu depuis plus de deux semaines, ajouta-t-il.

— C'est normal ! Il a dû quitter Londres rapidement pour une affaire urgente dans le nord du pays. Mais qu'importe, puisque je suis là ! rétorqua-t-elle en s'assoyant de nouveau.

Puis, voyant le visage surpris de l'homme à cause sans nul doute du timbre de voix qu'elle avait pris en s'exclamant dans sa dernière phrase, elle se reprit en lui présentant un regard larmoyant tout en secouant vivement le petit papier comme si elle allait défaillir.

— Mais j'ose espérer, Monsieur, que vous allez pouvoir satisfaire mon cœur, car je souffre de ne savoir pas où chercher ma sœur…

En véritable comédienne qu'elle était, elle se releva de la chaise et se jeta à ses pieds.

— Ne vous inquiétez pas, Mademoiselle, j'ai de bonnes nouvelles pour vous ! Oui, attendez ! lui déclara-t-il en se dégageant de son emprise, légèrement mal à l'aise, tout de même !

Il alla s'asseoir à son bureau et continua à feuilleter le dossier dont il s'était saisi. Il commença par lire dans sa tête, ses notes. Durant ce temps, Vivian s'était relevée du sol et attendait, impatiente, qu'il lui lâche les informations qu'elle espérait justes.

— Elle est à l'orphelinat Saint-Sauveur, situé à l'autre bout de la ville. C'est là-bas qu'elle est hébergée, Mademoiselle ! s'exclama-t-il, tout heureux de la voir sourire.

Vivian jubilait de joie. John n'était pas encore au courant et cela lui donnait une avance sur lui. Certes ! courte, mais une avance tout de même ! Elle déposa alors sur la joue de l'enquêteur, un baiser. Celui-ci, surpris, se mit à transpirer par l'émotion que lui inspira tout d'un coup la jeune femme. Elle tourna les talons et quitta rapidement les lieux laissant — seul — l'homme célibataire qu'il était avant de la rencontrer. Elle appela un fiacre et demanda au cocher de l'emmener le plus rapidement possible à l'orphelinat. Sur le chemin, elle se répéta dans sa tête le plan qu'elle allait exécuter. Elle se présenterait auprès des nonnes comme étant la sœur de Hattie et demanderait à la voir en privé. Puis elle lui ferait croire qu'elle détenait Julia, l'obligeant ainsi, à la suivre sans faire d'éclat. Elle avait sur elle du laudanum qu'elle avait pris dans les affaires de sa mère et beaucoup d'argent pour la suite de son plan. Elle descendit du fiacre, fort sûre d'elle, et s'en alla sonner à la cloche de la porte d'entrée.

— Oui, qui va là ? demanda la sœur tourière en tirant sur une petite ouverture située sur la grande porte en chêne massif.

— Je suis Miss Allen. Ma sœur se trouverait être chez vous, m'a-t-on dit, répondit Vivian par la petite grille où seule une petite lumière provenant de l'intérieur éclaira son visage.

La religieuse lui ouvrit la porte et Vivian entra.

— Veuillez me suivre, Miss Allen.

Puis elle conduisit Vivian devant la porte du bureau de la Révérende Mère, en la priant de bien vouloir patienter devant celle-ci. La sœur tourière pénétra donc seule dans la pièce après y avoir été autorisée par la révérende mère Constance et lui annonça, de but en blanc, que la sœur de Hattie se trouvait là. Cette surprenante information eut pour effet sur la mère supérieure de la faire se relever vivement de son siège, afin d'aller accueillir ce miracle. Alors, sa mission accomplie, la sœur tourière repartie vers les cuisines finir sa discussion qu'elle avait entamée avec les autres sœurs, sur le futur prix des sachets de plantes médicinales qu'elle s'était *attelés* à fabriquer depuis trois jours.

— Miss Allen ! Comme je suis heureuse de vous voir ! s'exclama la Révérende Mère.

Ce qui surprit Vivian.

— Entrez, je vous prie, lui dit-elle avant de s'adresser à la nonne restée assise sur sa chaise.

— Sœur Mary, auriez-vous la bonté de bien vouloir demander à sœur Blanche de nous apporter une tisane, s'il vous plaît ?

Elle attendit que la religieuse s'exécute avant de commencer sa discussion avec la jeune femme. Sœur Mary se releva de sa chaise comprenant, par là, que sa conversation avec la Révérende Mère était remise à plus tard. Elle acquiesça à la demande de cette dernière et ressortit en silence du bureau. La mère supérieure s'adressa alors à Vivian sur une intonation de compassion.

— Miss Allen, je dois vous avouer qu'un malheur a frappé votre sœur. Aussi, avant que je ne vous mène à elle, je souhaiterais vous donner plus de détails.

— Quelle sorte de malheur ? demanda froidement Vivian.

— Je vous sens bouleversée, mon enfant. Venez, allons nous asseoir. Voilà !

Puis la Révérende Mère s'installa à son bureau en se fourvoyant sur l'humeur de Vivian qu'elle prenait pour de l'anxiété.

— Votre sœur a fait un malaise, il y a environ neuf jours de cela. Dans sa chute, sa tête a percuté un énorme caillou. Elle a perdu longuement connaissance et à son réveil, elle était devenue amnésique. C'est dans cet état qu'elle est encore actuellement. Et comme tout problème n'arrive jamais seul, elle est persuadée que l'une de nos petites orphelines, la petite Alice âgée de trois ans, se trouve être en réalité sa fille. Elle nous a raconté que son mari s'est noyé lorsque le paquebot RMS TITANIC a fait naufrage et que, depuis, elle a peur de se retrouver à la rue avec sa petite fille.

— Mon Dieu ! s'exclama Vivian en levant les mains vers le ciel. Heureusement que je l'ai retrouvée ! poursuivit-elle, réellement heureuse que la providence ait mis cet accident sur le chemin de Hattie.

L'état dans lequel se retrouvait la jeune femme allait lui faciliter considérablement la tâche. La sœur converse arriva à ce moment-là et servit deux tasses de tisane avant de se retirer aussi discrètement que lors de son entrée. Durant ce laps de temps, Vivian en avait profité pour modifier son plan dans sa tête. Tout en savourant l'agréable breuvage, elle s'adressa à la mère Constance.

— Puis-je la voir ? Ma mère, s'obligea-t-elle à ajouter afin de ne pas froisser la vieille religieuse.

— Oui, bien sûr ! Suivez-moi, ma fille.

Lorsque les deux femmes arrivèrent devant la chambre de Hattie, cette dernière berçait la petite Alice qui s'était endormie dans ses bras. En voyant Vivian pénétrer dans sa chambre, Hattie se tourna vers la mère supérieure.

— Bonsoir, ma mère, lui dit-elle.

— Bonsoir, mon enfant, lui répondit la religieuse.

Puis lorsque Hattie fixa le regard de Vivian, lequel lui sembla tout à coup familier, elle fronça le bout de son nez en se demandant qui était cette personne. C'est alors que la mère supérieure répondit à sa question silencieuse.

— Regardez, Hattie, qui vient d'arriver ! C'est votre petite sœur. Julia ! ajouta-t-elle rapidement.

— Julia ? répéta Hattie.

— Oui, c'est moi ! Julia ! insista Vivian.

Hattie, surprise par le prénom de Julia qui raisonnait encore dans sa tête depuis qu'elle l'avait prononcé à voix haute, fixait le visage de Vivian. Ces pensées étaient floues et, bien qu'elle ne puisse reconnaître la jeune femme se trouvant devant elle, quelques flashs dans sa tête lui faisaient remémorer ce regard, si clair. Toutefois, seulement le regard et non pas ce visage. Hattie déposa alors délicatement Alice dans son lit avant de se retourner à nouveau vers Vivian. Cette dernière s'élança vers elle tout en se serrant dans ses bras comme le ferait une petite sœur.

— Oh ! Hattie ! Comme je suis heureuse de te retrouver, tu m'as tant manquée ! lui dit-elle en s'essuyant les yeux, des larmes forcées qui avaient peine à y couler.

Hattie fut surprise par cet élan d'amour. Bien qu'elle ne reconnaisse toujours pas sa sœur, elle la garda au creux de ses bras, dans ce geste si familier qu'elle avait l'habitude de faire. Elle se souvenait de la tendre sensation que ce contact lui procurait. Voyant que la nonne la fixait sans rien dire, attendant sans doute d'elle quelque chose, Hattie ajouta sans réfléchir :

— Toi aussi, tu m'as manquée, Julia.

— Je veux que tu viennes avec moi, Hattie. Dès ce soir, lui demanda Vivian.

— Ce soir ! Mais où ? répliqua Hattie.

— À la maison, *pardi* ! s'esclaffa Vivian tout en reprenant Hattie entre ses bras. Je suis si heureuse, maintenant que je t'ai retrouvée. Prépare tes affaires. Je dois m'entretenir avec la Révérende Mère ! lui ordonna-t-elle.

Hattie fut surprise par le ton que sa sœur employa pour s'adresser à elle. Cependant, elle avait un mal de tête qui l'envahissait à nouveau, l'empêchant de se concentrer pour répondre à Vivian. Elle acquiesça donc docilement à cet ordre.

— Ma mère, pourrions-nous parler dans votre bureau ? demanda Vivian.

— Oui, bien sûr. Suivez-moi, mon enfant.

Les deux femmes s'installèrent de nouveau sur les chaises qu'elles occupaient la demi-heure d'avant.

— Ma mère, je compte emmener chez moi Hattie. Elle ne peut pas rester chez vous. J'ai besoin d'elle, lui dit-elle en faisant semblant d'essuyer ses yeux.

— Je comprends vos angoisses, mon enfant. Toutefois, comment votre sœur pourrait-elle partir de chez nous et laisser la petite Alice pour laquelle elle est persuadée d'être la mère ? questionna la religieuse.

Vivian réfléchit quelques secondes avant de poursuivre.

— Eh bien ! si ma sœur pense que la petite est à elle, nous pouvons l'emmener ! suggéra la jeune femme, inconsciente d'une telle demande.

— Non, je ne peux vous autoriser à faire ça ! Cette enfant est sous la tutelle de la Couronne et il n'y a qu'en l'adoptant, que vous pourriez y prétendre. En couple ! ajouta-t-elle le visage fermé.

— Alors, adoptons-la ! répondit avec légèreté Vivian. Préparez tous les papiers et je reviendrai dans quelques jours les signer avec Hattie et mon futur mari. Voilà ma mère, c'est aussi simple que cela !

La nonne resta dubitative devant une telle demande.

— Et afin de vous prouver ma bonne foi, voici un petit quelque chose qui devrait suffire pour le moment, n'est-ce pas ?

Vivian sortit de son petit réticule — se trouvant toujours attaché à son poignet — une grosse liasse de billets qu'elle déposa avec un sourire sur le bureau de la révérende mère supérieure. Cette dernière se dit, après tout, que Hattie ne pourrait jamais supporter de quitter la petite. Elle risquerait alors d'autres malaises inutiles dans son état. Elle décida, sans plus de réflexion, de consentir à la demande de la jeune femme qui lui faisait front avec une audace certaine.

Il fut certain que l'argent aveugla son raisonnement…

C'est donc d'un air joyeux que Vivian récupéra sa *sœur* et sa petite *nièce*. Il était à peine plus de huit heures lorsqu'elles montèrent toutes les trois dans un fiacre et traversèrent toute la ville. Elles arrivèrent devant un petit hôtel peu reluisant. Vivian insista pour que Hattie et Alice l'attendent sur le bas-côté. Elle rentra dans celui-ci et en ressortit quelques minutes plus tard avec des clés. Elle rejoignit Hattie et la petite Alice. Ensemble, elles longèrent le trottoir et tournèrent dans une petite ruelle qui les emmena à l'arrière de l'hôtel. Elles grimpèrent ensuite quelques marches les emportant jusqu'à une petite chambrée pas trop dégoutante par rapport à la devanture du commerce. Vivian insista pour que Hattie se débarbouille et en profita pour lui servir un grand verre d'eau. Elle y rajouta également une bonne dose de laudanum, qu'elle coupa avec du rhum qu'elle venait de trouver sur une petite console envahie par plusieurs petites bouteilles d'alcool entamées et crasseuses. Hattie lui demanda ce qu'elles faisaient toutes les trois dans cet hôtel. Vivian la rassura par un nouveau mensonge, en l'informant qu'il était trop tard pour retourner chez elle, car elle vivait en dehors de la ville, à plusieurs miles d'ici. Avec un sourire forcé, elle lui tendit le verre d'eau, mais comme Hattie n'avait pas envie de le boire, ceci contraria fortement Vivian. Cette dernière attendit qu'elle ait le dos tourné pour lui assener un coup violent à la tête avec un tisonnier qu'elle venait de trouver sur le valet de cheminée. Hattie s'écroula sur place en tombant la tête la première. Une dizaine de minutes plus tard, lorsqu'elle émergea de son inconscience, sa tête lui faisait horriblement mal. Elle sentait son pouls dans ses cheveux, là où une douleur lancinante la faisait souffrir. Elle poussa un cri lorsqu'elle voulut se toucher la tête. Ses mains avaient été ligotées dans son dos et elle avait un horrible goût amer dans la bouche. En fait, c'était le goût du laudanum que Vivian avait essayé de lui faire avaler dans le verre d'eau, qu'elle avait minutieusement mélangé. Heureusement pour Hattie, son inconscience l'avait empêchée d'avaler le liquide.

— Vous ! s'exclama Hattie lorsqu'elle se retrouva face à la vipère l'ayant fait renvoyer de chez Mrs. D'Arcy.

— Oh… Je vois que l'on n'est plus amnésique ! s'esclaffa Vivian, heureuse d'être reconnue pour sa juste valeur.

— Que voulez-vous à la fin ? Vous avez l'être que j'aime. Il se mariera avec vous ! Alors, laissez-moi en paix et partez ! s'écria Hattie, furieuse tout à coup.

Elle n'avait plus jamais laissé parler sa colère depuis le jour où sa mère s'était éteinte. En regard de cela, le fait qu'elle sache que John sortait avec cette femme exécrable et qu'il allait sûrement ne pas tarder à l'épouser la poussait à cracher toute la colère qui l'habitait au fond d'elle, depuis tant d'années. Sa sœur lui avait bien écrit que John et Lee sortaient accompagnés par Vivian et son amie Sophie. Elle se mit à pleurer de colère en y repensant.

— Partez ! répéta-t-elle. Vous n'êtes… vous n'êtes qu'une… qu'une sale mégère ! Ôtez-vous de ma vue ! Je ne supporte plus de vous voir ! explosa-t-elle en pleurs tout en hurlant.

— Ah ! Mais ne vous inquiétez pas, Miss Allen ! Dans vingt-quatre heures, nous serons toutes deux séparées pour toujours par des milliers de miles, lui dit-elle.

— Eh bien, tant mieux ! cracha Hattie.

— Oui, tant mieux ! répéta Vivian joyeusement. Vous serez de retour dans votre pays natal, pendant que moi je pourrai épouser l'homme de *vos* rêves.

— Non ! Non ! Non ! Au secours ! cria Hattie.

Mais Vivian s'avança avec le tisonnier entre ses mains tout en faisant semblant de la frapper, à nouveau.

— Voilà qui est mieux, lâcha Vivian en lui relevant le menton. Le silence, c'est parfait ! Ne trouvez-vous pas ?

Puis Vivian réfléchit quelques secondes avant de se saisir de nouveau du verre d'eau.

— Buvez ! Buvez, vous dis-je !

Puis elle s'avança vers Alice, en maintenant au-dessus de sa petite tête blonde le tisonnier, qui semblait gigantesque par rapport à la taille de l'enfant. Hattie ne se rappelait pas ce qu'Alice faisait ici, avec elles. Mais de peur que cette folle puisse faire du mal à sa petite protégée, elle se soumit à son ordre et avala tout le verre que Vivian lui porta à sa bouche. Son regard se voila et le sommeil vint la trouver pour l'emporter dans un rêve sans image. Maintenant que Vivian s'était débarrassée de Hattie, elle s'attaqua à Alice en lui donnant à boire le même breuvage. Alice le fit sans pleur, car elle voulait faire comme sa maman. Elle s'endormit aussitôt.

Vivian quitta sans bruit la chambre et s'aperçut que le jour faisait place à la nuit. Pourtant, ce constat ne l'empêcha pas d'entrer à nouveau dans l'hôtel. Elle avait payé grassement la chambre et les propriétaires se mirent à sa disposition, dès qu'elle s'approcha du comptoir. Elle négocia, contre monnaie sonnante et trébuchante, les services de deux hommes qui acceptaient couramment de faire des extras — en plus de leur travail à l'hôtellerie. Elle négocia donc directement avec eux, afin qu'ils continuent à droguer la jeune femme et la fillette se trouvant toujours dans la petite chambre au fond du couloir principal. Pour ce faire, elle leur remit la clé de la porte d'entrée et ses directives étaient simples : ils devraient les transporter toutes deux cette nuit-là et les emmener discrètement jusqu'à Liverpool. Là-bas — sans éveiller le moindre soupçon —, ils devraient se débrouiller pour qu'elles partent sur un bateau à destination des Amériques. S'ils exécutaient correctement leur mission, elle leur promit de tripler la grosse somme d'argent qu'elle venait de mettre dans leurs mains crasseuses. Ils acceptèrent sans sourciller.

La jeune femme appela alors un fiacre et rentra tranquillement chez elle comme si de rien n'était…

Chapitre 18

La Menteuse

Hôtel St James Palace, Mardi 18 juin 1912

Julia, Lee et John avaient prévu la veille de se rendre dès le lendemain, à la première heure, dans le cabinet de l'enquêteur privé. Aussi, se dépêchèrent-ils de se préparer sans prendre la peine de petit-déjeuner.

— J'espère que nous allons retrouver ma sœur ! s'exclama Julia en prenant la main que Lee lui tendait.

— Ne vous inquiétez pas, ma fleur, nous allons la retrouver, je vous le promets.

John, quant à lui, ne disait pas un mot. Il était si impatient de retrouver Hattie que cela l'avait rendu muet.

Les bureaux de l'enquêteur n'étant qu'à deux pâtés de maisons de là, ils décidèrent de s'y rendre à pied. Sur le trajet, ils croisèrent le garçon de services des Grant et Julia le salua avec courtoisie. Ce dernier revenait de l'orphelinat où il avait été voir sa petite amie, Clara.

— 'Jour, Mam'selle Julia, lui dit-il, en ôtant sa gâpette.

— Bonjour, Louis. Comment vas-tu ? lui demanda-t-elle poliment avec un sourire.

C'était quand même grâce à lui, si elle avait pu retrouver Lee, chaque soir de ses jours de repos !

— Ben bien ! Et j'sais que vous allez bien, vous aussi,

Mam'selle ! s'exclama-t-il avec un grand sourire édenté.

— Et pourquoi ? lui demanda-t-elle, surprise par cette réponse.

— Eh ben ! parc'que ma tite amie m'a raconté ce matin que vous avez retrouvé votre sœur, lui dit-il avec un formidable sourire en repensant à Clara, une jeune fille largement plus âgée que lui.

Il faut dire que tout en lui racontant cette histoire, dont il n'avait retenu que les retrouvailles et non pas l'amnésie de Hattie, Clara s'était tout de même laissé bécoter sans rechigner. Alors Louis, tout en faisant semblant d'être fort attentif à ses paroles, avait laissé vagabonder ses mains sur elle, s'attendant à tout moment à prendre une claque. Et comme la jeune fille ne lui avait pas soufflé le visage de sa main délicate, il s'était senti poussé des ailes au point de vouloir revoir Clara très rapidement.

— Ma sœur ! Mais où aurais-je retrouvé ma sœur ? lui demanda Julia, angoissée par la réponse que le jeune garçon, lequel semblait être soudainement ailleurs, pouvait lui apporter.

— Hein ? Eh ben ! à l'orphelinat ! s'exclama Louis, encore tout chose d'avoir replongé dans ses propres pensées.

— À l'orphelinat ! s'exclamèrent en chœur, Julia, John et Lee.

— Quel orphelinat ? demanda John, impatient de connaître la réponse du garçon.

— Eh ben ! l'orphelinat Saint-Sauveur ! Là où vous étiez, Mam'selle, lui dit-il, circonspect.

— Et où est-elle, maintenant ? lui demanda Lee.

— Où ? Mais avec elle, M'sieur ! lui répondit-il, tout en pointant du doigt Julia avec un drôle de regard comme si celle-ci était devenue amnésique ou qu'une chose ne tournait pas bien rond là-haut…

— À l'orphelinat ! Tu en es bien sûr, mon garçon, lui demanda John en le maintenant par les épaules.

— Oui. Sûr, M'sieur !

John donna alors quelques pièces au jeune garçon pendant que Lee sifflait un fiacre. Ils montèrent tous les trois à l'intérieur et contre la promesse d'un gros pourboire, le cocher fit claquer son fouet sur le dos des chevaux et conduisit rapidement ses passagers vers l'orphelinat.

— Comment ça, ce n'était pas sa sœur ! s'écria la mère Constance.

— Je vous dis que je suis sa véritable sœur, répéta Julia pour la énième fois.

Toute cette histoire était insensée. Hattie avait bien reconnu sa sœur et était partie avec elle sans aucune hésitation. La religieuse, se sentant acculée par les trois jeunes gens, s'énerva.

— Je vous en prie ! Arrêtez de parler tous les trois en même temps ! Je ne sais pas qui vous êtes. Cependant, je puis vous assurer que Hattie n'est plus ici ! Aussi, je vous demanderai de quitter mon établissement.

Puis elle se leva de sa chaise et posa les mains sur son bureau, restant entêtée et enfermée dans la certitude de son raisonnement.

Les trois jeunes gens étaient repartis complètement incrédules de la situation qu'ils venaient de vivre. La mère supérieure n'avait même pas pris la peine de leur dire que Hattie était atteinte d'amnésie.

Ce qui aurait pu facilement expliquer qu'elle se soit trompée de sœur…

— Qui a bien pu se faire passer pour moi ? demanda Julia en ne s'adressant à personne en particulier.

Toutefois, aucun des deux jeunes hommes n'aurait pu répondre à cette question. Il était presque midi lorsqu'ils reprirent un fiacre. Ils décidèrent, en chemin, de rendre une visite à Mrs. D'Arcy au cas où celle-ci aurait eu, depuis leur dernière visite, des nouvelles de Hattie. Alors que Lee aidait Julia à descendre de la voiture, John, en reculant sur le trottoir, bouscula inopinément un homme d'une cinquantaine d'années. Il s'excusa aussitôt et ramassa la sacoche qui s'était échappée des mains dudit monsieur. Ce dernier se retourna et rassura John en lui disant que tout allait bien, qu'il n'y avait aucun mal. Alors qu'il reprenait son chemin, il tomba nez à nez avec Lee, lequel rajustait sa veste.

—Mr. Moore, quelle joie de vous revoir !

—Mr. Brown ! s'exclama Lee en reconnaissant l'enquêteur privé qu'il avait embauché.

— Alors, heureux ? s'esclaffa Mr. Brown.

— Heureux ? répéta Lee, stupéfié.

— Eh bien, oui ! J'ai retrouvé la jeune femme que vous recherchiez ! Enfin, votre cousine, devrais-je vous dire ! Sa sœur, votre autre cousine, lui précisa-t-il, est passée hier soir pour obtenir tous les renseignements que j'avais en ma possession.

— Sa sœur ? Ma cousine ? réitéra Lee. Mais je n'ai aucune cousine. Je suis orphelin depuis mon plus jeune âge, lui apprit-il, consterné.

— Ah bon ! répondit Mr. Brown, soudain égaré par cette réponse.

— Mais comment était cette jeune femme ? demanda John commençant à croire à un fait impossible et plus mauvais qu'il aurait pu, ne serait-ce, se l'imaginer.

— Eh bien, elle n'était pas très grande… fort jolie et… et elle avait d'admirables yeux gris.

— Vivian ! s'écria Julia.

— Non ! C'est impossible ! se dit John. Je vais la tuer !

— A-t-elle dit une chose en particulier qui pourrait nous aider ? demanda à son tour Lee qui avait conservé son sang-froid.

— Non. J'avoue ne pas me rappeler d'un détail autre que sa beauté, répondit-il navré.

Sans qu'aucune autre précision puisse leur être rapportée, ils laissèrent Mr. Brown reprendre sa route.

— Qu'allons-nous faire ? explosa en pleurs Julia.

— Chut, ma douce, là, chut, lui répondit Lee en la prenant entre ses bras.

— Je vais me rendre chez les Grant. Immédiatement ! s'exclama John à l'intention du couple.

— On vient avec toi ! lui rétorqua aussitôt son ami.

John cogna à la porte. Pourtant, personne ne vint ouvrir. Il était plus de midi et les Grant étaient sans doute sortis. Le temps qu'ils redescendent tous trois les marches du perron, le majordome prit tout de même la peine d'ouvrir la porte. Ses maîtres n'étant pas présents à la résidence, il avait hésité à se déranger pour un visiteur qu'il renverrait de toute façon. John, qui avait entendu le couinement que la poignée de la porte avait émis, remonta la volée de marche en une seule enjambée.

— Oui ! souffla alors le majordome avant de se retrouver nez à nez avec John. *Bien évidemment ! Encore ce Crawford !* songea-t-il amèrement. Mes maîtres ne sont pas présents, lui annonça-t-il d'un ton hautain, prêt à refermer l'énorme porte d'entrée.

— Je dois m'entretenir avec lord Grant, demanda le jeune homme, impatient en maintenant de force ladite porte.

— Comme je vous l'ai annoncé, *Mon-sieur,* monsieur n'est pas là ! Puis-je lui laisser un message ? demanda humblement le serviteur, en s'écoutant parler avec distinction.

— Non ! Dites-moi où il se trouve, c'est tout !

— Il est dans les bureaux de Peter Williams, lui répondit-il avec un simulacre de sourire, à travers ses rides, car il n'avait jamais trop aimé ces Américains.

— Et Vivian ? Où se trouve-t-elle ? exigea John.

— Je suppose que vous vouliez dire *lady* Vivian. Eh bien, elle ne se trouve pas ici. Non plus ! lui rétorqua-t-il avec un petit reniflement de dédain avant de fermer au nez de John la porte d'entrée.

John rejoignit ses amis pour les informer de ce qu'il venait d'apprendre. Ils décidèrent de se rendre sur-le-champ à la compagnie Williams & Co. Ils passèrent facilement le barrage de son bureau. Un jeune homme avait bien essayé de les retenir. Cependant, à trois contre un, il n'avait eu aucune chance de les arrêter !

— Qu'est-ce ? s'écria Peter Williams, lorsqu'il vit les trois jeunes gens ouvrir la porte de son bureau à la volée et y pénétrer sans y être invités.

— Lord Grant ! Je dois vous parler ! Immédiatement ! lui intima John, fou de rage de la frustration dans laquelle toute cette histoire le plongeait.

Il était sûr que Hattie courait un grave danger et ils avaient déjà perdu beaucoup trop de temps.

— Cher Mr. Crawford ! Vous serez ravi d'apprendre que nous venons, Williams et moi-même, de modifier le contrat qui nous liait à vous. Vous êtes de nouveau libre dans tous les sens du terme, annonça lord Grant à la petite assemblée.

— Je me fiche de ce contrat ! cracha John. Je veux savoir où votre fille a caché miss Hattie Allen !

— Cher Monsieur, vous déraisonnez ! lui répondit lord Grant en s'avançant vers lui.

— Je peux vous assurer que non ! Ou vous faites en sorte, Monsieur, de me conduire à votre fille afin qu'elle avoue tout ou je me rends aux autorités, séance tenante, déposer une plainte contre elle ! Choisissez ! s'écria John.

— Je ne comprends pas, Monsieur ! Pourquoi ma fille ferait-elle du mal à une autre jeune femme ? demanda-t-il.

— Parce qu'elle l'a déjà fait ! s'exclama Lee.

— Lord Grant, supplia Julia, je vous en prie, aidez-nous !

Ils étaient repartis tous les trois avec lord Grant à bord de sa voiture privée. Après un trajet de plus de vingt minutes, le père de Vivian coupa le moteur de sa berline juste au pied de sa résidence principale. Il entra en premier dans le hall d'entrée. Lorsqu'il arriva dans le corridor, il appela aussitôt sa fille. Lady Grant, laquelle se trouvait seule dans le petit salon, apparut devant eux dès qu'elle entendit son mari prononcer, sur un ton inhabituel, le prénom de sa chère fille.

— Howard, que se passe-t-il ? lui demanda-t-elle lorsqu'elle remarqua les rougeurs sur son visage.

— Amène-moi Vivian, sur le champ ! exigea-t-il.

— Pardon ! Howard, que se passe-t-il ? insista-t-elle.

— Écoute, Cora, soit tu fais descendre ta fille, soit je monte la chercher ! exigea-t-il, à nouveau, avec un regard que sa femme ne lui avait jamais vu auparavant.

Vivian avait déjà déçu son père dernièrement avec son mensonge. Il espérait vivement qu'elle n'y était pour rien dans cette nouvelle histoire. Après quelques minutes, elles redescendirent toutes les deux. Vivian n'eut aucun scrupule à leur sourire dès qu'elle les vit tous les trois. Elle les salua comme si de rien n'était.

— Vivian ! Tu es accusée d'avoir commis un grave méfait !

— Papa ! Comment pouvez-vous croire en une chose pareille ? lui répondit-elle, les yeux larmoyants, comme elle savait parfaitement le faire.

Voyant l'état de sa fille, lord Grant baissa d'un ton et regarda John.

— Elle ne peut pas me mentir, lui répondit-il. Vous voyez bien qu'elle est blessée !

— Oh ! maman ! Qu'est-ce que ces vilaines personnes ont encore inventé pour essayer de me faire du mal ? déclara-t-elle en se jetant dans les bras de sa mère.

— Sortez de chez moi, immédiatement ! les somma lady Grant.

— Madame, au risque de fortement vous déplaire, vous allez devoir m'écouter ! Votre chère fille s'est présentée hier soir à l'orphelinat devant la Révérende Mère, où elle s'est fait passer pour miss Julia Allen. Elle est repartie ensuite avec miss Hattie Allen hors de l'orphelinat. Je ne sais comment, mais je vous assure qu'elle l'a fait ! Nous avons un enquêteur qui a parfaitement décrit votre fille ! s'écria John.

— Oh ! maman, papa ! Je vous en prie, vous ne pouvez pas croire à toute cette médisance ! Comment aurais-je pu emmener une femme toute seule ? pleurnicha-t-elle.

— Howard, je t'en prie, fait quelque chose ! Cette histoire ne peut être vraie, c'est évident !

Il n'en fallut pas plus à lord Grant pour s'exécuter.

— Allez-vous-en ! Il suffit maintenant ! Vous nous avez assez humiliés, moi et ma famille ! déclara lord Grant. Allez voir la police, si cela vous chante !

Puis il ouvrit la porte de chez lui, leur intimant de sortir sur-le-champ.

Une journée entière s'écoula sans qu'ils puissent prouver quoi que ce soit. Ils s'étaient rendus au bureau de Mr. Brown. Cependant, ce dernier avait quitté subitement la ville et la pancarte affichée sur la porte de son cabinet ne donnait aucune précision quant à son retour. Ils s'étaient également rendus chez les forces de l'ordre. Malheureusement, l'officier qui était de garde et recueillait les plaintes n'avait pas l'intention — au vu de l'heure tardive — de s'opposer seul à lord Grant. Aussi, leur demanda-t-il de bien vouloir repasser le lendemain après-midi, lorsque son supérieur serait de retour au bureau. Ce dernier était déjà sur une affaire délicate d'enlèvement d'enfant pour laquelle toutes les forces de la ville avaient été réquisitionnées. L'officier n'avait, du reste, aucun moyen de le joindre, car les recherches étaient trop éloignées du poste de police.

Aussi, devraient-ils attendre pour faire rechercher miss Allen, leur avait-il précisé avant de replonger sa tête dans son journal qu'il avait dû abandonner pour leur répondre…

Chapitre 19

Des Nouvelles

Julia était malade de ne savoir pas où se trouvait sa sœur. Elle ne s'était pas nourrie depuis la veille. Aussi, lorsqu'elle se releva du fauteuil dans lequel elle s'était installée, elle vacilla prise d'un malaise avant de s'agenouiller sur le sol en rendant de la bile. Lee, malgré son dos endolori d'avoir dormi sur le sofa — ayant préféré laisser sa chambre à sa future femme —, la porta jusqu'à son lit. Il la déposa dessus délicatement avant de lui faire boire une gorgée d'eau fraîche. Elle voulut se relever, cependant, il insista pour qu'elle reste couchée. Il s'absenta quelques minutes, le temps de descendre jusqu'à l'accueil de l'hôtel et de mander la visite d'un médecin.

Un homme se présenta à l'accueil de l'hôtel une vingtaine de minutes plus tard. Après s'être entretenu avec le réceptionniste, il prit l'ascenseur et se rendit devant la porte de la suite de Lee. Il frappa sur celle-ci trois petits coups secs et attendit que quelqu'un vienne lui ouvrir.

— Docteur Kingsley, s'exclama-t-il lorsque Lee lui entrouvrit la porte. Suis-je bien chez les Moore ? demanda-t-il avant de lui tendre sa main.

— Oui ! Entrez, docteur ! lui répondit Lee en le saluant tout en s'effaçant afin de le laisser passer.

— Qui a besoin de mes services, Monsieur ? demanda ce dernier en s'adressant à Lee tout en jetant un regard à droite puis à gauche.

— Ma future femme, lui répondit Lee. Si vous voulez bien me suivre, docteur, poursuivit-il en se dirigeant vers le seuil de sa chambre.

Le médecin pénétra dans la pièce et déposa sa sacoche au sol. Tout en s'adressant à Lee, il l'ouvrit pour se saisir de son matériel afin d'ausculter la jeune femme. Julia, assoupie, commença à gesticuler lorsqu'elle entendit des murmures dans la chambre.

— Que lui est-il arrivé ? demanda le docteur.

— Elle n'a pas mangé depuis hier et refuse de se nourrir depuis qu'elle a perdu sa sœur.

Le médecin toucha le front de la jeune femme, laquelle se réveilla aussitôt.

— Bonjour, Mademoiselle. Je suis le docteur Kingsley. M'autorisez-vous ? lui demanda-t-il en se saisissant de son stéthoscope.

— Oui, répondit Julia d'une voix tout juste audible.

— Je suis désolé pour votre sœur, lui dit-il. Veuillez recevoir toutes mes condoléances.

— Hattie est morte ! s'écria Julia tout en s'évanouissant.

— Julia ! s'exclama Lee.

— Veuillez m'excuser, lui dit le médecin. Je ne pensais pas qu'elle était si fragile. Depuis combien de temps sa sœur est-elle décédée ?

— Mais sa sœur n'est pas morte ! lui répondit Lee,

fortement contrarié de voir sa douce encore plus mal en point depuis l'arrivée de ce médecin.

— Ô nom de Dieu ! jura ce dernier. J'avais cru comprendre qu'elle l'avait perdue dans ce sens-là.

C'est embarrassé que le médecin fouillât dans sa sacoche pour en ressortir des sels. Lorsqu'il positionna la petite bouteille en verre bleu sous le nez de Julia, celle-ci réagit rapidement à l'odeur nauséabonde s'en dégageant.

— Lee, dites-moi que ce n'est pas vrai ! Hattie ne peut pas être morte. Et elle s'effondra de nouveau en larmes.

— Non, mon amour, elle n'est pas morte. C'est un quiproquo entre moi et le docteur.

— Je me suis mépris, Mademoiselle. Veuillez m'en excuser, leur dit-il, gêné. Puis il s'approcha de Julia.

— Puis-je, Monsieur ? demanda-t-il à Lee afin de reprendre place auprès de Julia restée allongée au bord du lit.

Lee se déplaça de l'autre côté, s'asseyant sur l'espace vide qu'il restait.

— Ma chère enfant, racontez-moi comment vous avez perdu votre sœur, lui demanda le médecin tout en lui prenant sa tension.

Il voulait la faire parler afin qu'elle puisse s'arrêter de pleurer et ainsi, peut-être, la calmer sans médication.

— Ma sœur Hattie résidait à l'orphelinat Saint-Sauveur et lorsque nous sommes allés la voir hier, une personne, se faisant passer pour moi la veille, l'a tout bonnement emmenée, on ne sait où… Pourtant, je ne vois pas comment ma sœur aurait pu suivre une inconnue et penser que ce fût moi.

Puis elle se remit à pleurer.

— Comment vous dire que moi, Mademoiselle, je crois savoir pourquoi ? lui répondit doucement le médecin.

Lee s'était relevé du lit et tenait fortement la main de Julia dans la sienne. Tous deux retenaient leurs respirations, attendant dans un silence de mort, ce que le docteur allait leur apprendre. Ce dernier poursuivit calmement.

— Si vous êtes bien Miss Allen et que votre sœur se trouve être également l'autre miss Allen que j'ai rencontrée, alors c'est bien d'elle que nous parlons.

— Poursuivez ! Je vous en prie, docteur, insista Lee, alors que Julia remuait la tête en signe d'approbation.

— Votre sœur a malencontreusement eu un malaise. En s'effondrant sur le sol, sa tête a percuté une pierre.

— Ô Seigneur ! s'écria Julia en mettant ses deux mains sur sa bouche.

— Mais je vous rassure, elle a bien repris connaissance ! ajouta-t-il rapidement. Malheureusement, le choc lui a causé une amnésie qui ne s'est pas encore rétablie, a priori.

— Mais comment se fait-il que nous n'ayons pas été mis au courant par les religieuses ? demanda Julia en regardant Lee.

— Je ne le sais pas, mon amour, mais nous la retrouverons. Croyez-moi, nous allons y retourner et nous la retrouverons !

— Je ne sais également pas pourquoi elles ne vous ont rien dit, poursuivit le médecin, en les regardant tour à tour dans les yeux. D'un autre côté, si elles étaient persuadées que sa soi-disant sœur était venue la chercher la veille et que miss Allen l'ait bien reconnue pour une raison que nous ignorons encore, cela fait de vous un imposteur, Mademoiselle. Et dans ce cas, les religieuses ne pouvaient pas prendre le risque de vous donner, sans doute, ce genre de détails, aussi important soit-il.

— Oui, en effet, agréa Lee aux explications rationnelles du docteur Kingsley.

Ce dernier termina d'ausculter Julia qui s'était calmée. Après avoir appris cette nouvelle sur l'amnésie de sa sœur, elle était restée plongée silencieusement dans des réflexions. Lee, après avoir refermé la porte derrière le médecin, s'adressa à Julia, la faisant sortir ainsi de ses pensées.

— Ma douceur, puis-je vous délaisser quelques minutes le temps d'aller chercher John ? J'aimerais lui faire part de ce que nous venons d'apprendre au sujet de votre sœur, lui dit-il, avant de déposer un tendre baiser sur son front.

Il revint, quelques minutes plus tard, accompagné de John. Ce dernier était totalement déboussolé par la nouvelle. *Son* Hattie était devenue amnésique ! Ils avaient décidé de retourner à l'orphelinat afin d'obtenir plus de détails sur l'imposteur qui avait pris la place de Julia — même s'ils avaient la certitude de savoir que c'était Vivian. Julia était trop faible pour se joindre à eux. Toutefois, Lee ne se sentit pas l'envie de la laisser toute seule. Il griffonna quelques mots sur un petit papier puis, avant de sortir de sa suite, il informa Julia et John — sans leur donner plus de détails — qu'il serait de retour dans moins de trois minutes. Ce qui s'avéra exact ! Et quinze minutes plus tard, quelqu'un frappait à la porte de sa suite.

— Miss Williams ! s'exclama Lee. Soyez la bienvenue !
Je vous en prie, entrez.

Sophie était partie de chez elle dès qu'elle avait reçu le
petit mot de Lee. Ce dernier lui avait juste donné
quelques détails sur la situation du jour et lui avait
demandé si elle aurait l'obligeance de bien vouloir
s'occuper de Julia en son absence — lui précisant
seulement qu'elle était mal en point et qu'elle avait besoin
de parler.

— Sapristi, Julia ! Que vous arrive-t-il ? lui demanda-
t-elle en s'approchant du lit où la jeune femme était
toujours couchée.

Lee regarda Julia et elle lui rendit son sourire.

— Allez-y, mon amour. Je vais tout raconter à Sophie
en votre absence. Retrouvez ma sœur, lui dit-elle le regard
plein de promesses.

Les deux jeunes hommes quittèrent la pièce, laissant
derrière eux une amitié naissante. Lorsqu'ils arrivèrent à
nouveau à l'orphelinat, ils se retrouvèrent confrontés à la
Révérende Mère, laquelle ne démordait pas de ce qu'elle
avait pensé d'eux la veille.

D'autant plus, qu'il n'y avait plus avec eux la soi-
disant sœur de Hattie…

Elle exigea donc d'eux qu'ils quittent les lieux sur-le-
champ. Alors qu'ils allaient s'exécuter, ils tombèrent sur
Louis, le jeune garçon travaillant pour les Grant. S'ils
l'interrogeaient, celui-ci pourrait certifier à la religieuse
qu'ils étaient bien venus la veille avec la vraie sœur de
Hattie ! Au moment où ils allaient l'interpeller, sœur
Mary — laquelle se trouvait derrière le jeune garçon —
lui attrapa l'oreille en tirant dessus.

— Je te tiens, vilain garnement ! cria-t-elle.

— J'n'ai rien fait, ma sœur, lui répond-il en grimaçant.

— Tu vas arrêter de tourner autour de Clara ! Est-ce que c'est clair ? Réponds-moi ! insista la nonne.

— Oui ! Oui ! Ma sœur !

— Et c'est sœur Mary ! Combien de fois, dois-je te le répéter ? le houspilla-t-elle.

— Oui, sœur Mary, répondit-il entre deux « aïe ».

John s'adressa alors à la Révérende Mère.

— Ma mère ! Ce jeune garçon peut vous certifier que nous nous sommes bien présentés hier, chez vous, avec la sœur de miss Allen, lui dit-il en la fixant de son beau regard bleu.

Elle le fixa à son tour et ne vit à aucun moment son regard se dérober au sien. Alors, le doute s'immisça dans sa tête et c'est avec une bouche pincée qu'elle se tourna vers le jeune garçon.

— Louis ! Viens ici ! lui ordonna-t-elle.

— Oh non ! murmura-t-il, dépité, en se demandant ce qui allait encore lui arriver.

Puis sœur Mary lui donna une petite claque derrière la tête pour qu'il s'exécute plus rapidement. Il se positionna devant la Révérende Mère, en se basculant d'une jambe sur l'autre, tel un pendule attendant la sentence qui ne tarderait plus à lui tomber dessus.

— Louis, est-il vrai que tu connais ces messieurs ? lui demanda-t-elle.

Il se tourna vers les personnes que lui indiquait la mère Constance. Aussi, lorsqu'il reconnut Lee mais, surtout, l'ami de ce dernier, celui-là même qui lui avait donné plusieurs pièces en argent, il s'arrêta de gesticuler.

Avec un sourire toujours édenté, il lui donna cette réponse :

— Oh que oui !

— Et que pourrais-tu nous dire à leur sujet ? poursuivit la religieuse, toujours sceptique.

— Eh ben, ma sœur, c'sont deux m'sieurs qui ont beaucoup d'argent, précisa-t-il, juste avant de se reprendre une tapette derrière la tête par sœur Mary.

— Louis ! C'est à notre Révérende Mère que tu t'adresses ! Ne l'oublie pas !

— Oui, sœur Mary ! lui répondit-il en se frottant le crâne.

— Poursuis, Louis ! exigea la mère supérieure.

— Oui, ma Mère, lui répondit-il, en mettant ses mains sur sa tête au cas où sœur Mary déciderait de lui mettre une autre tapette. Et mam'selle Julia est la gouvernante des jumeaux Grant et j'la connais bien. Elle est très gentille com' mam'selle Hattie. Et m'sieur Lee est amoureux de mam'selle Julia et m'sieur John, j'crois bien qu'il est amoureux de mam'selle Hattie…

Il s'arrêta de parler lorsqu'il vit passer derrière la religieuse, sa petite amie Clara lui faisant un signe de sa main. Il se redressa et bomba le torse afin de paraître plus grand. Quant à la Révérende Mère, elle avait blêmi en entendant les paroles de l'enfant, lequel elle congédia rapidement.

— Bien, Louis ! Tu peux t'en aller…, lâcha-t-elle, le visage toujours blafard.

Alors, le jeune Louis s'orienta vers la sortie, où se trouvait Clara quelques secondes plus tôt. Soudain, il prit ses jambes à son cou lorsqu'il entendit les cris de sœur

Mary, laquelle s'était mise à le poursuivre, car elle n'était pas du tout d'accord avec la direction qu'il venait de prendre. Il rattrapa Clara et se saisit de la main qu'elle lui tendait avant de sortir en courant ensemble, de l'enceinte religieuse.

Comme si leurs vies en dépendaient…

— Ma mère, demanda John — une fois que les cris de sœur Mary ne se faisaient plus entendre —, je vous en prie, aidez-moi à retrouver Hattie. Elle est certainement en danger et plus nous attendrons et plus je risque de la perdre…

Sa voix se brisa sur ces derniers mots. La religieuse ne pouvait plus, ne pas se rendre compte de son erreur. Elle inspira une grande goulée d'air avant de commencer à s'expliquer.

— Voilà ! Une jeune femme s'est présentée lundi soir chez nous. Elle était bien habillée, polie et fort belle. Elle m'a certifié qu'elle était la sœur de Hattie. Aussi, lorsque cette dernière la reconnut et la prit dans ses bras, je n'avais plus aucune raison de douter, vous comprenez, je l'espère !

— Oui, ma mère, répondirent en chœur les deux amis.

— Le problème est que Hattie est devenue amnésique et depuis elle s'est mise en tête qu'Alice, une petite orpheline, était sa fille. Aussi, ne voulant pas la perturber plus qu'elle ne l'est déjà en la laissant partir sans la petite, je la leur ai confiée. Miss Julia Allen, enfin la fausse Julia, m'a certifié qu'elle reviendrait plus tard accompagnée par son futur mari et par sa sœur, afin de signer les papiers d'adoption. Ô Seigneur ! s'exclama la sœur en levant les yeux au ciel, qu'ai-je fait ?

Hattie était en danger, mais également la petite Alice, comprit-elle, bien tardivement.

— Ma mère, auriez-vous l'obligeance de bien vouloir venir avec nous chez les Grant ? Nous sommes certains qu'il s'agissait de leur fille. Cependant, son père ne veut pas nous croire. Aussi, en vous voyant, elle ne pourra plus nier et nous pourrons retrouver ces deux êtres que nous aimons.

— Je ne sais pas, répondit la mère Constance inquiète lorsqu'elle l'entendit prononcer le nom des Grant.

Elle connaissait bien lady Grant qui faisait des dons importants à son établissement et lui rendait visite, au moins une fois par mois. Il est vrai qu'en y repensant, elle n'avait aucune idée du visage que pouvait avoir chaque enfant Grant. Sa fille ainsi que ses petits frères n'avaient jamais accompagné leur mère durant ses visites à l'orphelinat. Bien entendu, elle connaissait fort bien lord Grant et sa réputation d'homme d'affaires.

Cependant, elle savait aussi que peu de personnes s'y frottaient vraiment, car il avait la renommée d'avoir tout moyen pour détruire ceux s'opposant à lui…

— Ma mère, comment dois-je faire pour que vous acceptiez de nous accompagner ? lui demanda John.

La religieuse, toujours plongée dans ses pensées, ne répondit pas à John. Devant son insupportable silence, Lee sembla perdre patience.

— S'il arrive, ne serait-ce qu'une chose à Hattie et à la petite, vous en serez responsable, ma mère ? Vous en rendez-vous compte ? lui dit Lee, le visage agacé par l'attitude que les gens prenaient dès que le nom des Grant était prononcé.

— Je ne peux pas, lui répondit-elle, d'une voix si basse comme si Dieu aurait pu la punir d'entendre sa réponse.

— Je vous en supplie, ma mère, l'implora John en s'agenouillant sur le sol glacé et en lui prenant la main dans les siennes.

Ils se fixèrent du regard et la religieuse revit dans celui du jeune homme, cette foi, cette conviction qui l'avait faite rentrer dans les ordres.

— *Aide ton prochain !* se remémora-t-elle. Je vais vous aider ! lui répondit-elle avec plus d'assurance comme si elle venait d'être frappée par la Grâce du Tout-Puissant. Laissez-moi prendre mon manteau…

La route était extrêmement encombrée et le fiacre, qu'ils avaient pris, semblait rouler au ralenti. Après plus d'une heure, ils arrivèrent enfin chez les Grant. Lorsque lord Grant reconnut la voix de John, il sortit précipitamment du petit salon où il s'était installé pour fumer son cigare. Il se retrouva nez à nez avec la mère Constance.

— Révérende Mère ? lui dit-il, surpris. Que faites-vous ici à une heure pareille ?

— Mon fils ! Je dois m'entretenir avec lady Vivian, lui demanda-t-elle, le visage fermé.

— Mais à quel sujet, ma mère ? insista-t-il.

— Il me faut m'entretenir avec lady Vivian, immédiatement ! C'est une question de vie ou de mort ! précisa-t-elle, la bouche sévère, tirée en deux lignes droites.

Lord Grant, alors inquiet, s'écria d'en bas du grand escalier sans prendre la peine d'appeler un serviteur pour aller faire chercher sa fille, comme les règles de bienséance le précisaient.

— Oui, mon petit papa ! lui répondit l'interpellée.

— Veux-tu bien me rejoindre, mon enfant ?

— J'arrive ! lui répondit-elle rapidement puisqu'elle se trouvait déjà au beau milieu du grand escalier.

Lorsque Vivian arriva au pied de celui-ci, elle s'arrêta net.

— Que puis-je pour vous, papa ? lui demanda-t-elle en rougissant fortement.

Une mauvaise sensation traversa le corps de lord Grant lorsqu'il remarqua le visage de sa fille.

— Vivian, la mère supérieure souhaite s'entretenir avec toi, lui annonça-t-il, de plus en plus mal à l'aise.

Alors que la religieuse la fixait de son petit regard bleu décoloré sans qu'aucune syllabe sorte de sa bouche, Vivian commença à exhaler une petite sueur frontale. Néanmoins, la petite angoisse qui la saisit ne l'empêcha pas de parler avec fermeté.

— Oui ! Eh bien ! que puis-je pour vous ? lui répondit-elle avec impolitesse.

Il est certain que si sœur Mary s'était trouvée dans les parages, la jeune femme aurait sûrement reçu une bonne claque derrière la tête d'une telle impertinence ! Toujours sans dire un seul mot à la jeune femme, la religieuse se détourna d'elle afin de s'adresser aux deux jeunes hommes.

— Je vous confirme, mes enfants, que c'est bien la personne qui s'est présentée à moi, lundi soir, sous le nom de miss Julia Allen et qui est bien repartie avec Hattie et la petite Alice.

Elle tourna alors sa tête en direction de lord Grant, qu'elle fixa de ses petits yeux perçants. Ce dernier avait blêmi dès les trois premiers mots qu'elle avait prononcés.

— Vivian, que dois-je comprendre ? lui demanda son père en essuyant, avec son mouchoir, les perles de sueur apparaissant un peu partout sur son visage qui avait perdu toute sa couleur naturelle.

— J'ai fait exactement ce que tu m'as appris à faire, papa. Me débarrasser du problème lorsque celui-ci ne peut être résolu, lui dit-elle, fière d'avoir retenu cette leçon.

— Mais, Vivian ! Cela ne peut être vrai que pour des choses et non pour des êtres vivants ! s'insurgea-t-il.

— Mais, papa ! Je n'ai rien fait de mal ! J'ai juste éloigné de mon monde une petite gêne comme je t'ai déjà vu le faire ! Voilà tout !

Son père comprit inévitablement les dégâts qu'ils avaient faits, lui et sa femme, à leur fille. Ils avaient cru qu'en lui cédant tout et en la couvant de plaisirs, elle se transformerait en une créature intelligente et délicieuse. La réalité en était tout autre et elle venait de lui exploser au visage ! Ils en avaient fait un être odieux et insensible, ayant perdu le fil de la réalité.

— Mais depuis combien de temps l'ai-je perdue ? songea-t-il. Tout est de ma faute, Grands Dieux ! Tout ! se blâma-t-il silencieusement.

Oui ! Eux seuls ! Ses propres parents, ceux-là mêmes qui auraient dû la protéger étaient seuls à être blâmés ! Bien qu'il prenne le temps de se morigéner dans sa tête, lord Grant continua de converser avec sa fille, malgré un tremblement s’emparant de tout son corps.

— Et où as-tu mis ce problème ? lui demanda-t-il, en essayant de conserver son sang-froid qui commençait à se fissurer, ne demandant qu’à imploser.

John, Lee et la religieuse comprirent que Vivian avait un problème bien plus grave que le caprice. Elle n’était plus capable de faire la différence entre ce qui était bien et ce qui était mal. Afin de ne pas l’enfermer dans le monde qu’elle s’était forgé, ils laissèrent lord Grant poursuivre son *inquisition,* car il était certainement le seul envers lequel sa fille avouerait sa folie, sans s’en rendre vraiment compte.

— Eh bien, à l’heure qu’il est, elles ou plutôt c*e problème*, comme tu le dis si bien, papa, rajouta-t-elle satisfaite, doit se trouver sur la route non loin du port de Liverpool, finit-elle sa phrase en étant toujours aussi fière d’avoir agi de la sorte.

John allait s’approcher d’elle pour la questionner, mais Lee l’arrêta avec son bras. Il fit signe à son ami d’être patient. Lord Grant poursuivit, inquiet de la réponse qu’allait lui fournir sa fille.

— Et qui doit les conduire à Liverpool, mon enfant ? la questionna-t-il, comme à une petite fille ignorant la gravité de la bêtise qu’elle avait pu faire.

— Eh bien ! j’ai trouvé deux personnes à l’hostellerie des Gueusards. Ils ont accepté de les conduire là-bas et de les mettre dans un bateau pour les Amériques. Et tout cela, sans poser de question ! ajouta-t-elle, tout heureuse de son plan.

— Et où se trouve cette hostellerie, ma fille ?

poursuivit-il en essayant toujours de contenir son sang-froid dont il avait peine à ne pas laisser s'échapper.

— Oh ! à Hammersmith sur Talgarth Road ! Il te faudrait traverser une bonne partie de la ville et te diriger vers l'ouest, si tu avais besoin de t'y rendre. Je pourrais te montrer les deux hommes que j'ai engagés ! Ils pourraient t'être utiles, n'est-ce pas, papa !

Son père, sans lâcher les mains de sa fille qu'il tenait toujours dans les siennes, tourna la tête pour s'adresser à ses visiteurs.

— Ma mère. Gentlemen. Je crois que vous en avez assez entendu, s'exprima-t-il avec la gorge serrée, détruit par la confession de sa fille. Je vais régler ce problème et vous, je vous en prie ! Arrêtez ces deux hommes avant qu'il ne se produise un malheur ! S'il vous plaît, les pria-t-il, d'un regard tout à coup vieilli par la douleur.

Sa femme, arrivée dans le couloir au moment où sa fille avait commencé sa confession, y était restée tapie tout le temps, paralysée par ce qu'elle entendait sortir de la bouche de son propre enfant. Lorsqu'elle entendit son mari s'adresser à ses visiteurs, elle attendit encore une minute, le temps d'essayer de se ressaisir, avant de se diriger vers eux. Elle posa alors ses mains sur les joues de son mari et déposa son front contre le sien. Au bout de quelques longues secondes silencieuses, lord Grant releva la tête, fixant le regard de sa femme qu'il aimait tant, et sans un mot, ils se comprirent. Il se détacha d'elle à contrecœur et s'adressa aux jeunes hommes.

— Prenez ma voiture et faites ce que vous avez à faire. Puis il se tourna vers la mère Constance.

— Révérende Mère, je vais vous faire raccompagner,

lui dit-il tout simplement, tandis que lady Grant prenait sa fille d'une main ferme pour l'emmener en silence dans sa chambre.

John et Lee s'élancèrent sur la route pour se rendre au port de Liverpool. À peine plus de trente minutes plus tard, ils passèrent devant l'hostellerie des Gueusards se trouvant sur le chemin.

— Lee ! Arrête le moteur, je te prie ! s'écria John.

— Qu'est-ce qu'il y a ? s'exclama Lee en appuyant fortement sur les freins.

— Je ne sais pas. Je viens d'avoir un pressentiment. Ne me demande pas pourquoi mais, je t'en conjure, faisons demi-tour ! S'il te plaît…

— John ! Es-tu sûr de toi ? Nous allons perdre un temps précieux.

— Oui, Lee ! Crois-moi ! Je ne sais pas pourquoi, mais arrêtons-nous cinq minutes ?

Ils firent demi-tour et Lee stoppa la voiture devant les portes de l'hostellerie. Ils y rentrèrent et se dirigèrent vers le comptoir.

— Messieurs, que puis-je faire pour vous satisfaire ? leur demanda le propriétaire, surpris par la venue de ces gentlemen traversant le hall de son établissement, et pour lequel le sol n'avait pas l'habitude d'être foulé par des chaussures *si* luxueuses.

— Nous sommes à la recherche de deux hommes qui travaillent pour vous et qui auraient l'habitude d'accepter d'autres petits travaux, lui demanda John tout en le lui laissant penser ce qu'il voulait de ce sous-entendu.

— Oui, ce doit être Phil et Bernie !

— Et où pourrions-nous les trouver ? demanda Lee

en posant un billet sur le comptoir.

— Ils habitent à quelques pâtés d'ici, sur Brook Green. Mais ils doivent être encore là où je les ai jetés hier soir, à l'arrière du bâtiment en train de cuver. Ces deux pochards ont reçu beaucoup d'argent ! Et cela fait trois nuits qu'ils le dépensent en beuverie ! s'exclama-t-il, moqueur et heureux d'avoir empoché autant d'argent depuis, par ces deux imbéciles.

Les deux amis se regardèrent sans un mot. Pourtant, leurs regards disaient que rien n'était encore perdu. Comme indiqué par le gérant de l'hostellerie, ils trouvèrent les deux types allongés entre plusieurs tonneaux suintants de leurs liquides violacés. Lee s'approcha le premier et mit un petit coup de pied dans le plus mince. L'homme, tout en restant allongé, lui répondit dans une bouillie de mots incompréhensible. John fit de même avec le deuxième homme, beaucoup plus imposant que son ami d'infortune. Il obtint une réponse à peu près similaire.

— Nous n'obtiendrons rien d'eux, tant qu'ils n'auront pas cuvé toute leur vinasse ! s'exclama Lee.

John se baissa et attrapa, par le col, l'homme gisant à ses pieds, lorsqu'un petit bruit métallique attira son attention. Il ramassa l'objet en question. C'était la clé d'une chambre. Elle portait une petite plaque en cuivre dont un numéro avait sûrement été gravé dessus. Néanmoins, celle-ci, usée par le temps, demeura illisible.

— *Ces ivrognes habitent à quelques pâtés d'ici. Alors, que font-ils avec une clé de chambre d'hôtel ?* songea John avant de se retourner vers Lee. Viens ! Suis-moi, s'adressa-t-il à son ami, en lui montrant la clé qu'il tenait entre son pouce et son index.

— Bien, bien ! On avance, mon ami !

En levant leurs têtes vers le ciel, ils firent un tour complet sur eux-mêmes en vue d'explorer l'endroit.

— Là-haut ! lui intima Lee, en lui montrant un petit couloir ouvert sur la ruelle arrière.

Ils grimpèrent rapidement les deux volées de marches, qu'il y avait, pour se retrouver devant six portes crasseuses. Ils essayèrent la première, la seconde, la troisième, ainsi que les deux autres portes sans succès. Elles restèrent toutes closes. Enfin, ils arrivèrent devant la sixième porte. John avait les mains tremblantes de peur que ce ne fût pas la clé de la chambre, où Hattie et la petite avaient été séquestrées. Si tant est que celle-ci soit bien une clé de chambre, d'ailleurs ! Il l'introduisit doucement dans la serrure. Tout en regardant Lee, il fit tourner la clé deux fois dans l'orifice qui émit un bruit métallique avant d'entendre le grincement que la porte fit lorsqu'il la poussa pour l'ouvrir complètement. Il se précipita à l'intérieur, suivi de près par Lee. Ils y découvrirent Hattie et la petite Alice endormies. Lee secoua doucement l'enfant pendant que John se penchait sur Hattie, inquiet. Il trouva son pouls ce qui ne le rassura que légèrement. Il effleura son visage avec une caresse, ce qui fit frissonner quelques cils à la jeune femme. Il lui releva la tête doucement et déposa un léger baiser sur ses lèvres. Alors, elle s'étira malgré ses mains liées et cligna des yeux plusieurs fois avant de les ouvrir complètement.

— Hattie… C'est moi… John, lui murmura-t-il, tout en lui déliant les liens qui la ligotaient.

— John… ? John ! Oh ! C'est vous, Seigneur !

s'exclama-t-elle d'une voix enrouée.

Elle se releva et se jeta dans ses bras, heureuse de retrouver cet amour qu'elle croyait perdu. John, heureux qu'elle le reconnaisse, lui donna un baiser envahi d'un certain soulagement et d'un désir contenu, auquel elle répondit avec autant d'ardeur que la première fois. Lorsqu'ils se regardèrent à nouveau dans les yeux, la jeune femme fut prise d'un étourdissement. Sûrement à cause du laudanum, et du fait qu'elle et Alice n'avaient rien avalé depuis deux longs jours ! Hattie s'échappa malgré elle des bras de son *Aimé* et se laissa retomber assise sur le lit. Il lui caressa le dessus de ses mains qu'il avait conservé dans les siennes avant qu'elle ne lui lâche une main pour se toucher le front. Soudain, une douleur lui fit glisser sa main derrière sa tête, la faisant gémir. John remarqua une tache de sang sur le lit. Il pencha avec douceur la tête de la jeune femme et aperçut une tache sombre maculant ses cheveux.

— Diantre ! c'est du sang ! s'écria-t-il. Vous êtes blessée. *Bon Dieu !* jura-t-il en silence.

Hattie était toujours plongée dans ses pensées, recherchant ce qu'elle faisait ici dans cette chambre miteuse. Tout d'un coup, elle se remémora en partie ce qui lui était arrivé dans cette pièce.

— Mon Dieu ! Où est Alice ?

— Elle est là, lui répondit doucement Lee en prenant la petite dans ses bras.

Alice ne s'était pas réveillée. Lee avait trouvé son pouls, néanmoins faible. Toutefois, elle respirait toujours.

— Nous ferions mieux de partir, s'adressa-t-il à John.

Ce dernier attrapa dans ses bras la jeune femme. Ils

les portèrent toutes deux jusqu'à la voiture de lord Grant que Lee avait laissée en stationnement devant l'hostellerie. Ils se dirigèrent ensuite vers l'hôpital Sainte Mary, situé à Paddington, non loin de là. La petite s'était réveillée sur le trajet et avait envie de rendre. Lee stoppa rapidement le véhicule afin qu'elle puisse se soulager. Ils s'étaient remis en route aussitôt, inquiets de l'état de santé de l'enfant. Elle s'était remise à pleurer, car elle avait mal au ventre et réclamait un câlin de sa maman. Hattie, instinctivement, l'avait prise dans ses bras et l'avait bercée en l'embrassant, bien que le souvenir de s'être fait passer réellement pour sa mère, pendant plusieurs jours, se soit complètement effacé de sa mémoire. D'ailleurs, elle n'avait aucun souvenir de ce qu'il lui était arrivé depuis son malaise et un grand trou noir logeait dans sa mémoire. Seul le souvenir de Vivian la forçant à boire un verre d'eau était présent, troublant ainsi fortement ses pensées. John, la regardant faire avec Alice, ressentit une chaleur au fond de son cœur. Hattie était vraiment la femme parfaite à ses yeux et il lui tardait qu'elle devienne prochainement la mère aimante de leurs futurs enfants.

Dès qu'ils arrivèrent à l'hôpital, Lee sortit seul du véhicule et interpella la surveillante se trouvant à l'entrée de celui-ci. Il l'informa qu'ils avaient une femme et une enfant à ausculter de toute urgence. Puis il retourna à la voiture pour prendre Alice dans ses bras. Alors qu'ils passaient tous les quatre les portes de l'hôpital, ils constatèrent qu'ils étaient bien attendus par plusieurs infirmières et médecins, tous postés devant l'entrée, presque au garde-à-vous. Lee avait su se montrer parfaitement convaincant ! Une infirmière demanda à

Hattie de la suivre. Elle allait s'exécuter lorsqu'elle entendit Alice hurler en voyant le médecin arriver vers elle. La séparation fut donc impossible et les médecins durent les examiner ensemble. Après plus d'une heure, les médecins rassurèrent Lee et John sur l'état de leurs santés. Alice, tout comme Hattie, avait un traitement à base de plantes et de potions médicinales concentrées à prendre toutes les heures sous forme de tisanes brûlantes, et ce, afin de purger leurs corps du mauvais breuvage que Vivian leur avait fait boire. Qui plus est, le coup de tisonnier que Hattie avait reçu derrière la tête avait demandé cinq points de suture. Toutefois, la jeune femme avait retrouvé la mémoire, cela étant bon signe pour aller vers une guérison totale. D'ailleurs, ce coup porté à la tête avait certainement contribué à ce rétablissement, leur expliqua le médecin.

— *Il ne manquerait plus, qu'il me faille remercier Vivian*, songea John avec ironie.

A priori, Hattie avait dû sous-entendre la même chose, car ils se regardèrent et s'échangèrent un sourire complice.

Ils repartirent de l'hôpital et se dirigèrent vers l'orphelinat Saint-Sauveur. La mère supérieure fut heureuse et soulagée de retrouver la petite Alice en bonne santé, malgré ce qui aurait pu être pis. Elle raconta à Hattie ce qu'il s'était passé depuis son accident.

— Ma mère, je ne sais que dire. Comment faire pour ce soir ? Je dois me rendre auprès de ma sœur, mais je ne peux pas abandonner comme ça ce petit bout de chou après l'avoir persuadé que j'étais sa maman. Que dois-je faire ? lui demanda Hattie, de nouveau perdue dans ses pensées après avoir entendu tout ce qu'il lui était arrivé.

— Mon enfant, je crois que pour ce soir, cela suffira. Revenez demain et nous en rediscuterons posément, lui répondit la religieuse.

Hattie monta coucher la petite en lui promettant d'être là, le lendemain, pour aller avec elle s'amuser dans le jardin avec les jouets en bois. Elle ressortit de la pièce et rejoignit John et Lee, lesquels l'attendaient devant la voiture. Ils remontèrent tous trois dans le véhicule et Lee reprit la route pour se rendre à leur hôtel. Dans un silence religieux, John attrapa la main de Hattie et la conserva tendrement au creux de la sienne.

Elle posa alors sa tête sur son épaule et ferma doucement les yeux…

Chapitre 20

Les Retrouvailles

Hôtel St James Palace, le même jour…

— Hattie ! s'exclama Julia lorsqu'elle vit pénétrer à l'intérieur de la pièce, sa sœur.

— Ma Julia ! Tu m'as tellement manquée !

Dans des larmes de joies, elles se serrèrent dans les bras l'une de l'autre. Après quelques minutes, Julia se détacha de sa sœur et se jeta dans les bras de Lee.

— Vous me l'avez ramenée comme promis, mon amour, murmura Julia à son oreille.

Ce susurrement eut un effet hautement puissant sur le corps de Lee. Ils s'échangèrent un baiser langoureux qui mit dans l'embarras leur entourage. John avait envie d'en faire autant avec Hattie. Quant à la jeune Sophie, elle se mit à rougir, sans doute à cause des frissons s'immisçant dans son corps innocent. Hattie toussota et le jeune couple se délassa. Sophie leur annonça qu'il était temps pour elle de rentrer chez elle. Lee et Julia décidèrent de la raccompagner puisqu'ils avaient toujours la voiture de lord Grant que Lee avait prévu de rapporter à ce dernier en fin de journée.

Alors qu'ils sortaient tous de la suite de Lee, John enveloppa la main de Hattie dans la sienne. Il l'emmena sans un mot au fond du couloir, là où se trouvait l'entrée de sa suite. Lorsqu'ils pénétrèrent tous les deux à l'intérieur, Hattie s'arrêta et s'appuya sur le mur, le souffle court. John referma la porte et se plaça devant la jeune femme. Elle cala ses mains, l'une sur l'autre, derrière le bas de son propre dos comme pour s'interdire de le toucher. Puis, elle resta adossée au mur. John se rapprocha et la regarda dans les yeux, le souffle lui manquant à lui aussi. Il déposa ses mains sur le mur, de chaque côté de la tête de la jeune femme, l'emprisonnant entre ses bras. Puis, il se rapprocha encore. Considérablement. Sa bouche n'était plus qu'à quelques millimètres de la sienne et déjà leurs souffles se mélangeaient. Hattie releva le menton et leurs bouches s'effleurèrent. Elle recula sa tête. Pourtant, John ne déplaça pas son corps d'un millimètre. Il s'avança et frôla de nouveau ses lèvres. Hattie recula de nouveau sa tête jusqu'à toucher le mur, restant prisonnière de ses bras puissants. Le visage de la jeune femme avait pris une belle couleur rouge et celle-ci descendait bien en dessous de son décolleté. Hattie releva encore plus son menton, accrochant du regard, celui de John.

— Oh ! Hattie ! Cède-moi, lui murmura-t-il sur ses lèvres avant de prendre possession de sa bouche et de l'embrasser passionnément.

Elle ferma les yeux et gémit lorsqu'il appuya son corps sur le sien. Elle put ressentir toute l'envie que sa virilité avait d'elle. Hattie avait toujours ses mains croisées dans le dos et John avait toujours les siennes, apposées à plat, sur le mur. Ils n'étaient reliés que par leurs bouches. Leurs baisers étaient aussi violents que s'ils étaient au beau milieu d'une fusion de leurs corps. Il s'arrêta soudain pour la regarder, avant de passer une main derrière sa nuque et de l'embrasser, à nouveau, comme si c'était la dernière fois. Les mains de John vinrent caresser les épaules de la jeune femme et remontèrent sur son cou, si fin, avant de plonger dans ses cheveux soyeux dont il jeta au sol, les unes après les autres, les épingles retenant maladroitement son chignon refait rapidement à l'hôpital. Ils s'embrassaient comme s'ils s'appartenaient depuis toujours. John continua à la caresser, puis commença à défaire le dos de sa robe. Et tout comme la première fois, elle ne l'arrêta pas. Envahie d'une hardiesse incontrôlable, elle commença à le déshabiller, elle aussi. Il dut relâcher quelques secondes sa tête, qu'il avait reprise entre ses mains, le temps de se débarrasser de sa veste en la laissant glisser sur le sol. Cependant, il ne relâcha pas une seule fois sa bouche. Il rattrapa entre ses mains la tête de la jeune femme pour mieux l'embrasser. Avec passion !

Goulûment...

Elle gémit à nouveau de plaisir tout en s'attaquant à son gilet ainsi qu'aux boutons de sa chemise. Lorsqu'elle passa ses mains sous le tissu soyeux et qu'elle commença à caresser la peau chaude de son torse, John poussa un grognement de plaisir, assailli par une douleur délicieuse s'emparant de plus belle de son bas-ventre. Il tira sur les agrafes de sa robe, agacé de ne pas réussir à défaire celle-ci. Il parvint, néanmoins, à la dégrafer jusqu'à ses hanches. Il tira dessus sans modération et le tissu se déchira. La robe de la jeune femme s'échappa de sa taille et se retrouva à ses pieds, leur donnant une excuse pour s'enlacer encore plus fort. John se détacha de ce magnifique corps et recula d'un pas pour admirer ce tableau. Hattie, dont le corsage se soulevait à chacune de ses respirations, avait sa poitrine qui ne demandait qu'à en jaillir. Ses bas, d'une blancheur laiteuse identique à sa peau, laissaient entrevoir une longueur de jambes que John avait envie de sentir autour de son corps. Il se rapprocha de nouveau et l'attrapa dans ses bras. Il la souleva, toujours avec cette même facilité déconcertante, avant de se diriger vers sa chambre. Il poussa de son pied, la porte de celle-ci et y pénétra, embrassant toujours avec passion les lèvres de la jeune femme. Il la déposa sur son lit tout en continuant à la couvrir de baisers. Puis il la regarda dans les yeux. Elle était si belle avec ses joues saillantes, toute haletante, sous la domination de ses baisers.

— Hattie, si vous ne voulez pas continuer, il faut m'arrêter… maintenant…, lui dit-il en se relevant.

Allongée sur le lit, elle ne prononça pas un mot et se releva sur ses genoux. Elle s'approcha de John, toujours debout, devant elle dans une posture si respectueuse malgré sa chemise entièrement déboutonnée laissant apparaître un torse musclé, si puissant. Tout en continuant de le fixer de son beau regard émeraude, elle approcha sa bouche de la sienne qu'elle effleura sans l'embrasser, et lui ôta sa chemise qu'elle fit glisser sensuellement de ses épaules avant de la laisser choir sur le sol dans un bruit de soie. Elle descendit ses mains sur son pantalon qu'elle agrippa par le devant au niveau de la taille, l'obligeant par ce geste, à se rapprocher dangereusement de son propre corps.

—Je vous cède…, lui murmura-t-elle au creux de

l'oreille.

Ce susurrement occasionna un grondement éminemment masculin dans la gorge de John, qui eut pour effet de donner à la jeune femme, tout un tas de frissons dans le corps. Elle ressentit sous son corsage sa poitrine poindre plus fort avec délice. Il lui arracha alors *tendrement* ce beau linge et se retrouva devant un ravissement qu'il n'aurait jamais pu imaginer. Il se pencha sur sa poitrine généreuse, de belle forme, sur laquelle il déposa de tendres baisers tout doux avant de prendre en succion un sein. Hattie poussa un petit cri et une chaleur intense traversa son ventre pour s'insinuer jusqu'à sa féminité. Il embrassa son autre sein de la même façon et ne s'arrêta pas, même lorsqu'il retira son pantalon. Il poursuivit ses baisers tout le long de son cou en remontant vers sa bouche pour la reprendre dans la sienne. De ses mains expertes, il caressa les courbes sensuelles de son corps si féminin. Hattie frissonnait de passion. Elle le voulait, là, en elle tout entier. Il lui caressa la gorge et y déposa une myriade de petits baisers. Il reprit de nouveau sa bouche dont les lèvres étaient gonflées par les assauts multiples qu'il déployait. D'une main, il continua à lui caresser le corps et descendit jusqu'à sa féminité. Surprise, elle poussa un petit cri lorsqu'il essaya de franchir la barrière de sa petite culotte confectionnée en dentelle de vichy. Inquiet, il ôta sa main et releva la tête. Elle plongea son regard dans le sien tout en lui rattrapant sa main, et la reposa là d'où elle s'était *enfuie*. Il la caressa à travers le tissu — dont la transparence était indécente — et titilla son petit bouton de rose, prêt à éclore. Elle se cambra pour lui permettre de s'y aventurer plus aisément de sa main. Lorsqu'il s'insinua à l'intérieur de sa féminité, elle s'embrasa et se cambra, recherchant la pression de ses doigts. Il la caressa plus intensément, jouant avec sa féminité, sans savoir qu'elle était vierge de tout contact. Il lui retira avec délicatesse sa petite culotte en dentelle, tout en la fixant avec envie et passion. Il l'embrassa de nouveau puis abandonna ses lèvres pour redescendre sur un sein avant de descendre plus bas, là où elle avait la sensation qu'une myriade de petits papillons butinait son petit bouton de rose. Il déposa délicatement sa bouche dessus avant de goûter, lui aussi, à ce nectar exquis. Elle se cambra à nouveau dans une jouissance nouvelle et il lui sembla que tout son corps venait de naître, envahi par des vibrations folles. Il se débarrassa ensuite du dernier tissu soyeux couvrant sa virilité et l'empêchant d'être en contact avec la peau de la jeune femme, avant de s'allonger sur elle.

— Je vous aime, lui chuchota-t-il sur ses lèvres gorgées de ses baisers.

Tout en prenant possession de sa bouche, il s'enfonça dans son fourreau brûlant, forçant la barrière de son innocence. Hattie ressentit une brûlure vive dans le bas du ventre. John se stoppa dans son élan au moment même où elle poussa un cri. Elle était vierge ! Il l'avait, certes ! souhaitée et même espérée qu'elle le fût toujours ! Mais la surprise était si forte qu'il se sentit ému du cadeau qu'elle venait de lui faire. Ne voulant pas la faire souffrir plus, il comptait se retirer de son antre, mais elle le retint.

— Non ! Restez ! le supplia-t-elle.

Il s'apprêtait à lui parler, sûrement pour lui dire qu'il s'excusait de la douleur qu'il venait de lui faire subir, mais elle l'arrêta en posant à moitié sa main sur sa bouche avec douceur.

— Reste..., lui murmura-t-elle.

Le regard brillant, ils s'échangèrent un tendre baiser avant que la passion ne les emporte, à nouveau, tous les deux. Il se remit à bouger en elle, doucement, attendant qu'elle l'accepte entièrement. Elle se cambra de nouveau dans une extase explosive. Alors, il s'accrocha à elle, tel un noyé, voulant presque faire partie de son corps, se fondant en celui-ci, jusqu'à exploser au fond d'elle, la laissant, là, exaltante et pantelante d'une félicité.

Le jour se levait à peine lorsque John se réveilla. La jeune femme dormait paisiblement à ses côtés, les joues encore rosies de leurs ébats amoureux. Il lui avait refait l'amour dans la nuit. Comblée et tout aussi heureuse que son compagnon, elle s'était endormie au creux de ses bras.

Chapitre 21

Quelle Déception !

Lee et Julia étaient au beau milieu de leur petit déjeuner lorsque Hattie et John arrivèrent.

— Bonjour, ma chère sœur ! lui dit Julia avec un superbe sourire pendant que Lee serrait la main de John.

Ils se saluèrent tous avant que John et Hattie ne s'installent à leur table.

— Comment va ta tête ce matin ? lui demanda sa sœur.

— Eh bien, ma tête va, lui répondit Hattie en rougissant, sachant qu'une autre douleur agréable lui taraudait le ventre.

— Que souhaites-tu faire aujourd'hui ? lui demanda Julia, la sortant ainsi de ses souvenirs coquins.

— J'ai prévu de me rendre à l'orph…

— Nous ! s'exclama John en la coupant dans sa phrase, en amenant cette précision avec un merveilleux sourire, tout en déposant sa main sur la sienne.

— Nous, reprit Hattie en lui rendant son sourire, avons prévu de nous rendre à l'orphelinat pour aller voir Alice. Je le lui ai promis hier soir. Et j'en ai vraiment envie, ajouta-t-elle doucement.

— Et après, que comptez-vous faire ? leur demanda-t-elle, en prenant audacieusement la main de Lee dans la sienne.

— Eh bien, je ne le sais pas encore, lui répondit-elle en fixant John.

— Moi non plus, je ne le sais encore, lui répondit-il avec un sourire mutin, dans un sous-entendu qu'eux seuls purent comprendre.

— Bon ! Eh bien ! si vous êtes libres ce soir, Lee et moi-même aimerions fêter avec vous, un évènement ! s'exclama la jeune femme, le regard rempli d'étoiles.

— Quel évènement ? demanda Hattie avec surprise en se demandant ce que sa petite sœur pouvait bien avoir à fêter avec Lee.

— Nos fiançailles ! répondit Lee.

— Vos fiançailles ? répéta Hattie. Fiançailles comme fiançailles en vue d'un mariage ? s'exclama-t-elle, étonnée d'une demande si rapide.

— Oui, c'est généralement le but, lui répondit Lee avec un sourire alors que Julia pouffait dans sa main.

— Mais, vous vous connaissez à peine ! s'étonna-t-elle.

— En fait, ils se connaissent depuis plus longtemps que ça…, lui murmura John à l'oreille.

— Comment plus longtemps ? interrogea Hattie en fixant sa sœur avec son regard émeraude.

— Eh bien ! Julia et moi… Heu… Nous nous voyions depuis plusieurs mois maintenant, lui répondit Lee tout penaud devant le manque évident d'enthousiaste de sa future belle-sœur.

— Mais pour se fiancer et ensuite se marier, il faut

avoir vécu ensemble, non ?

— Pas toujours…, lui murmura de nouveau John à l'oreille, pas à l'aise avec sa réaction.

— Mais que veut-il sous-entendre ? pensa-t-elle.

— Hattie ! J'aime Lee et Lee m'aime ! Et il n'y a rien qui puisse changer ce fait ! J'espère que ta joie va éclater, car je me sentirais malheureuse si tu n'approuvais pas mon choix.

— Non, bien sûr que non, ma Julia ! Veuillez m'excuser… tous les deux. Je pense que je ne suis pas tout à fait remise des évènements passés. C'est une grande nouvelle, en effet ! ajouta-t-elle en se levant et en serrant sa sœur entre ses bras.

— Alors, serez-vous libres ce soir ? demanda Lee.

— Oui, bien sûr que nous le serons ! répondit John à la place de Hattie.

— Oui, bien entendu, répéta cette dernière, encore plongée dans le sous-entendu de John qu'elle n'arrivait toujours pas à comprendre.

Après le petit déjeuner, Hattie et John se rendirent comme prévu à l'orphelinat. Alice se jeta sur la jeune femme dès qu'elle la vit arriver.

— Oh ! maman, venue *sersser* moi ? lui demanda-t-elle en se serrant à la hauteur de ses cuisses, du fait de sa taille de toute petite fille.

— Oui, mon petit cœur. Je suis venue mais, avant, je dois parler avec la Révérende Mère. C'est d'accord ? lui demanda-t-elle en l'embrassant sur le front.

— *Alissse* d'accord, maman, lui rétorqua la petite fille avec un sourire, où quelques petites dents de lait n'avaient pas encore décidé d'apparaître.

Hattie avait eu dès le réveil des pensées concernant Alice. Elle avait décidé de tout faire pour l'adopter. Même si cela voulait dire qu'elle ne pourrait pas se marier.

Aucun homme n'accepterait une femme avec un enfant qui ne serait pas de lui !

Et bien que John soit, sans nul doute, l'homme de sa vie avec lequel elle voulait tout partager, elle n'était pas sûre qu'il ne décide pas de se sauver dès qu'elle sera la mère de la petite Alice.

— John, pourriez-vous tenir compagnie à Alice ? lui demanda-t-elle.

— Oui, bien sûr, ma douce !

— J'aimerais m'entretenir avec la mère Constance. Seule, ajouta-t-elle.

John se sentit soudain exclu sans en comprendre le sens.

— Pourquoi veut-elle voir la religieuse sans moi ? songea-t-il.

Afin de s'assurer que John ne la suive pas, Hattie lui tendit la main de la petite Alice qu'elle tenait toujours dans la sienne. John attrapa la petite main de l'enfant et même si Hattie le força par ce geste, cela ne le dérangea pas le moins du monde de garder la petite fille. Du reste, Alice le charmait déjà en lui souriant. Qui plus est, il savait que Hattie aimait cette enfant, et que lui aussi finirait par l'aimer. Il en était certain. Il s'était déjà mis dans la tête la possibilité d'adopter Alice, si c'était ce que Hattie souhaitait. Cependant, le fait qu'elle l'exclut d'une conversation concernant certainement l'enfant le blessa quelque peu.

— Ma mère, je suis venue pour Alice, lui dit Hattie en tripotant, entre ses doigts, son mouchoir de coton brodé d'une large dentelle.

— Eh bien ! Alors, je pense que vous et Mr. Crawford êtes décidés à l'adopter, c'est cela, n'est-ce pas ? demanda la religieuse.

— En fait, non ! Je suis la seule à l'adopter ! s'exclama Hattie.

— La seule ? Ah bon ! J'avais cru comprendre que Mr. Crawford était votre futur conjoint. Peut-être, ai-je mal compris ? s'étonna la religieuse tout en égrenant les perles en bois de son chapelet.

— Oui, on vous aura sûrement donné une information inexacte, ma mère. Nous nous connaissons à peine ! Mais le fait que je sois seule à vouloir adopter Alice ne doit pas m'opposer de problèmes, n'est-ce pas ?

— Eh bien, dans l'état actuel des choses, ma chère enfant, si. La complication dans cette affaire est que vous ne pouvez pas prétendre à adopter un enfant tout en étant célibataire. D'autant plus, sans domicile ! Il vous faut vous marier avant, mon petit, lui annonça la religieuse.

— Mais je ne peux pas ! Je vais devoir attendre des mois, voire des années avant de pouvoir emmener Alice dans ce cas. Ce n'est pas possible ! Oh ! ma mère, dites-moi qu'il y a une autre solution, je vous en prie ! la supplia Hattie.

— Je crains, malheureusement, qu'il n'en existe pas d'autres que l'union.

— Pourtant, vous avez laissé Vivian Grant la prendre lorsqu'elle s'est fait passer pour ma sœur ! s'écria Hattie.

— Ma fille, calmez-vous ! Votre fausse sœur m'a fait croire qu'elle n'allait pas tarder à épouser son fiancé et qu'elle pourrait adopter Alice pour vous en son nom. Elle m'avait assuré qu'elle reviendrait sous quelques jours avec son futur mari pour en signer les papiers ! s'exclama la religieuse, le visage rougi par le fait qu'une personne puisse lui rappeler sa terrible erreur.

— Je vous en prie, ma mère ! lui demanda encore une fois Hattie.

— Je ne peux rien pour vous, ma fille ! Il y a des lois et je suis obligée de les suivre si je veux montrer le bon chemin à mes fidèles, lui répondit la religieuse, réellement navrée de ne pouvoir la satisfaire.

— Oui, ma mère, lui répondit Hattie, désemparée.

La religieuse se leva de son siège, signifiant par là que la discussion était terminée. Hattie se releva également et sortit sans un mot de plus du bureau de la religieuse. La jeune femme rejoignit John et Alice qui jouaient au-dehors. La petite essayait de porter une boule en bois, bien trop lourde pour ses petits bras. Aussitôt, John l'attrapa avec elle afin de l'aider. En les voyant tous les deux ensemble, Hattie essuya des larmes s'échappant de ses jolis yeux.

— Ô Seigneur ! Aidez-moi, je vous en prie ! pria-t-elle en silence.

— Maman ! *Regar Alissse zou* ! s'écria-t-elle, dans un langage de petit enfant.

Puis avec l'aide de John, elle envoya la boule dans les trois quilles en bois alignées à quelques pas d'eux.

— Bravo, ma puce ! lui dit Hattie en reniflant doucement.

John vint la rejoindre en conservant la main de la petite Alice dans la sienne.

— Est-ce que tout va bien, Hattie ? lui demanda-t-il en lui prenant la main tendrement.

— Oui, tout va pour le mieux, lui répondit-elle doucement en s'efforçant de sourire.

John avait remarqué ses prunelles rougies et larmoyantes, ainsi que ses lèvres qui s'étaient mises à trembler lorsqu'elle lui avait répondu ce mensonge. Il décida de ne pas lui en faire la remarque, afin de ne pas la chagriner plus qu'elle ne l'était. Entourés de tous les enfants de l'orphelinat, ils prirent avec eux un chocolat bien chaud. Hattie leur raconta une histoire de son imagination et John fut subjugué par celle-ci. Hattie vivait tellement l'histoire qu'elle leur racontait, qu'il avait été emporté dans ses souvenirs d'enfance et pendant un instant, il se retrouva dans son passé, tel le petit garçon qu'il avait été. Il regarda tous les enfants les entourant et il s'aperçut qu'ils avaient le souffle court, tout comme lui. Une fois l'histoire terminée, ils durent se résigner à quitter l'orphelinat en leur promettant de revenir bientôt. Blanche, la jeune nonne, récupéra sans difficulté la petite Alice, épuisée par cette merveilleuse journée. Elle l'emmena se débarbouiller avec les autres petites filles, lui faisant oublier ainsi le départ de *sa maman.*

Hattie et John rentrèrent au St James Palace. À peine étaient-ils arrivés que Julia intercepta sa sœur en vue de discuter avec elle. John les laissa dans sa suite et partit rejoindre Lee dans la sienne.

— Alors, mon vieil ami ! Tu vas enfin te séparer de moi, en faisait le grand saut ! s'exclama John.

— Oui ! Et tu ne peux pas t'imaginer comment attendre devient un supplice. J'ai tant envie qu'elle soit mienne ! s'exclama à son tour Lee.

— Oui, je te comprends !

— Et toi ? Quand comptes-tu te déclarer ? lui demanda son ami.

— Eh bien ! c'est un peu compliqué, tu vois. Hattie et moi avons… Enfin… Hattie et moi cette nuit, heu…

John, si expressif quelques minutes plus tôt, n'arrivait plus à trouver ses mots.

— John ! Ne me dis pas que vous avez fait ce que je pense que vous avez fait !

— Eh bien ! en fait… si ! lui répondit John en piquant un fard.

Cette rougeur étonna Lee.

— Allons, mon ami ! Tu ne dois pas en avoir honte. Non seulement elle est bien plus âgée que sa sœur, mais surtout tu l'aimes, tu me l'as dit. Demande-lui sa main, ne t'inquiète pas, elle te dira oui. Elle t'aime, cela crève les yeux.

— Oui, je l'espère, lui répondit John, pas vraiment sûr de lui.

— Pourquoi penses-tu le contraire, vieux frère ?

— Parce que ce matin à l'orphelinat, elle a souhaité s'entretenir toute seule avec la mère supérieure. Et je suis certain que c'était au sujet de la petite Alice.

— Et alors ? l'interrogea Lee.

— Eh bien ! si elle ne souhaite pas m'inclure dans une question d'adoption, je ne vois pas comment elle accepterait de m'épouser.

— Il n'y a qu'une façon de le savoir, mon frère. Pose-lui la question et tu seras fixé ! lui rétorqua gentiment Lee.

— Oui, en effet, tu as sans doute raison…, lui répondit John, sceptique.

Ils étaient restés dîner tous les quatre au St James Palace et avaient fêté les fiançailles des deux tourtereaux. À la fin de la soirée, Julia était repartie avec Lee. Hattie, quant à elle, avait suivi silencieusement John dans sa suite. Il la laissa passer devant lui avant de l'attraper par la taille et de l'enlacer dans ses bras tout en posant délicatement son front sur l'arrière de sa tête. Elle poussa un soupir d'aise et laissa son dos peser sur le torse de John, pendant quelques minutes. Ce qui permit à ce dernier d'avoir tout le loisir de déposer dans son cou, toute une myriade de petits baisers. Mais Hattie se dégagea doucement et prétexta un mal de tête et quelques douleurs au ventre. John inquiet tout à coup, la prit dans ses bras et l'emmena sur son lit. Il la déposa délicatement dessus avant de s'installer auprès d'elle. Silencieux devant ce mal-être qui venait de la frapper, il lui caressa le visage et la fixa de son beau regard bleu. Elle ferma les yeux et quelques larmes s'échappèrent. Il tenta de savoir ce qui la rendait si triste, mais comme elle ne voulut pas s'en ouvrir à lui, il n'insista pas afin de ne pas l'attrister plus qu'elle ne l'était déjà. Il caressa fébrilement les lèvres de la jeune femme avec son pouce, et lui replaça une mèche de cheveux échappée de son chignon. Elle conserva les yeux fermés même lorsqu'il déposa un tendre baiser sur son front. Il se leva et ressortit de sa chambre en prenant soin de refermer doucement la porte derrière lui. C'est l'esprit anxieux et rempli de questions sans réponses qu'il traversa le salon et passa la porte-fenêtre de la véranda.

Avec toujours cette élégance particulière, il alluma un petit cigare à la violette et s'appuya sur le garde-corps sur lequel une flore grimpante explosait de mille fleurs…

Chapitre 22

Une Terrible Perte

John et Lee avaient prévu de rencontrer les actionnaires de lord Grant. Comme convenu, ils leur revendraient les parts de ce dernier. Depuis qu'ils avaient quitté la résidence des Grant, ils n'avaient plus eu de leurs nouvelles. Ils n'avaient donc aucune idée de ce que lord Grant avait fait pour traiter la folie de sa fille. Toutefois, comme ils n'avaient plus à supporter leurs présences, ils s'en moquaient totalement.

Du côté de Julia et Hattie, elles avaient décidé d'aller faire du lèche-vitrine ensemble. Les deux sœurs étaient si heureuses d'être à nouveau réunies ! Lee avait donné carte blanche à sa future femme pour qu'elle se fasse plaisir dans des emplettes féminines. John avait également insisté auprès de Hattie pour qu'elle en fasse tout autant. Pourtant, cette dernière avait décliné sa proposition, poliment, mais fermement.

Après toute une journée en discussions et signatures de contrats, les deux amis étaient rentrés chez eux, épuisés. Ils étaient arrivés plus tôt que Julia et Hattie, et en attendant leur retour, ils s'étaient installés confortablement dans le salon de John en savourant, chacun, un de leurs petits cigares préférés.

— Bon ! lui dit Lee. Nous avons réglé nos affaires et tout est enfin rentré dans l'ordre.

— Oui, c'est certain ! s'exclama John. N'avoir plus affaire à lord Grant me soulage…

— Et moi, donc !

— C'est sûr ! Enfin débarrassé de cette famille ! lui rétorqua John, en laissant s'échapper de sa bouche un petit souffle de fumée blanche.

— Je crois que lord Grant n'est pas près de causer des ennuis à qui que ce soit. Cette idée que ses actionnaires ont eue à propos de sa fille est simplement grandiose !

— Oui, comme tu le dis ! lui répondit John. S'occuper des bonnes œuvres et des enfants de l'orphelinat sous l'œil vif de la révérende mère supérieure, et devoir consacrer tout son temps libre pour revoir toute son éducation, ça, c'est ce que j'appelle une excellente idée ! J'espère que son précepteur aura les reins solides, tout de même !

— Au moins, nous serons tranquilles jusqu'à notre départ.

— Tu comptes rentrer au pays. Avec Julia, je présume ? l'interrogea John, surpris.

— Oui, avec Julia. Mais tu repars avec nous et Hattie, n'est-ce pas ?

— Je ne le sais pas encore…

— Comment ça ? Tu ne lui as toujours pas déclaré ta flamme ! s'exclama son ami.

— Non, c'est un peu compliqué. Cette nuit, j'ai dormi

à côté de Hattie.

Lee le regarda sans parler, attendant la suite de son explication qui ne venait pas. Après un grand silence, John poursuivit.

— J'ai seulement dormi, s'expliqua-t-il difficilement. Elle n'a pas voulu de moi et je n'ai pas voulu insister.

— Pourquoi ? Que s'est-il passé ? s'interloqua son ami.

— J'aimerais bien le savoir. Elle m'a évité toute la soirée et je n'ai à peine pu l'embrasser. J'avoue être perdu dans son attitude à mon égard.

— Écoute ! Pose-lui la question sur ce qui ne va pas. Tu seras fixé !

— Oui ! Toutefois, c'est plus facile à le dire qu'à le faire. J'ai peur de la perdre pour de bon. Je la sens fragile et je ne sais pas comment m'y prendre, à dire vrai.

Un nouveau silence s'imposa entre eux lorsqu'ils tirèrent une bouffée sur leurs petits cigares. Ils en restèrent là dans leur discussion, car les deux jeunes femmes arrivèrent. John ouvrit la porte dès qu'il entendit cogner à celle-ci et se retrouva nez à nez avec Hattie. La jeune femme, surprise par la proximité de son visage, se troubla, et John, avec un tendre regard, s'effaça pour la laisser entrer. Elle fut suivie par sa sœur, laquelle se jeta dans les bras de Lee, alors que ce dernier était toujours installé confortablement dans un fauteuil.

— Alors, ma douceur ? Qu'avez-vous acheté ? lui demanda Lee, un petit sourire coquin aux lèvres.

— Chut ! Je ne peux ni vous le dire ni vous le montrer maintenant… Seulement lorsque nous serons tous les deux…, lui murmura-t-elle à l'oreille.

John gêné se tourna vers Hattie.

— Je crois qu'il est temps pour nous de laisser ces deux tourtereaux, n'est-ce pas ?

— Oui… sûrement, lui répondit Hattie mal à l'aise.

— Lee, on vous retrouve bien au restaurant pour le dîner ? l'interrogea John, avec un sourire naissant sur le coin de sa bouche.

— Oui, bien sûr ! N'est-ce pas Julia ?

— Oui, mon amour, lui répondit la jeune femme en déposant un baiser chaste sur les lèvres de son compagnon.

Puis John éclata dans un rire à la fois drôle, mais tout aussi nerveux.

— Lee, excuse-moi, mais… vous êtes chez moi ! l'informa John, en grimaçant.

— Mince ! s'écria Lee en souriant.

Puis il se leva en emportant dans ses bras sa future femme, légère comme une plume. Ils sortirent de la suite de John en pouffant de rire, laissant seuls les deux êtres qui leur sont si chers dans un face à face silencieux. Hattie remarqua que le visage de John était envahi d'émotions qu'elle n'avait encore jamais vues chez lui. Il avait le visage d'une personne n'ayant cessé de réfléchir pendant des heures. En fait, c'était bien ce qu'il s'était passé ! Il avait ressassé toute la nuit sur l'attitude que Hattie avait eue avec lui, la veille, à l'orphelinat. Mais à bien y réfléchir, cela lui importait peu, car il l'aimait ! Cette certitude, il ne l'avait eue qu'une seule fois dans sa vie, et c'était maintenant, en la regardant, là, devant lui. Ils avaient partagé le même lit et la passion qu'ils s'inspiraient l'un envers l'autre ne laissait aucun doute sur leurs sentiments. Elle n'aurait qu'à lui dire *oui* à la demande qu'il s'apprêtait à faire même s'il n'était pas certain que ce serait la réponse qu'elle lui donnerait quand il se rappela comment elle s'était fermée à lui la veille. Malgré une hésitation, il prit une grande inspiration et se lança.

— Hattie, j'aimerais pouvoir vous parler, lui demanda-t-il en enveloppant sa main de la sienne.

Comme elle ne déroba pas sa main, il la porta à ses lèvres et y déposa un tendre baiser. Tout en s'adressant à elle, il continua d'effleurer celle-ci par de petits baisers. Hattie se sentit à nouveau mal à l'aise.

— *De quoi veut-il me parler ?* songea-t-elle.

Il la fixa de son beau regard bleu, plongeant dans le sien ressemblant à une mer des caraïbes. Sa voix se fit alors plus grave que d'habitude et un tressautement s'acharna sur sa tempe gauche.

— Hattie… Je pense que vous avez connaissance de toute l'ampleur des sentiments que j'ai pour vous ! lui déclara-t-il.

— Je vous en prie ! Non ! Arrêtez ! Ne continuez pas sur cette voie, lui dit-elle le visage contrarié.

Dans sa tête, tout se mélangeait. Son enlèvement, ses retrouvailles avec John, son envie d'adopter la petite Alice, les fiançailles de sa sœur, le refus que la Révérende Mère lui avait opposé et tout cet amour qu'elle portait à cet homme lui faisant front. Tout allait trop vite ! Beaucoup trop vite pour elle ! Si elle s'engageait plus avec John, elle était sûre de le perdre avec fracas et d'en souffrir encore plus que maintenant. Elle ne pourrait jamais choisir entre lui et la petite Alice, même si elle ne savait pas encore comment procéder pour adopter cette dernière. Son cœur semblait se déchirer dans sa poitrine. Pourtant, il lui fallait faire ce choix imminent, car si elle décidait d'attendre, la douleur n'en serait que plus grande pour tous les deux.

— Mon amour ! Que se passe-t-il ? Dites-le-moi, ne me laissez pas dans mon ignorance, je vous en prie ! lui demanda-t-il en la maintenant par les épaules tendrement.

— John, je sais que votre ami a demandé ma sœur en mariage. Mais vous ne devez pas vous sentir obligé de faire la même chose avec moi…

— Hattie ! Si c'est la seule raison qui vous effraie, alors ne vous inquiétez plus, car ce n'est pas le cas ! s'écria-t-il, joyeux.

— *Mon Dieu… Aidez-moi !* pria-t-elle en silence pour se donner du courage. Non, malheureusement, ce n'est pas la seule raison, lui répondit-elle sans le regarder dans les yeux.

C'était trop dur de lui dire en face qu'elle ne pourrait plus jamais être sienne. Il prit entre ses doigts le menton de Hattie et lui releva doucement la tête afin de voir son regard.

— Mais alors, quelle est-elle ?

— Je ne peux pas, voilà tout !

— Vous ne pouvez pas me donner une telle réponse, mon amour ! Vous rendez-vous compte qu'il n'est pas impossible que vous portiez déjà en vous mon enfant ?

— Nous ne l'avons fait qu'un seul soir ! Cela me paraît improbable…

— Mais, Hattie…

— Je vous en prie, John, lui dit-elle en lui coupant la parole sans élever la voix. Ne compliquez pas les choses.

J'aimerais que vous me rameniez à l'orphelinat. J'ai vu avec la mère Constance et elle accepte que je reste là-bas pour y travailler.

— Il n'est pas question pour vous de travailler ! s'écria John.

— Vous ne pouvez pas décider pour moi ! Je ne vous appartiens pas ! Pardonnez-moi si je vous ai laissé croire le contraire ! s'exclama-t-elle, le corps profondément meurtri par ses propres paroles.

John avait l'impression que tout s'écroulait autour de lui. Hattie allait le quitter. Elle ne voulait pas de lui, de tout l'amour qu'il lui portait déjà, de la vie dorée qu'il lui offrait sans contrainte. Une douleur aiguë lui traversa le cœur.

— Mais…, resta-t-il sans pouvoir continuer tellement tout se bousculait dans sa tête.

— Je vous en prie, John. J'ai besoin d'être auprès des enfants. Pouvez-vous me raccompagner ou préférez-vous que je prenne un fiacre ? lui demanda-t-elle, doucement.

— Non, bien sûr que non. Il fait nuit dehors et… et bien sûr que je vous ramène…

Après avoir récupéré ses affaires, Hattie sortit de la suite de John en se retournant comme pour imprimer dans sa tête, cet endroit où elle avait connu l'amour pour la première fois et certainement pour la dernière également. Dans un silence pesant, John referma la porte à clé et la suivit dans les escaliers. Ils arrivèrent tardivement à l'orphelinat, ayant dû attendre que le concierge de l'hôtel leur trouve un fiacre disponible.

— Souhaitez-vous que je vous accompagne à l'intérieur ? lui demanda John, le regard malheureux.

— Non, je pense qu'il vaut mieux que je rentre seule. Adieu, lui dit-elle avec une douleur faisant éteindre la brillance de ses jolis yeux si verts qui, en cet instant, étaient prêts à déverser une abondance de larmes qu'elle retenait avec souffrance.

John, sans pouvoir prononcer une seule syllabe, la fixa de son regard bleu qui s'était foncé par la contrariété et le désespoir. Ce dernier mot l'avait glacé jusqu'aux os. Hattie, la tête baissée, referma doucement la porte du fiacre et fit les quelques pas qu'il y avait jusqu'à l'énorme porte en bois de l'entrée de l'orphelinat, avant de disparaître au derrière. C'est anéanti que John rentrât dans sa suite. Il avait cru la perdre la première fois, pourtant, elle lui était revenue ! Et voilà que, malheureusement, c'était pour la reperdre aussitôt.

Ce soir-là, il ne descendit pas rejoindre le jeune couple amoureux pour prendre son dîner avec eux, comme prévu, et préféra rester seul dans sa suite à se morfondre. Malgré tout, il n'avait pas touché une seule goutte d'alcool. Il s'était simplement couché dans son lit, à l'endroit où Hattie s'était endormie la veille, recherchant sur le tissu soyeux de son oreiller, un soupçon de son parfum enivrant et si féminin.

Le lendemain matin, il ne descendit pas non plus pour aller prendre son petit déjeuner. Lee trouva cela bizarre. Toutefois, il se dit que son frère et sa future belle-sœur avaient sûrement d'autres choses à faire de beaucoup plus intéressantes que de prendre leurs repas avec eux. Dans l'après-midi, Julia avait frappé à la porte de John, car elle voulait discuter avec sa sœur de leur retour en Amérique. Comme personne n'était venu ouvrir la porte, elle en avait conclu qu'ils étaient sûrement allés se promener. Un deuxième jour passa sans que Julia et Lee les aperçoivent. Ils s'étaient dit, après tout, qu'ils avaient le droit de faire ce qu'ils voulaient. Ils avaient sûrement dû sortir se promener. Le jeune couple décida donc d'en faire tout autant, mais avant de partir, Lee frappa une dernière fois à la porte de John, laquelle resta close. Alors que Lee s'apprêtait à déposer sa clé sur le comptoir de l'hôtel — comme il était d'usage de le faire dans tous les hôtels —, il n'aperçut pas les clés de John suspendues sous le numéro de sa suite.

— Excusez-moi, Monsieur ! Mr. Crawford se trouve-t-il dans sa suite ?

— Oui, Monsieur.

— L'avez-vous réellement vu, ou bien aurait-il oublié de vous remettre ses clés ?

— Je l'ai vu lorsqu'il nous a fait la demande express d'un fiacre pour raccompagner, avant hier soir, la jeune femme qui était avec lui, lui répondit le maître d'hôtel. Mais pas depuis qu'il a remis ses clés à la conciergerie en rentrant tardivement ce soir-là.

Lee et Julia se regardèrent, puis sans un mot, ils remontèrent la volée de marches qu'il y avait pour se rendre à l'étage.

— John ! Ouvre-moi !

Lee avait cogné fortement avec son poing sur la porte de son ami.

— John ! Ouvre ou je défonce cette porte ! cria-t-il.

Après plusieurs longues secondes — et de coups portés sur la porte —, Lee entendit le bruit métallique d'un tour de clé. La porte s'ouvrit, laissant apparaître

John à la vue des jeunes gens.

— Mon Dieu ! Que s'est-il passé ? Quelle tête tu as, mon frère ! s'écria Lee, en passant le seuil de la porte, imité par Julia.

— Rien ! Justement, il ne s'est rien passé et il ne se passera plus rien ! leur répondit John en claquant la porte.

— Qu'est-ce ? demanda Julia en regardant Lee. Où se trouve ma sœur ?

— Elle m'a quitté tout simplement. Je l'ai raccompagnée, il y a deux soirs, à l'orphelinat. Tu avais raison, Lee. Lui poser la question me fixait sur ses intentions. Mais elle ne m'a même pas laissé le temps de le faire et a décliné toutes propositions. Elle m'a dit qu'elle ne m'appartenait pas. Elle m'a dit « Adieu » avant de disparaître de ma vue tout simplement.

— Oh ! mon ami, lui répondit Lee, tellement désolé pour son frère de le voir plonger dans une telle affliction.

— Ça ne ressemble pas du tout à ma sœur ! Pourquoi partirait-elle ? Elle vous aime ! Je peux vous l'assurer, John. Jamais je n'ai vu Hattie se tourner vers un homme. Je suis avec elle depuis que nous avons perdu notre mère, il y a des années, et je peux vous affirmer qu'elle n'a jamais regardé un homme comme elle vous regarde vous !

— Eh bien, il semblerait que vous soyez les deux seuls êtres à penser qu'elle m'aime. Moi, je suis sûr du contraire…

Puis sa voix se brisa. Julia et Lee le regardèrent, impuissants. Julia s'approcha alors de John. Elle attrapa sa main et la pressa dans la sienne.

— Laissez-lui peut-être du temps. J'avoue ne pas comprendre sa réaction.

Plongée dans l'incompréhension et ne sachant que faire d'autre, Julia s'adressa à Lee.

— Pourriez-vous me conduire auprès d'elle, mon tendre ? Je crois que je dois éclaircir quelques points avec elle.

— Bien sûr, je vous y conduis de suite. John, quant à toi, tu vas te raser, prendre une douche, et retrouver un peu de ta dignité ! Je vais te faire monter à manger. On te rejoint dès que possible ! lui intima Lee.

Alors, Julia relâcha doucement la main de John pour se saisir de celle de Lee. Tous deux prirent congé de John et se rendirent directement à l'orphelinat.

— Bonjour, ma mère, s'exclamèrent-ils en chœur lorsqu'ils furent introduits tous les deux dans son bureau.

— Entrez, mes enfants ! Je crois savoir ce qui vous mène ici.

— Ma mère, que se passe-t-il avec ma sœur ? lui demanda Julia, sa main enlacée par celle de Lee.

— Votre sœur est revenue avant hier soir, complètement bouleversée. Elle n'a rien voulu dire sur son chagrin et m'a suppliée de la garder au sein de notre établissement. Chose à laquelle je ne me suis absolument pas opposée, leur précisa-t-elle en fixant leurs mains toujours liées l'une dans l'autre, certainement gênée par ce geste d'appartenance trop personnel.

— Pourrions-nous la voir, ma mère ? demanda doucement Julia.

— Sœur Mary ! Appela la religieuse, quelque peu troublée.

Cette dernière apparut instantanément.

— Oui, Révérende Mère.

— Sœur Mary, pourriez-vous conduire ces deux jeunes gens auprès de Hattie ?

Précédés par la nonne, ils ressortirent tous les deux du bureau de la Révérende Mère, laissant cette dernière dans un certain émoi qui l'avait prise par surprise.

— Hattie !

— Julia ! s'exclama-t-elle en se jetant dans les bras de sa sœur tout en fondant en larmes.

Julia, prise par l'émotion de celle-ci, l'accompagna dans ses pleurs. Lee était mal à l'aise de les voir ainsi, mais il resta silencieux ne voulant pas les troubler plus qu'elles ne l'étaient déjà. Lorsque Hattie se délassa des bras de Julia, elle finit par le remarquer. Elle se reprit surtout lorsqu'elle aperçut le visage de sa petite sœur inondé de larmes.

— Oh ! Julia ! Excuse-moi ! Regarde dans quel état tu t'es mise à cause de moi, hoqueta-t-elle.

— Je ne sais pas pourquoi tu pleures, mais cela me rend trop triste, lui répondit-elle.

— Excuse-moi encore, réitéra-t-elle en sortant un mouchoir de sa poche pour lui essuyer les yeux, comme elle le faisait lorsque Julia était petite.

Hattie réussit à se ressaisir et finit par leur demander ce qu'ils faisaient ici.

— Hattie, que s'est-il passé avec John ? Julia et moi l'avons retrouvé tout à l'heure dans un état lamentable. Il ne se nourrit plus depuis que vous l'avez quitté.

— *Ô Seigneur ! Qu'ai-je fait !* songea-t-elle. Il ne doit pas se laisser aller. Vous êtes son ami, dites-le-lui !

— Mais, Hattie ! Il t'aime, cela crève les yeux ! s'écria

Julia.

— Je l'aime, moi aussi ! Pourtant, je ne pourrais jamais choisir entre lui et Alice ! Tu me comprends, n'est-ce pas ? demanda-t-elle à sa sœur.

— Mais pourquoi choisir, Hattie ? Tu peux avoir les deux !

— Non, je ne peux pas lui imposer une enfant qui n'est pas de son sang. Aucun homme ne le ferait, j'en suis sûre…

— Hattie, pourquoi ne pas lui poser la question et lui laisser le choix ? lui demanda Lee.

— Parce que je ne pourrais pas supporter d'entendre sa réponse lorsqu'il me dira non ! s'écria Hattie en s'effondrant.

Julia et Lee avaient essayé encore plusieurs minutes de persuader Hattie de son erreur de jugement. Cependant, la jeune femme était restée enfermée dans son raisonnement et dans sa peur d'avoir mal. Les jeunes gens étaient repartis complètement déroutés. Ils avaient retrouvé John dans sa suite. Ce dernier, rasé de près et sentant le propre, essayait d'avaler un bout d'omelette au bacon.

— Comment ça ? Elle m'aime !

John n'avait retenu que ces paroles-là, lorsque Julia et Lee lui avaient donné les explications de la jeune femme.

— Oui, elle t'aime ! Cependant, elle a peur que tu ne veuilles plus l'épouser lorsqu'elle aura adopté Alice. Elle est persuadée que tu ne pourras jamais accepter une enfant qui n'est pas de ton sang.

— Bien !

— Bien ? rétorqua Lee. Qu'est-ce que tu veux dire par

là ?

— Que je ne vois qu’une seule chose à faire !

— Et laquelle est-ce, mon ami ? lui demanda Lee avec un sourire en voyant briller, à nouveau, les yeux de son ami.

— Je ne peux rien dire pour le moment !

— Non, John ! Vous ne pouvez pas nous laisser dans cette ignorance ! Lee ! Faites quelque chose, mon amour ! le supplia Julia.

Il n’en fallut pas plus à Lee pour se confronter à son ami.

— John, ça suffit ! Toi et Hattie vous allez arrêter de nous rendre plus dingues que nous ne le sommes déjà à cause de vous ! Je peux t’assurer que tu ne sortiras pas de cette pièce sans nous avoir dévoilé ton plan ! Vas-y ! On t’écoute ! lui intima son ami avec un sourire.

— Je vais adopter Alice !

— Quoi ? s’exclamèrent d’une seule voix Julia et Lee.

— Oui ! Je vais adopter cette enfant et Hattie n’aura plus à s’inquiéter et je pourrai l’épouser.

— Mais, John ! Tu ne peux pas adopter une enfant comme ça, que tu connais à peine, en plus ! Elle risque de prendre peur, non ? lui rétorqua son ami, perplexe.

— Écoute, Lee ! Lorsque Hattie m’a évincé de son entretien qu’elle a eu avec la mère supérieure, j’ai pu passer plus de deux heures en compagnie de cette adorable petite fille. Je serai menteur en te disant que je l’aime comme ma propre fille. Mes sentiments ne sont pas encore assez développés envers elle. Toutefois, je puis t’assurer que je me suis régalé en jouant avec elle. Elle est vive malgré son jeune âge et elle a su me charmer pour que je joue avec elle à tous les jeux qu'il y avait dans le jardin. Crois-moi ! Cette enfant mérite d'avoir Hattie comme mère et je serais le père que cette pauvre petite fille n'a jamais eu !

Voilà ! Il venait de donner une explication qui lui remplissait son cœur de joie. Julia et Lee étaient restés interdits sur l'instant.

Toutefois, après une telle explication, il leur parut évident d'aider John dans cet étonnant plan inattendu, car ce dernier allait avoir besoin de ses deux compères pour arriver à ses fins…

Chapitre 23

Un Sacré Plan !

Orphelinat Saint-Sauveur, Mardi 25 juin 1912

Dans le milieu de la matinée, les trois jeunes gens avaient pris un fiacre et s'étaient rendus à l'orphelinat. Toutefois, seule Julia y pénétra. Il fallait que la jeune femme occupe sa sœur pendant que John et Lee s'entretiennent à l'écart avec la mère Constance.

C'était le plan à suivre…

— Hattie ! N'aurais-tu pas envie de prendre un bon chocolat chaud à notre petite auberge ? lui demanda la jeune femme.

— Pourquoi sortir ? Nous pouvons tout à fait en prendre un ici, non ?

— J'aimerais parler avec toi de l'avenir et je ne suis pas certaine qu'ici est l'endroit idéal pour parler de relations… avec qui tu sais, laissa sous-entendre Julia dans un souffle léger.

— Oh ! s'exclama Hattie en rougissant. D'accord ! Alors, laisse-moi le temps de prendre un châle et je te rejoins au-dehors.

Julia se dépêcha de se rendre seule dans la cour et secoua son petit chapeau comme cela avait été prévu entre elle et les deux jeunes hommes. C'était le signal pour leur dire qu'elle se rendait bien avec Hattie à l'auberge et qu'ils pouvaient poursuivre le plan de John. Les deux amis, cachés au fond d'un fiacre, patientèrent encore quelques minutes le temps que les deux jeunes femmes disparurent de leurs vues au détour d'une rue.

John s'était expliqué avec la religieuse en lui racontant tout ce qu'elle avait besoin de savoir, afin qu'il obtienne son aval pour adopter la petite Alice. Après beaucoup de paroles et la confirmation d'un don exceptionnel à l'orphelinat, la mère supérieure accepta. John, un papier en poche certifiant qu'il avait bien adopté la petite Alice, quitta l'orphelinat, accompagné de Lee et de la petite fille. Ils remontèrent dans le fiacre dont le chauffeur, grassement payé, avait accepté de les attendre au coin de la rue. Ils y patientèrent encore une heure avant que Julia ne réapparaisse.

— Alors ? leur demanda-t-elle.

John exhiba devant les yeux de Julia un petit papier, dûment signé, indiquant qu'il était dorénavant le père adoptif d'Alice. Il lui restait encore quelques petites formalités d'usage à signer chez un notaire. En regard de cela, il n'y avait rien d'autre d'important. Seul ce document l'était.

— Et la petite ? Où est-elle ?

— Ici ! lui précisa Lee, qui la masquait sans le vouloir de son corps puissant.

Il faut dire qu'elle était si petite !

— Tata *Zulia* ! s'exclama Alice, toujours avec son petit cheveu sur la langue.

— Tata ? répéta la jeune femme, surprise.

— Oui. Nous lui avons dit que la sœur de sa maman

sera dorénavant sa tante, lui répondit John.

— Et maman *Alissse* ? demanda l'enfant.

— Ne t'inquiète pas, ma puce ! Elle va nous rejoindre un peu plus tard, la rassura tendrement John en lui caressant la joue. Mais avant, nous allons nous rendre à une boutique de vêtements et t'acheter de belles robes pour que ta maman te trouve encore plus jolie !

— Oui ! Oui ! s'écria la petite fille envahie de joie.

Hattie, s'en étant retournée dans sa chambre, ne se sentait guère bien. Lorsqu'elle s'était rendue à l'auberge avec sa sœur, l'endroit lui avait rappelé tant de souvenirs, qu'elle avait eu du mal à se concentrer sur ce que sa sœur lui racontait. Et lorsqu'elle s'était rendue aux toilettes, elle s'était effondrée devant le miroir en repensant à ce qu'il s'était passé entre elle et John dans l'un des cabinets. Elle s'allongea sur son lit et ferma les yeux. Lorsqu'elle les ouvrit de nouveau, le jour déclinait. A priori, elle s'était assoupie sûrement plus d'une heure. Elle se leva et alla rejoindre les enfants.

— Où est Alice ? demanda-t-elle en arrivant dans la chambre des petites filles lorsqu'elle ne l'aperçut nulle part.

— Alice est partie.

— Comment ça ? Alice est partie ! Où ? Dans le jardin sans doute ?

— Non ! Alice est partie avec sa nouvelle famille, répondit Rose, la plus âgée d'entre elles.

— Sa nouvelle famille ! s'écria Hattie. Quelle nouvelle famille ? demanda la jeune femme angoissée, soudainement.

Elle se baissa pour regarder Rose dans les yeux et lui

reposa la question.

— Eh bien, celle qui est venue l'adopter tout à l'heure ! s'exclama la fillette.

— Non ! s'écria Hattie en tombant à la renverse.

Elle se releva avec difficultés avant de quitter la chambre des petites. Elle se dirigea d'un pas alerte vers le bureau de la Révérende Mère. Sans prendre la peine de cogner à la porte, elle pénétra dans le bureau en s'adressant, telle une furie, à la religieuse lui faisant front.

— Ma mère ! Dites-moi que c'est une erreur, qu'Alice est quelque part cachée et que quelqu'un a voulu me faire une mauvaise farce ! Je vous en prie !

— Asseyez-vous, mon enfant ! lui intima la religieuse, pas vraiment ravie que l'on rentre dans son bureau sans y avoir été autorisé. Alice a bien été adoptée en début d'après-midi.

— Mais… par qui ? l'interrogea-t-elle le regard consterné.

— Je ne peux vous le dire, ma fille. Le secret sur l'adoption reste sous couvert des lois et je ne peux vous en dire plus sans les enfreindre.

— Mais vous saviez que je voulais l'adopter ! s'écria Hattie, étonnée et bouleversée par ce que venait de lui apprendre la religieuse.

— Oui, mon enfant ! Mais je vous avais aussi expliqué que vous ne pouviez le faire qu'après vous être mariée. Il aurait été injuste d'obliger Alice à attendre que vous vous décidiez pour qu'elle puisse enfin avoir une vraie famille à elle. N'êtes-vous pas d'accord avec mon raisonnement, ma fille ? Si vous l'aimez autant que vous le dites, cela doit vous paraître logique, non ?

Hattie ne répondit pas. Enfermée dans ses pensées, elle se rendait compte qu'elle avait tout perdu. Alice, John, la possibilité d'être heureuse. En un claquement de doigts, son monde venait de s'envoler en fumée.

— Oui, ma mère, vous avez sans doute raison. Mon égoïsme a aveuglé mon jugement, lui répondit-elle en sanglotant.

John avait demandé à la mère supérieure de ne rien dire de plus à Hattie. Lui seul voulait lui donner une explication afin qu'elle comprenne quelle erreur elle avait commise, en pensant qu'il ne voudrait pas d'elle une fois Alice adoptée par elle. Hattie ressortit du bureau en pleurs. Elle arriva dans sa chambre et se jeta sur son lit. Oh ! comme elle souffrait de toutes ses pertes ! Plus rien ne serait dorénavant comme avant. Quelle douleur lui infligeait son cœur ! Elle avait cru que le fait de ne pas accepter la proposition de John lui permettrait de ne pas souffrir. Pourtant, elle s'était complètement fourvoyée !

La souffrance ne l'avait point épargnée…

Elle réussit néanmoins à calmer ses pleurs en se persuadant qu'au moins, la petite Alice serait heureuse au sein d'une vraie famille. Malgré cette certitude, la douleur décida de ne pas la quitter. Il lui fallait parler à Julia. Si une personne pouvait bien la réconforter, c'était bien sa petite sœur ! Elle se passa de l'eau fraîche sur le visage et essaya de se ressaisir. Elle informa la sœur Blanche de son départ, lui laissant entendre qu'elle se rendait chez sa sœur et qu'elle ne rentrerait, sûrement, que tardivement. Elle sortit et héla un fiacre afin de se rendre au St James Palace. Arrivée devant l'entrée, elle monta rapidement à l'étage et s'arrêta devant la porte de Lee. Avant de frapper sur celle-ci, elle se détourna et regarda la porte close de la suite de John. Elle essuya les quelques larmes échappées de ses yeux et se retourna sur la porte devant elle, sur laquelle elle déposa trois petits coups secs.

— Oui ! J'arrive !

En entendant la voix de Julia derrière la porte, des larmes roulèrent à nouveau sur ses joues. Julia ouvrit la porte et se retrouva face à sa sœur.

— Oh ! Julia ! s'écria Hattie. Il faut que je te parle !

— Entre, lui répondit sa sœur en la prenant par la main.

— Alice a été adoptée et je ne la verrais sans doute jamais plus ! Seigneur, comme j'ai mal ! Je souffre tant, Julia, hoqueta-t-elle difficilement.

— Peut-être que c'était comme cela que ça devait se faire Hattie. Tu ne devais sans doute pas devenir la mère de cette enfant, lui répondit-elle en la prenant entre ses bras.

— Et votre place est peut-être bien avec John, rajouta doucement Lee.

— Mais je ne pourrai plus jamais le regarder en face, maintenant ! Je ne mérite pas un tel homme ! s'exclama-t-elle.

— Hattie, est-ce que tu l'aimes ? lui demanda Julia.

— Oui ! Bien sûr que je l'aime ! Je l'ai toujours aimé et je l'aimerais sans aucun doute jusqu'à la fin de mes jours. Mais je n'ai pu le choisir, comprends-tu ! Comment pourrait-il me pardonner alors que je l'ai repoussé ?

— Il n'y a qu'un seul moyen de le savoir. C'est de lui poser la question, lui répondit sa sœur.

— Je ne pourrais jamais aller frapper à sa porte. J'en

suis trop honteuse pour le faire.

— Alors peut-être qu'il peut venir jusqu'à vous ! s'écria Lee.

L'intonation de ce dernier surprit Hattie, laquelle écarquilla les yeux lorsqu'elle entendit la porte de la chambre s'ouvrir et John apparaître. Elle s'écroula sur le fauteuil tout près d'elle. Ses jambes ne la portaient plus. Et elle tremblait tellement qu'elle n'arrivait plus à se relever. John s'approcha d'elle et s'accroupit devant ses genoux en déposant ses mains sur les siennes. Alors, sans un mot, Julia et Lee s'en allèrent discrètement dans le petit salon adjacent à la pièce.

— Hattie, alors c'est vrai ! Vous m'aimez !

La jeune femme n'arrivait pas à lui répondre.

— Parce que moi je vous aime, Hattie. Vous êtes la dame de mon cœur et je n'imagine pas de passer encore un jour sur cette terre sans pouvoir vous le dire.

La jeune femme s'effondra dans les bras de John.

— Dites-le encore que vous m'aimez, ma douce, lui demanda-t-il en lui relevant le menton.

— Je vous aime ! Oh, oui ! je vous aime, John. Comment me faire pardonner pour tout ce mal que je vous ai fait ? Mais… mais vous devez savoir que cette enfant… Je l'aimais tant, elle aussi ! lui répondit-elle en pleurs.

— Je le sais, ma douce. Je le sais.

Il se releva et obligea la jeune femme à en faire autant. Il prit sa main dans la sienne et y déposa un tendre baiser dessus. Puis il l'emmena dans la chambre de Lee. Elle le fixa avant d'entrer à l'intérieur d'un pas hésitant. Elle tourna son visage vers le lit qui prenait toute la place centrale de la pièce. Une petite poupée âgée de trois ans, habillée d'une robe de princesse jaune paille et parée de nœuds blancs, trônait au beau milieu du lit. Elle était entourée de jouets.

— Alice ! s'écria Hattie.

— Maman, là ! Papa avait dit *Alissse* ! Maman, là ! s'exclama la petite toujours dans son petit jargon en s'élançant vers Hattie.

Elle l'attrapa aussitôt dans ses bras et l'embrassa tendrement avant de fixer John avec son regard émeraude. Ce dernier songea qu'il n'avait jamais vu des yeux plus beaux que les siens. Elle s'approcha de John et il les enlaça toutes les deux.

— Je ne sais pas quoi dire, lui répondit Hattie à son étreinte.

— Dites-moi *oui*, lui répondit John en l'embrassant sur la joue tendrement.

— Oui ! Oh, oui ! lui murmura-t-elle à son oreille avant qu'il ne l'embrasse chastement sur ses lèvres et que la petite Alice les serre tous les deux entre ses petits bras potelés.

Chapitre 24

Le Grand Départ

Londres, derniers jours du mois de juillet 1912

Après toutes ses joyeuses retrouvailles, John et Hattie se fiancèrent. Bientôt, la jeune femme ne tarderait plus à porter le nom de son futur mari — que *sa fille* portait déjà. Les deux couples décidèrent qu'ils resteraient encore deux ou trois semaines à Londres avant de reprendre un paquebot les ramenant dans leur pays natal. Londres s'était trouvé bien en dessous des espoirs attendus par John et Lee, mais seulement au niveau des affaires, car ils ne regrettaient rien. Ce voyage leur avait permis de rencontrer les femmes de leurs vies et dès lors, aucun regret ne venait encombrer leurs esprits. Lee avait emmené fréquemment Julia au théâtre — laquelle en était devenue une passionnée. Quant à Hattie, elle passait ses journées à s'occuper de John, tandis que lui passait ses nuits à s'occuper d'elle. Qui plus est, tous deux prenaient leur rôle de parents adoptifs avec sérieux et avec beaucoup d'attentions. La petite Alice n'en était que plus heureuse et les appelait « papa et maman ».

Hattie avait écrit à son oncle Harvey pour lui annoncer toutes ses bonnes nouvelles et, surtout, pour lui dire qu'elles rentraient accompagnées en Amérique. Elle lui avait demandé de ne pas répondre à sa lettre puisqu'ils seraient déjà, sans nul doute, à bord d'un paquebot sur le chemin du retour. Puis, trois semaines plus tard, tout juste avant d'embarquer pour leur traversée, ils avaient fait leurs adieux à Sophie Williams et à son père. Ce dernier avait une affaire à traiter à Southampton. Aussi, Sophie vit là une opportunité de passer encore quelques heures avec son amie Julia. Cependant, la séparation fut difficile surtout pour Sophie qui perdait là une amie sincère.

Une dizaine de jours plus tard, les deux couples atteignirent enfin New York, heureux de retrouver leur terre qui, malgré tout, leur avait manquée à tous les quatre. Ils avaient ensuite pris un train, puis deux autres avant d'atteindre la ville de Fairfax dans l'Iowa, où se trouvait la ferme de l'oncle Harvey. Les deux jeunes hommes avaient été ravis de lui être présentés. Il avait été charmant et les avait accueillis en leur proposant de rester chez lui autant de temps qu'ils le souhaitaient en attendant qu'ils s'installent. Un mois plus tard, les deux sœurs s'engageaient dans le mariage en disant « oui » à leurs compagnons. Lee et John avaient acheté chacun une propriété, non loin de la ferme de l'oncle Harvey. Les deux sœurs se voyaient fréquemment et rendaient visite au moins trois fois par semaine à leur oncle. Alice adorait aussi le retrouver. Il lui avait construit une balançoire suspendue à l'énorme branche d'un chêne Oak et il lui avait aussi fabriqué un nombre incalculable de petits jouets en bois. Toutefois, son jouet préféré restait cette poupée de porcelaine qu'elle avait héritée de la tante de sa maman, la défunte épouse d'Harvey. La poupée avait conservé tout son état d'antan. Aussi, Hattie lui avait-elle confectionné de magnifiques petits vêtements. Si bien que la poupée, prénommée Lucille, se retrouva avec une garde-robe foisonnante de choix, et ce, pour le plus grand plaisir d'Alice.

John et Lee, n'ayant plus aucun membre vivant de leur famille respective, excepté pour Lee d'une vieille tante aigrie n'ayant jamais voulu reconnaître leurs liens de parenté, avaient su se construire la leur. Ils étaient heureux. La vie les avait comblés d'épouses adorables et aimantes. Oncle Harvey était également heureux. Il pensait finir sa vie seul et voilà qu'en moins d'un an, il se retrouvait entouré de sa famille dont tous les membres l'aimaient tendrement. Et si tout se passait comme prévu, dans moins de six mois, il y aurait un nouveau-né venant agrandir celle-ci. Hattie avait fait sous-entendre à John qu'il lui faudrait réduire, voire arrêter de fumer ses petits cigares. Ce qu'il avait déjà commencé à faire, depuis que la petite Alice était entrée dans sa vie, car il ne fumait jamais devant elle. C'est avec une joie manifeste qu'il comprit par cette demande l'allusion de devenir prochainement, à nouveau, papa. Certes ! différemment de la première fois, mais les deux façons, comptait autant l'une que l'autre pour le couple qu'ils formaient ! Hattie était persuadée d'attendre une fille et John croyait dur comme fer qu'elle portait un garçon.

Mais seul l'accouchement donnerait raison à l'un ou à l'autre…

Les jeunes mariés sortaient une fois par semaine pour se rendre au théâtre le soir et à quelques soirées de voisinage. Comme Harvey n'aimait pas trop le théâtre, il gardait, ces soirs-là, la petite Alice, laquelle avait encore besoin de s'endormir tôt. Toutefois, ses parents l'emmenaient voir des spectacles lorsque ceux-ci étaient dispensés dans la journée. Alors, Alice leur faisait un grand sourire, comblé maintenant par toutes ses dents de lait.

La vie suivait son cours et les jours s'éteignaient paisiblement les uns derrière les autres transformant les mois en de belles années heureuses.

Durant ces quatre années, Alice fut envahie d'une grande joie — tout comme ses parents — d'avoir un petit frère prénommé Edward et une petite sœur prénommée Anna. Quant à Julia et Lee, ils avaient eu des jumelles. L'une se prénommait Jane comme la mère de Julia et l'autre portait le prénom de la mère de Lee, Rebecca. Oncle Harvey les considérait tous comme ses petits enfants et bien que son âge ne soit plus dans la saison du printemps depuis fort longtemps, il s'en occupait toujours avec autant d'amour et d'attention.

Julia, toujours aussi passionnée par le théâtre, était au courant depuis plusieurs semaines qu'une représentation théâtrale d'une renommée exceptionnelle se jouerait dans le village voisin. Elle avait mis tellement d'enthousiasme à détailler le niveau des acteurs, que sa sœur et son beau-frère s'étaient laissé convaincre, sans difficulté, de les y accompagner.

Le soir de la première représentation, juste avant de monter en voiture, Lee fut envahi par un drôle de sentiment. Il se sentit nerveux et des sensations inconnues lui taraudèrent le ventre, sans pouvoir en expliquer la raison à sa femme. Julia, après s'être assurée qu'il n'était pas malade, lui donna un baiser si passionné que sa nervosité se dissipa aussitôt. La route ne fut pas longue et ils arrivèrent enfin chez John et Hattie. Et comme d'habitude, cette dernière n'était toujours pas prête ! Après avoir accueilli Julia et Lee, John repartit voir où en était sa tendre épouse. Il la retrouva avec une robe gisant au sol autour de ses pieds ainsi qu'une ribambelle de robes jetée, çà et là, sur leur lit. Hattie confectionnait toutes les garde-robes de sa petite famille et de celle de sa sœur, et comme elle adorait les différents tissus, elle n'avait pas arrêté — depuis son mariage — à se confectionner des robes d'une multitude de formes et de couleurs. Si bien qu'elle avait encore plus de mal à se décider ! Après encore deux essayages, Hattie sortit finalement de sa chambre, apprêtée. Chaque couple monta dans son propre véhicule et tout en se suivant l'un l'autre, ils se rendirent dans la ville de Norway. Lorsque Lee s'était à nouveau installé au volant de sa voiture, un tremblement s'était emparé de ses mains.

Mais comme il ne voulait pas inquiéter sa femme, il ne lui en souffla pas un mot…

Enfin, ils arrivèrent tous les quatre devant l'entrée du théâtre situé sur *Main Street Avenue*. Celui-ci était bondé de monde. On parlait de cette représentation dans tout le nord du pays. Julia suivant de près ces nouvelles troupes réussissait à chaque fois à se rendre — dès la fin de la dernière scène — dans la loge des actrices pour discuter avec elles. Lorsqu'ils s'installèrent à leurs places du premier rang, Lee redevint de nouveau nerveux sans raison apparente. Sa gorge le grattait et il avait les mains moites, chose qui ne lui était jamais arrivée.

— Est-ce que ça va, mon tendre ? lui demanda Julia lorsqu'elle le vit s'agiter sur son fauteuil.

— Oui, oui. Enfin… presque ! lui répondit-il évasif afin de ne pas l'inquiéter plus qu'elle ne l'était déjà.

Puis le rideau se leva et la scène première fut jouée par des acteurs et des actrices incroyablement talentueux. Les décors, les costumes ainsi que le maquillage des acteurs étaient spectaculaires. En tout, huit scènes furent jouées. Le dernier acte sonna et Julia se leva tout en pouffant de rire.

— Lee, mon amour ! Viens avec moi cette fois-ci ! lui demanda-t-elle en papillonnant de ses beaux yeux bleus.

Le jeune homme acquiesça. Il avait des fourmis dans les jambes et il s'était dit qu'après tout, sortir de cette salle lui ferait grand bien.

Il suffoquait presque !

Ils s'excusèrent auprès de John et de Hattie, et se dirigèrent vers les loges.

— S'il vous plaît ! J'aimerais voir l'actrice principale, Grace Johansworth, demanda poliment Julia à une jeune femme croisant son chemin. Je suis de sa famille, lui mentit-elle avec un adorable sourire.

— C'est la loge numéro deux sur votre droite. Vous ne pouvez pas la rater, l'informa la jeune femme en poursuivant son chemin les bras chargés de costumes.

Ils firent quelques pas avant que Lee n'attrape Julia par le bras afin de l'arrêter.

— Écoute, Julia ! Tu vas nous faire avoir des ennuis, s'exprima-t-il à voix basse.

— Mais non ! Fais comme moi ! Souris !

Puis Julia cogna avec légèreté sur la porte de la loge

numéro deux.

— Entrez, lui répondit la voix douce d'une jolie jeune femme.

— Bonjour ! Êtes-vous bien Grace Johansworth ? lui demanda Julia excitée d'une telle proximité avec une artiste qu'elle admirait tant.

— Oui ! Et vous ! Qui êtes-vous ? lui demanda l'actrice.

— Je suis Julia Moore et voici mon mari Lee Moore.

Lorsque Grace tourna la tête vers ce nom qu'elle avait déjà entendu sur le RMS Mauretania alors qu'elle voyageait avec sa mère, son visage se mit à rosir. Elle avait, à l'époque, remarqué que les deux gentlemen, qui lui avaient été présentés ce jour-là dans la salle à manger du paquebot, étaient fort beaux. Toutefois, le souvenir qu'elle avait de Mr. Moore était le regard qu'il avait pointé sur elle. Celui-ci avait été doux, rempli d'une compassion qu'elle n'avait pas comprise sur l'instant, comme s'il aurait voulu la protéger. Et il y avait eu aussi cette soirée du jour de l'an où elle avait bien remarqué que Mr. Moore n'aurait pas hésité à relever ses manches pour mettre une correction à son soi-disant fiancé. Et aussi lors de leur dernière rencontre au restaurant où elle avait bien remarqué qu'il avait préféré fuir après avoir lancé un regard glacial à sa propre mère. Elle s'en souvenait comme si c'était hier, malgré les cinq années passées.

— Vous êtes Lee Moore ! s'écria-t-elle en se relevant de son fauteuil. Nous nous sommes déjà rencontrés sur le Mauretania puis à Londres, chez la baronne Duff Gordon, lui précisa-t-elle.

Surpris, Lee la regarda et remua la tête en signe de

négation.

— Assurément, Monsieur ! Je ne peux oublier cette soirée où vous aviez été si aimable avec moi.

Lee continua de la fixer avant que sa mémoire lui fasse jaillir dans sa tête, ce souvenir enfoui profondément.

— Vous êtes Grace Taylor ! lui demanda-t-il.

— Quelle mémoire des noms ! Je dois dire, Madame, que je me trouve là, impressionnée par votre époux, répondit Grace en se tournant vers Julia avec un fabuleux sourire.

— Grace ! Je suis Lee Moore, votre cousin. Ma mère était la sœur de la vôtre.

Le visage de Grace fut traversé par tout un tas d'émotions. Elle ouvrit la bouche, mais rien n'en sortit.

Un trait de famille entre eux sans doute…

Julia attrapa le visage de Lee entre ses mains.

— Lee, mon amour ! Tu dois vraiment couvrir une chose grave. Ta cousine est morte lors du naufrage du TITANIC. Rappelle-toi ? C'est toi-même qui me l'as appris, lui parla Julia avec douceur.

— Comment savez-vous que j'étais à bord du TITANIC ? s'adressa-t-elle à Julia.

— Tu vois, Julia ! C'est bien Grace, ma cousine !

Après de longues explications, Lee n'en revenait pas. Il avait retrouvé sa chère cousine qu'il croyait morte. Celle-ci lui apprit qu'elle n'avait jamais revu sa mère, la laissant croire à sa propre mort afin de pouvoir vivre, enfin sa vie, libérée de ses obligations que sa mère et son stupide fiancé n'arrêtaient pas de lui imposer au quotidien. Grace fut présentée le soir même au reste de la famille. Hattie, laquelle avait la capacité de mémoriser tous visages qu'elle croisait, reconnut immédiatement le regard de Grace. C'était celui qu'elle avait croisé un soir sur le pont-promenade du RMS Mauretania, alors que la jeune femme, essoufflée, s'était arrêtée près de la balustrade où elle se trouvait. Cependant, le voile d'une tristesse n'apparaissait plus dans son regard comme cette première fois. La joie n'en fut que plus grande pour la jeune femme de se savoir parente de personnes ayant croisé son chemin et qu'elle avait fortement appréciées durant ces brèves rencontres.

Grace leur promit de revenir les voir à la fin de chaque représentation. Ce qu'elle fit pour le plus grand plaisir de tous. C'était une jeune femme de vingt-deux ans, adorable et joyeuse, mordant la vie à pleines dents. Elle s'entendait fort bien avec Hattie. Néanmoins, c'est avec Julia qu'elle s'était liée plus en profondeur. Celle-ci n'étant âgée que d'un an de plus qu'elle.

Presque trois semaines s'étaient écoulées depuis que Grace faisait partie de cette famille, dont elle n'avait pas soupçonné, un seul instant, l'existence. Son cousin était adorable avec elle.

Elle le voyait comme le grand frère qu'elle n'avait jamais eu...

Les responsables de la troupe d'artistes avaient prévu dans cette ville, un mois complet de représentations. Alors qu'il était prévu pour elle de quitter l'Iowa dans moins de onze jours, son cœur balançait entre l'envie de poursuivre son chemin et celui de s'installer durablement dans le coin avec sa nouvelle famille. Sa vie, avant le naufrage du TITANIC, avait été une vie oppressée où elle s'était sentie piégée et obligée par tout un tas de convenances. Aussi, ce qu'elle désirait aujourd'hui, c'était de rester libre avec les seules obligations qu'elle s'imposait. En regard de cela, pourrait-elle trouver cet équilibre ici, dans l'Iowa ?

Elle n'en était pas si certaine…

Chapitre 25

Grace Johansworth

Norway, Centre-ville, Mois d'avril 1917

Cinq jours avant la dernière représentation, un jeune homme — ayant acheté une place au premier rang faisant front au centre de la scène — subjugua l'attention de Grace durant tout le spectacle. Son regard d'un bleu cristallin ainsi que ses cheveux blonds luisants sous la lumière éclairant la scène l'impressionnèrent et l'attirèrent. D'autant qu'il n'avait cessé de la regarder tout le temps où elle se trouvait sur les planches. Grace en avait fait tout autant, manquant presque une réplique tant ils avaient plongé leurs regards, l'un dans l'autre, dans un flirt silencieux. Aussi, lorsqu'il se présenta devant sa loge pour la rencontrer, elle accepta de le voir avec un grand plaisir non caché. Et lorsqu'il lui proposa d'aller dîner, elle accepta sans une once d'hésitation, poussée par l'envie d'être avec lui. Il émanait une aura qu'elle avait déjà vue sur un autre jeune homme qu'elle avait aimé et qui avait changé le cours de sa vie. Ils se revirent le lendemain, ainsi que le jour d'après et encore le jour suivant. Grace n'arrivait plus à se passer de lui, et lui n'arrivait plus à se passer d'elle. Le jeune homme lui avait demandé de rester auprès de lui et c'est déterminé qu'elle avait accepté.

C'était une chance qui se présentait devant la jeune femme et elle ne comptait pas la laisser passer. À la fin de la dernière représentation où toute sa famille s'était trouvée présente, la jeune femme leur annonça qu'elle ne suivrait pas la troupe d'artistes. Lee était content de ne pas perdre de vue sa cousine qu'il adorait, et Julia, elle, la joie de conserver sa tendre confidente.

Les jeunes gens s'étaient fiancés le mois suivant lors d'une grande fête organisée pour l'occasion, chez Julia et Lee. Ce jour-là, Hattie avait dit à haute voix « jamais deux sans trois », en référence à ses propres fiançailles et à celles de sa sœur, lesquelles s'étaient réalisées rapidement après avoir rencontré les êtres élus de leurs cœurs. Et la date du mariage de Grace et de Percy était déjà prévue dans à peine deux mois. Aussi, Hattie s'attelait-elle à créer une robe de mariée aussi majestueuse que celles qu'elle avait confectionnées pour sa sœur et pour elle-même.

Durant cette période, toute la famille se plongea dans la préparation de la cérémonie et du repas qui suivrait celle-ci — chacun s'attelant dans des tâches bien précises…

Aussi, Harvey, renommé *Grand-père* depuis la naissance des enfants, cultivait les légumes et les fruits qui seraient servis pour le grand jour. Pour ce travail au grand air, il était aidé par ses *petits-enfants*. John et Lee, quant à eux, s'enquirent à trouver les meilleurs vins et champagnes, cigares et autres plaisirs que l'on sert généralement durant les banquets. Julia, elle, s'occupa seule de la décoration de l'église et de la salle à manger, ainsi que du choix des musiciens pour le bal. Quant à Percy, il parcourut quelques miles et plusieurs orfèvres avant de trouver l'alliance qu'il offrirait à sa promise. C'est ainsi qu'il acquît un anneau d'or serti d'un magnifique diamant encadré par douze autres petits brillants. À peine rentré chez cet orfèvre, ce bijou lui avait sauté aux yeux par son éclat scintillant, presque comme un appel.

Il avait tout de suite eu l'impression d'y voir à l'intérieur de cette gemme, le cœur de sa future femme…

Grace, qui se faisait appeler depuis plusieurs années Grace Johansworth, n'avait donné aucune explication à sa famille, lors de sa rencontre avec cette dernière — Lee pensant sûrement comme les autres, que c'était son nom de scène et pour son futur mari, Johansworth était le seul nom qu'elle portait. Pourtant, la jeune femme avait révélé à son amie intime Julia, le choix de ce nom. Elle lui avait narré avec beaucoup d'émotions que lors de son voyage à bord du RMS TITANIC, elle y avait rencontré un jeune homme âgé d'une vingtaine d'années nommé Liam Johansworth. Celui-ci était monté à bord, un jour après elle, lorsque le paquebot avait atteint Queenstown en Irlande. Il s'était enregistré en seconde classe bien qu'il appartienne à la grande noblesse. Cela n'était dû qu'aux paroles que lui avait dites sa mère, lady Johansworth, fille de comtesse, juste avant son départ : « Mon bien-aimé fils, vis chaque jour comme s'il était le dernier, et vis ta vie toujours comme tu l'entends, tant que tu fais les choses sans bouleverser les Dieux ».

Alors, Liam Johansworth avait vu là un moyen différent de poursuivre sa vie et sans regret, il s'était acheté ce billet de seconde classe…

Le soir même de son arrivée, après une belle

discussion avec son nouveau compagnon de route, le prêtre britannique Thomas Byles fervent catholique prêchant l'importance du respect des âmes, Liam était ressorti de leur cabine alors que onze heures n'allaient pas tarder à sonner. L'esprit soudain envahi par de belles phrases, Liam s'était installé sur un banc et avait commencé à inscrire sur son carnet les mots se déversant de ses pensées. C'est alors qu'une petite pluie fine s'était mise à tomber, lui détrempant son papier et l'encre qu'il avait commencé à poser sur celui-ci. Il s'était immédiatement réfugié dans la salle de sport et s'était installé non loin d'une bouche de chaudière pour réchauffer ses doigts quelque peu engourdis par le froid. C'est à ce moment-là qu'il avait surpris Grace totalement désemparée lorsqu'elle avait pénétré en pleurs dans ladite salle. Pourtant, il était resté quelques minutes à l'observer — complètement envoûté par la vue enchanteresse qu'elle lui offrait.

Sa grand-mère maternelle, lady Alexandrina lui avait raconté une histoire lorsqu'il n'était encore qu'enfant. Une histoire ancestrale qui disait que l'on naissait deux fois : la première lorsque l'on sortait du ventre de sa mère et la seconde lorsque l'on rencontrait son âme sœur. Dans le cœur de chacun dormait une lumière qui s'activait dès que chaque âme se trouvait en présence de son âme sœur. Et ce halo lumineux s'activait autour de chaque être lorsque la rencontre se produisait. Avec beaucoup d'émotion, sa grand-mère lui avait narré cette histoire, dont il s'était souvenu des dernières phrases lorsqu'il avait aperçu Grace : « Tu sauras la reconnaître, mon enfant, car nul d'entre nous ne peut y renoncer. La lumière sera si forte que tu ne pourras pas y résister. Elle sera l'autre moitié de ton âme, car vous n'êtes, en réalité, qu'une seule *Âme séparée* ».

À quatorze ans, il avait trouvé cette histoire bizarre, voire curieuse…

Mais ce jour-là, à cet instant, il comprenait toute la grandeur de celle-ci et toute la passion que sa grand-mère avait eue en la lui racontant. Et cette force le frappait là, à l'instant, devant ses yeux, sans qu'il puisse l'ignorer, sans qu'il puisse s'y échapper. La jeune fille, presque femme, qui lui faisait front dégageait une telle aura qu'il lui aurait fallu être aveugle pour ne pas la voir. Elle était belle et pure et cette atmosphère immatérielle qu'elle engendrait scintillait de mille lumières. Il prit un long moment pour savourer la beauté dont la jeune fille émanait, malgré le désarroi qui l'habitait. Cependant, lorsqu'il l'entendît se jurer à elle-même de mettre fin à ses jours, il avait laissé tomber à ses pieds tout son attirail d'écriture avant de s'écrier *non,* tout en se relevant. Surprise, elle s'était figée sur place. Alors, lentement, il s'était approché d'elle tout en lui tendant sa main. Et lorsqu'elle avait vu dans le regard du jeune homme une larme s'en échapper avant de rouler sur sa joue, elle s'était jetée à corps perdu dans ses bras et s'était mise à pleurer toutes les larmes de son corps. Cette envie suicidaire resta murée dans le silence, car ni l'un ni l'autre n'abordèrent celle-ci.

Jamais…

Chaque moitié s'était retrouvée et rien sur cette terre ne pourrait plus défaire ce qui venait de se produire devant les Dieux.

Âme si mystérieuse dont peu d'entre elles avaient

cette chance d'être reliées et unies à jamais…

Ce miracle détourna ainsi Grace d'un mariage incertain avec Maximilien Frederick Barrow. Ce dernier était un homme arrogant et possessif qui n'avait jamais plu à Grace et que sa propre mère lui avait ordonné d'épouser. Tandis que Liam, lui, était doux et attentionné, et surtout, il profitait de ce que la vie lui offrait sans en gâcher une seule minute. C'était un littéraire d'un incroyable talent, jouant avec les mots comme un peintre joue avec les couleurs. Le soir même de cette rencontre, en rentrant dans sa petite cabine, il avait écrit pour la première fois de sa vie, une lettre d'amour qu'il destinait à Grace. Il y avait mis toute l'essence de son cœur, presque comme si c'était la seule qu'il n'écrirait jamais. Il avait réussi, tant bien que mal, à lui faire parvenir celle-ci qui avait bouleversé le cœur de la jeune Grace lorsqu'elle avait pris connaissance des mots couchés sur le papier.

Le lendemain, dans l'après-midi, tandis que le prêtre Byles prêchait la bonne parole sur le pont supérieur, laissant ainsi libre sa cabine de seconde classe qu'il partageait avec le jeune homme, Grace et Liam s'y étaient retrouvés en cachette. Là, la jeune fille qu'elle était encore lui avait demandé de lui relire cette lettre. C'était une telle ode à l'amour, qu'elle ne voulait surtout pas risquer de la perdre ou de l'abîmer. Aussi, avait-elle replacé cette magnifique lettre dans son enveloppe avant de rouler cette dernière sur elle-même. Elle avait ensuite ouvert sa petite bourse dans laquelle elle avait caché un petit flacon en cristal — un présent de la White Star Line qu'elle avait trouvé, à son arrivée dans sa spacieuse cabine, sur son oreiller comme tous les passagers de première classe. Dès le matin, elle avait décidé de transvaser le contenu, d'une agréable fragrance de Rose, dans son propre flacon à pompe avant d'en sécher l'intérieur avec un petit mouchoir immaculé confectionné dans une belle soie blanche. Satisfaite, elle avait donc mis ce petit présent dans sa bourse qu'elle suspendait toujours à son poignet lorsqu'elle sortait de sa chambre.

C'est avec les mains tremblantes qu'elle avait ouvert le petit bouchon et glissé à l'intérieur du cristal, la lettre de Liam…

À la fois surpris et heureux de cette attention, Liam s'était saisi de l'un de ses petits bâtons de cire rouge posés sur une minuscule table carrée. Il l'avait fait brûler pour le faire fondre et avait fait couler la cire sur le bouchon de cristal afin de le sceller à jamais, avant de remettre à Grace cette jolie petite fiole, comme une sorte de présent amoureux en lui donnant un baiser étourdissant. Elle accepta cette offrande avec le cœur heureux et pour que ce jour compte plus qu'un autre de sa jeune vie déjà passée, elle lui offrit sa virginité qu'il reçut telle l'immortalité de leur amour.

Avec beaucoup d'émotions, Grace s'interrompit dans son récit. Elle, qui était depuis son enfance une passionnée d'écriture, avait dit à Julia avec un regard lointain — bien que cela fût impossible — qu'elle aurait aimé tenir encore une fois entre ses mains, cette lettre d'amour que Liam lui avait écrite avec le *sang* de son âme et dont elle n'avait jamais oublié les battements fous que son cœur avait eus, lorsqu'il lui avait murmuré celle-ci à l'oreille avant qu'elle ne se donne à lui. Percy, d'ailleurs, avait ajouté Grace, lui faisait penser énormément à Liam lorsqu'il lui murmurait des mots d'amour ou bien lorsqu'il plongeait son beau regard dans le sien.

Avec un sourire sur les lèvres, elle poursuivit…

Durant le naufrage, Liam avait fait en sorte qu'elle ne se noie pas en la faisant sauter du pont inférieur dans le dernier canot pliant qui venait d'être mis à l'eau. Elle avait voulu refuser de partir sans lui, mais Liam avait insisté en lui faisant promettre de lui survivre pour que leur amour ne s'éteigne pas ce jour-là. Le cœur déchiré, elle avait accepté de subir la douleur de la séparation. Resté seul sur ce pont, Liam lui avait alors crié d'une voix sereine et forte : « *Nous serons à nouveau réunis, prochainement, je te le promets* ». Malgré ces magnifiques paroles, il mourut dans cette mer glaciale avant de sombrer dans les abysses avec le géant d'acier, comme des centaines d'âmes.

L'amour et les mille prévenances de Liam lui avaient permis de lui survivre, le cœur gorgé d'un amour ardent et passionné attendant vainement de voir cette promesse se réaliser…

Après quelques larmes versées au souvenir de ce dur instant passé, Grace arriva à se ressaisir et Julia continua de l'écouter attentivement, buvant chaque parole de cet incroyable roman. Elle apprit donc que durant la traversée à bord du RMS TITANIC, il y avait eu une femme, Margaret Brown — une militante engagée pour défendre les droits des femmes et bien d'autres causes. Elle et Mr. Brown, qui ne voyageait plus avec elle depuis longtemps, ne faisaient pas partie de la haute société par leurs naissances. Quelque temps après leur mariage, Mr. Brown était devenu millionnaire à la suite de la découverte d'un filon d'or dans une mine du Colorado. C'est donc en tant que passagère de première classe qu'elle voyageait depuis des années et c'est ainsi qu'elle côtoyât Vera et Grace durant cette traversée. Margaret avait détesté Maximilien Frederick Barrow dès sa première rencontre avec lui. En revanche, elle avait fortement apprécié Liam Johansworth dont elle avait connu la grand-mère ainsi que la mère lorsqu'elle s'était rendue en Irlande l'année précédente pour défendre les droits des mineurs d'argent. La famille Johansworth était engagée dans les mêmes combats que la famille Brown et faisait partie de la même communauté de catholiques irlandais — Margaret étant elle-même fille d'immigrants irlandais. Les trois femmes s'étaient liées et ensemble elles avaient pu militer contre l'exploitation humaine.

Lors d'une promenade sur le pont arrière, Margaret était tombée sur les deux jeunes gens par hasard. Elle avait surpris Liam et Grace, face à face, plongés silencieusement dans un regard ne trompant personne. Comprenant l'attirance qu'il y avait entre eux, elle les avait aidés à se voir en secret.

Ils avaient vécu, grâce à elle, trois jours merveilleux à mélanger leurs pensées, leurs cœurs, *leur âme…*

Sans doute, les plus beaux jours de leurs jeunes vies passées. Après avoir été secourus par l'équipage du RMS Carpathia, qui voguait vers les quais de New York, les rescapés avaient été mis à contribution — à tout le moins, ceux qui faisaient partie de la première classe. Margaret — surnommée Maggie — avait contribué à créer le Comité des Survivants au profit des émigrants ayant tout perdu dans le naufrage. Une fois de retour sur la terre ferme, elle continua son *œuvre*. C'était une femme combattive et elle se rendait utile dès qu'elle le pouvait auprès des gens qui l'entouraient. C'est comme cela que Margaret Brown avait secouru la mère de Grace complètement ruinée et, en cachette, elle en avait fait tout autant, quelque temps après, avec la fille de celle-ci. Alors que Margaret Brown distribuait bénévolement des repas depuis plusieurs jours à des rescapés de troisième classe se retrouvant à la rue, un soir, elle avait reconnu la jeune femme venue quémander de la soupe pour se réchauffer. Elle était la seule à savoir que Grace n'était pas morte dans le naufrage. Elle avait promis à la jeune femme de n'en souffler mot à personne et surtout pas à sa mère Vera, laquelle, avant d'être heureuse de savoir sa fille vivante, aurait été honteuse que cette dernière se soit mélangée avec des gens de la rue. La sollicitude de Margaret Brown lui avait permis de tenir la promesse qu'elle avait faite à Liam, d'aller de l'avant et de n'avoir jamais de regrets. De plus, Margaret qui fréquentait les théâtres depuis son plus jeune âge, lorsqu'elle ne jouait pas sur les planches elle-même, avait donné une éducation théâtrale à la jeune fille. Se sentant ainsi revivre, Grace signa son premier contrat avec une troupe et au fil des ans, elle devint une comédienne de grand talent et jouait sur les planches avec brio. C'était parce qu'elle avait vécu toute cette histoire qu'elle avait décidé en l'honneur du jeune homme qu'elle avait tant aimé, de porter son nom aussi bien sur les planches que dans la vraie vie.

Et aujourd'hui, en ce jour de bonheur, elle acceptait de libérer Liam et de le laisser enfin, reposer en paix en prenant le nom de son mari…

Le jour du mariage se présenta et Grace arriva dans l'église au bras de son cousin, Lee. Elle était particulièrement resplendissante. Percy était éperdument amoureux de sa future femme et ce jour plus qu'un autre jour déjà passé. Cet amour enrobait toute sa personne et contaminait tous ceux qui l'approchaient. Il regardait d'un œil admiratif sa future femme. Elle était entourée par tous les enfants de la famille habillés à cet effet, des mêmes robes pour les petites filles d'honneur et d'un costume adorable pour Edward, le seul petit garçon. Grace avait envoyé un faire-part à Margaret Brown, laquelle avait accepté, avec une joie manifeste, de se rendre à ce mariage. La future mariée se trouvait ainsi comblée, entourée des gens qu'elle appréciait fortement.

La cérémonie put alors débuter…

Hattie et John se trouvaient assis sur le banc faisant front à l'autel. Il était toujours aussi épris de son épouse, et ce, dès lors qu'il lui avait volé ce premier baiser dans cette petite auberge. L'amour qu'ils avaient l'un pour l'autre n'avait jamais diminué.

Bien au contraire...

John n'hésitait jamais à se stopper sur son passage pour aller déposer un baiser dans le cou de son épouse, même lorsqu'elle était installée sur un sofa, un livre à la main.

Il avait toujours un geste tendre pour elle et même plusieurs lorsqu'il s'agissait de l'aimer encore plus la nuit…

Ils avaient autour d'eux les enfants venus s'asseoir sur le même banc, pendant que devant l'autel se trouvait Lee debout au côté de Percy et Julia au côté de Grace — tous deux en tant que témoins de mariage. Margaret ne se trouvait pas très loin d'eux assise sur un autre banc avec l'une de ses amies intimes avec qui elle voyageait depuis plusieurs années en ayant fait presque le tour du monde. Le prêtre prononça les paroles d'usage pour l'évènement et quelques chants religieux. Pendant le temps consacré aux prières silencieuses, seuls quelques murmures d'enfants se firent entendre. Alors que l'échange des vœux débuta, les dames présentes avaient déjà la larme à l'œil par l'émotion qui enveloppait le jeune couple. Leurs promesses étaient à la hauteur de leur amour, et lorsque Percy passa l'alliance de diamants au doigt de Grace, le bijou émit une telle lumière qu'un silence religieux frappa la petite abbaye. Les invités finirent par murmurer que cela était un miracle et le prêtre se signa trois fois en regardant l'immense croix centrale qui faisait front à l'entrée du lieu. Le regard toujours plongé l'un dans l'autre, main dans la main, les mariés échangèrent un chaste baiser avant de ressortir du lieu et d'être félicités par les gens, témoins de leur amour. Ces derniers se rendirent, en un long cortège joyeux, à la réception prévue après la cérémonie. Ils se retrouvèrent tous chez Lee et Julia qui habitaient non loin de chez les jeunes mariés. Le grand salon d'été avait été débarrassé de tous objets inutiles pour cet évènement et le groupe de musiciens se tenait déjà prêt à jouer la valse d'ouverture du bal des mariés. Mais le mari de Grace s'était dirigé seul vers les musiciens. Il avait échangé quelques mots avec eux avant de s'approcher à nouveau de sa tendre épouse avec un merveilleux sourire.

— Madame Percy Kendall, m'accorderiez-vous cette

danse ? lui demanda-t-il en déposant un délicat baiser, rempli de promesses, sur sa main droite.

Avec un sourire éclatant, elle déposa son bras sur le sien et tous deux se mirent à tournoyer dans un flottement léger, emportés par les douces notes d'une valse irlandaise. Surprise par le rythme joué, c'est à ce moment-là que Grace entendit Percy lui souffler à l'oreille, d'une voix qu'elle n'aurait jamais cru entendre, de nouveau :

— Ne t'avais-je pas promis que nous serions à nouveau réunis, ma douce Aimée ?

Et Grace, éternellement heureuse, dansa toute la nuit…

Épilogue

Bien des années plus tard, après avoir eu la chance de vivre une belle vie au côté de son âme sœur, c'est en vieille dame veuve et épanouie — avec toujours cette élégance la caractérisant dans sa jeunesse — que Grace put lire en première page d'un grand journal, que plusieurs objets provenant d'un naufrage historique, avaient été retrouvés par un pêcheur, sur une plage des côtes de l'île de Terre-Neuve-et-Labrador. Parmi ces trésors rejetés par la mer, il y avait un flacon en cristal sur lequel apparaissait encore nettement un nom gravé : *RMS TITANIC*. Par miracle, le cristal était resté intact, malgré les années passées dans le fond de l'océan, et avait même conservé son bouchon taillé en forme de diamant scellé à la cire rouge, portant encore un sceau mentionnant distinctement les lettres *LJ*. Ce flacon contenait une enveloppe sur laquelle avaient été déposés, d'une écriture appliquée, les mots suivants :

Je prends ma plus belle plume pour déposer, à vos pieds, les armes de mon cœur.

À l'intérieur de l'enveloppe se trouvait une lettre d'amour écrite d'un vers passionné — comme peu de femmes ont la chance d'en recevoir une dans leur vie. Le destin, d'une force rare ce jour-là, avait décidé de réunir une *âme séparée*.

C'était la lettre que son doux Liam avait écrite uniquement pour elle et murmurer en secret le soir où elle était devenue femme…

RMS TITANIC,
Jeudi 11 avril 1912

Grace,

Je ne sais si vous écrire ces mots est une chose convenable, mais ne pas le faire serait faire défaut à mon cœur. Un feu dévore mon esprit depuis que je vous ai vue et dès lors je me consume dangereusement.

Vous avez chaviré mon âme et jamais plus je ne vivrais comme hier. Moi qui me contentais d'un espoir suffisant au jour levé, aujourd'hui je n'aspire plus qu'à votre lumière devenue le seul fleuve d'espérance de ma vie.

Vous m'avez chaviré le cœur et jamais plus je ne me réveillerais comme aujourd'hui. Vous êtes le soleil dans lequel je souhaite me noyer dès sa douce lumière matinale. Je ferme les yeux et je contemple avec ivresse des souvenirs ne datant pourtant que de quelques heures. Et cependant, je n'ai pas souvenir d'avoir souri autant depuis ma naissance. Vingt-deux années de vie qui n'ont été le prélude qu'à ce moment où je vous ai vue. Celui-là même qui a rempli d'air mes poumons, qui m'a fait me sentir, enfin, vivant ! C'est à cet instant-là que mon cœur s'est mis à battre, car c'est là que je l'ai entendu pour la première fois.

Je ne peux imaginer ne plus respirer le même air que vous sans faire de ravage. Comment me demander de vivre dans le noir alors que j'ai connu la lumière ? Comment puis-je consentir à ne pas vivre les mêmes effluves que celles de votre vie ? Comment accepter de ne pas voir les mouvements du temps sur votre visage ? Je ne peux songer une seule seconde, un seul instant à ce que serait ma vie, sans vous.

Je veux vous voir sourire comme ce soir lorsque vous étiez dans mes bras. Je veux pouvoir vous regarder dans les yeux et revoir cette paillette d'or scintillant dans votre œil droit. Je veux pouvoir caresser votre visage et retrouver cette fossette si particulière lorsque vous m'avez souri. Je veux vous tenir encore contre moi et sentir les tremblements de vos émotions qui chavirent les miennes.

Tous les mots qui occupent ma tête se bousculent et s'emparent de moi, et je ne sais lequel aura la puissance de vous décrire l'amour ardent qui déborde tant de mon cœur.

Mais il me faut vous dire, avant qu'un jour de plus ne s'écoule, que je vous aime. Cette certitude a envahi mon cœur pour la première fois, ce soir, pour vous. Je veux être vôtre et que vous soyez mienne et je n'aspire plus qu'à une seule chose, c'est de vieillir avec vous.

Mais peu m'importe ce que la vie me réserve, le temps peut bien me prendre par la main puisque seul compte cet instant. Et les souvenirs de ces quelques minutes passées à vos côtés suffisent à m'apaiser, si je dois mourir maintenant — et cette pensée m'est bien douce, je puis vous l'assurer.

Oui ! La mort peut bien venir me cueillir, car j'ai rencontré l'Amour ! C'est aujourd'hui que je suis né, pour vous, ma douce Aimée.

Vôtre, à tout jamais.
Liam Johansworth

« Je m'appelle Grace Kendall et mon histoire sur terre

arrive à son terme. J'ai soufflé hier soir ma quatre-vingt-septième bougie. Je me trouve dans mon jardin et je regarde ma maison. Toute une vie dans cette seule vue. Mon corps me fait défaut bien que mon esprit soit resté vif. Je ferme les yeux et les souvenirs heureux se bousculent dans ma tête. Je traverse d'un pas lent et à la limite de l'impossible le long couloir de ma demeure. Arrivée sur le pas-de-porte de ma chambre, je souris alors à ses petits objets posés sur ma commode et à toutes ces photos qui habillent les murs de ma chambre. Ils représentent chaque journée passée, chaque journée heureuse. Je ressens, à cet instant, la nécessité de m'allonger dans mon lit. Pourtant, je prends encore le temps de fixer un cadre, posé là, parmi d'autres photographies. C'est un portrait de mon tendre Percy me fixant de ses belles prunelles d'un bleu cristallin.

Le même regard que Liam…

Ne dit-on pas que les yeux sont le miroir de l'âme ? Mon cœur s'emballe alors, comme si j'avais de nouveau dix-sept ans.

Liam.

Percy.

Deux hommes.

Une même moitié d'âme…

Je ferme les yeux et je repense à ce moment séduisant rempli de désirs durant lequel je me suis sentie femme pour la première fois. Je l'entends me murmurant ces mots « *Vous avez chaviré mon âme* », dans un souffle chaud « *Je veux être vôtre et que vous soyez mienne* » s'égarant sur ma nuque « *Je vous aime.* »

Liam.

Mon tendre Liam.

Depuis cet instant enchanteur sur le RMS TITANIC, il a toujours fait partie de moi, scellé à mon âme. Et lorsque la mort me l'a volé une première fois, c'était pour mieux me le rendre dans cette salle de théâtre sous les traits de mon tendre Percy. Alors, je peux dire que tous les jours passés à ses côtés ont compté et jamais je n'ai cessé de penser à lui. Ses cendres se trouvent dans l'océan, sur le lieu de notre amour, de notre naufrage, de notre promesse. Je sens ma respiration m'échapper doucement. Après tant d'années de séparations, je peux à mon tour partir en paix, et rejoindre mon seul et unique amour, qui m'attend depuis tout ce temps dans les profondeurs de l'océan ».

Ceci, certes ! pourrait être la fin de cette insolite histoire. Mais ne dit-on pas que la destinée d'une âme est éternelle ?

Chères Lectrices, Chers Lecteurs,

J'espère que vous venez de passer un agréable moment avec mes personnages. Vous ne le savez sans doute pas, mais pour les auteurs indépendants tels que moi, ce sont vos commentaires qui donnent vie et visibilité à nos écrits. Ces retours sont vraiment cruciaux pour nous, pour moi. Aussi, je vous serais grandement reconnaissante de prendre quelques secondes pour laisser un commentaire, même bref, sur la plateforme d'achat.

J'ai le désir de rester accessible, c'est pourquoi je vous communique mon e-mail lhattie.haniel@gmail.com si vous aviez le souhait de me faire un retour de lecture plus personnel. Je vous répondrai avec grand plaisir.

Affectueusement,

Lhattie Haniel

Lady Rose & Miss Darcy, deux cœurs à prendre…
— L'univers étendu d'Orgueil & Préjugés —
Inspiré de l'œuvre de Jane Austen

Résumé

1817, comté du Berkshire — À vingt-deux ans, Lady Rose, passionnée de promenades dans la nature et de littérature romantique, ne souhaite pas pour autant modifier sa vie pour convoler en justes noces. Désireuse de conserver sa liberté, elle repousse donc, sans exception, tout prétendant. Pourtant, lorsqu'elle rencontre inopinément Lord John Cecil Scott, alors qu'elle se retrouve suspendue à la petite clôture d'un verger, l'arrogance et le manque de bienséance de ce séduisant voisin vont troubler profondément la jeune femme. Elle s'épanchera sur cette rencontre, avec un manque certain de franchise, auprès de son amie d'enfance, Miss Darcy. Cependant, cette proche parente des Darcy de Pemberley a, elle aussi, une chose qu'elle lui tait : son cœur bat en secret pour un jeune homme…

Pour que chaque jour compte, il était une fois…
— L'univers étendu du RMS Titanic —

Résumé

1911 — John Crawford et Lee Moore, deux jeunes hommes fortunés, décident de quitter les États-Unis pour se rendre en Angleterre. À bord du RMS Mauretania, Lee retrouve, par le plus grand des hasards, Lady Taylor accompagnée de sa fille, Lady Grace. Malheureusement pour lui, la froideur et le mépris que sa tante lui porte depuis sa plus tendre enfance n'ont pas faibli, tandis que sa jeune cousine n'a aucune idée des liens de cousinage qui les unissent. C'est ainsi qu'en préférant fuir la compagnie déplaisante de ces dames, John et Lee, lors d'une sortie nocturne sur le pont-promenade, vont tomber sous le charme de Julia et Hattie Allen, deux sœurs de petite condition. Bien que décidés à leur faire la cour, les deux hommes perdront finalement leurs traces dès leur arrivée à Londres. Pourtant, John est décidé coûte que coûte à retrouver la belle Hattie. Mais c'est sans compter sur Lady Vivian, une Anglaise qui a jeté son dévolu sur lui et qui compte bien l'épouser, même contre son gré !

Résumé

1810 — Miss Dolly Green était anéantie par la demande du vieux duc. Ce marché, bien qu'incroyablement culotté, était peut-être le seul moyen pour elle de survivre. Elle venait de perdre son petit domaine et n'avait plus que sa beauté pour elle. Elle n'avait donc plus les moyens de rêver. Le bel Anton ne serait plus, à jamais, qu'un souvenir qu'elle pourrait chérir en secret…

Résumé

1899 — Depuis sa plus tendre enfance, Lady Violet a un petit défaut en plus de son caractère tempétueux : le chapardage ! En grandissant — bien que ne manquant de rien —, elle reste une véritable cleptomane qui ne peut s'empêcher de fouiner et de prendre tout objet qui lui tombe sous la main. Ce qui est bien pis, c'est qu'elle ne s'en rend compte qu'une fois son forfait *accompli* ! Et voilà que par deux fois, à dix ans d'intervalle, elle se fait attraper par le même homme en train de chaparder un objet chez lui ! Après un corps à corps surprenant pour leur âge, Lord Edward lui susurre, d'une tonalité menaçante, ceci :

— Je vous laisse dix secondes, Milady, pour remettre en place ce que vous avez pris. Passé ce délai, il sera trop tard pour vous…

Le Mystérieux Secret de Jane Austen
— Inspiré de la vie de la romancière Jane Austen —
Biographie romancée

Résumé

1775, Steventon — Écoutez... Entendez-vous le tic-tac de l'horloge du grand salon qui se fait entendre ? Moi aussi je l'entends dans un bruit sourd avant que maman pousse un dernier cri sauvage qui couvre ce petit bruit. Silencieusement, je prends de l'air dans mes poumons, puis je crie. J'apparais enfin à la vie et l'on me nomme tout de suite Jane...

Message de l'auteur : Je n'ai pas la prétention d'avoir le fin talent de la très célèbre Jane Austen, mais il me tenait à cœur de vous raconter cette histoire poussée par mon admiration pour les écrits et par la vie de cette grande romancière anglaise. Au fil des pages, vous serez certainement saisie par les émotions en parcourant les premières années de sa vie et de celles de son écriture. Cependant, attendez-vous à être surpris par la mystérieuse romance qui s'est animée sous le sceau de ma plume. Il se pourrait même que vous ne vous en remettiez jamais ! Et si d'aventure, vous souhaitiez poursuivre cette lecture, il vous faudrait le faire sans soulever le moindre sourcil. Alors, peut-être qu'il vous sera dévoilé l'un des mystérieux secrets de Jane Austen : pourquoi ne fut-elle fiancée qu'une seule nuit à Harris Bigg-Wither ? Et seule cette histoire saurait vous le dire...

Saint Mary's Bay
— Les Jardins des Secrets —
Volume 1

Résumé

1897 — Ambrosia, cadette de la famille des Keighley, mène une vie tranquille à Maison Beauchamp tout en n'aspirant qu'à faire des promenades dans la forêt et à chasser papillons et autres insectes comme son grand-père le lui a enseigné dès lors qu'elle sut marcher. Mais le décès de son petit frère Edgar va plonger sa famille dans le besoin, ce qui n'arrange en rien les affaires de son père, Sir Humphrey, joueur invétéré et dépensier notoire auprès des gourgandines. Afin de récupérer de quoi poursuivre son train de vie dispendieux, il concède dans les liens du mariage sa cadette, sans qu'elle puisse y redire quoi que ce soit. Pourtant, toute jeune femme devrait se sentir flattée d'être ainsi distinguée par un homme si fortuné. Oui, certes ! Si Lord Greggson, comte de Langford, n'était pas son aîné de plus de cinquante ans ! Seulement, voilà ! À seize ans, une jeune fille rêve plutôt de rencontrer le prince charmant…

Saint Mary's Bay
— Les Jardins des Secrets —
Volume 2

Résumé

1902 — Un départ précipité de l'Amérique pour l'Angleterre avait fini par faire basculer à nouveau le destin de la jeune veuve Greggson, alors qu'elle venait de rencontrer le beau Dorian Valentyne. De retour au manoir familial, Ambrosia y avait retrouvé sa sœur aînée Edwina, à l'homosexualité cachée et aux secrets inavoués, lui vouant toujours une très grande haine. Mais heureusement pour Ambrosia, elle y avait retrouvé aussi son adorable mère, son affectueux grand-père, de divertissantes harpies, toutes aristocrates, ainsi qu'une ribambelle de domestiques, sans oublier sa divertissante marraine qui l'avait accompagnée. Les mois s'écoulent alors plus ou moins agréablement, malgré son vague à l'âme, jusqu'au jour où un grand nombre d'invités est attendu au manoir pour une chasse à courre. Bien qu'Ambrosia soit nouvellement fiancée au jeune médecin du village qui ne songe qu'à mettre la main sur sa fortune, l'un des invités ne la laisse pourtant pas si indifférente que cela…

Résumé

2016, Paris — Polina Leonidov et Vadim Volochenko sont deux enfants qui ont, malgré leurs jeunes âges, un incroyable coup de foudre alors qu'ils se disputent dans une cour de récréation. Les années s'écoulent voyant ainsi leur amour s'élever en secret, même si leurs trains de vie sont diamétralement opposés. Mis au parfum de leur idylle, Piotr Leonidov s'y oppose fermement et fait en sorte de séparer pour toujours sa fille aînée de ce jeune homme, qu'il juge de petit arriviste. Bien que l'époque des mariages arrangés soit révolue, il force Polina à se fiancer avec Mr. Levkine, un homme plus âgé qu'elle et fort aisé. Le cœur aussi brisé que sa belle, Vadim quitte la France avant leur union et coupe les ponts avec tout le monde, même avec ses propres parents. De retour après plusieurs années d'absence, Vadim apprend par sa mère que Polina, la seule femme qu'il a toujours aimée, n'a jamais épousé Mr. Levkine. Seulement, Vadim n'est plus libre, car il est *fermement* marié avec Moïsha…

Victoria Hall
— Volume 1 —

Résumé

1894 — Retirées aux bras de leur mère dès leur plus jeune âge pour être enfermées au pensionnat Saint George à Londres par un père à l'infidélité aussi grande que l'était sa beauté, Rebecca et Sarah Wheeler n'eurent plus qu'à compter l'une sur l'autre au fil des ans. Puis, un accident familial les plongea plus encore dans leur tristesse tandis que leur père quittait l'Angleterre pour l'Australie sans un regard pour elles. Débarrassé ainsi de ses filles et de Victoria Hall, la demeure ancestrale de sa défunte épouse, Lord Wheeler n'avait plus qu'à profiter seul de son immense fortune. Mais de nouveaux drames changèrent la donne et, alors que la Grande Guerre se propageait plus encore dans le Monde, Rebecca et Sarah ressortirent du pensionnat pour se rendre en Australie, chercher leur héritage. Plus belles et plus vaillantes que jamais, elles étaient si proches de leur rêve qu'elles n'avaient plus qu'à l'empoigner. Mais sur cette nouvelle terre sauvage, une surprise de taille les attendait : un demi-frère et une nouvelle mère, mais également aussi l'amour et la mort si elles n'y prenaient pas garde…

Victoria Hall
— Volume 2 —

Résumé

1917 — Si leur voyage en Australie n'avait pas trouvé écho à leur rêve, leur venue à Saint Mary's Bay avait au moins offert à Rebecca et Sarah une merveilleuse famille. Sarah paraissait se remettre peu à peu de la mauvaise nouvelle du front qui lui était parvenue et pour laquelle elle avait attenté à sa vie. Si cela semblait être son cas, celui de Rebecca en était tout autre. La jeune femme n'arrivait pas à oublier Charles Macquarie, le bel Australien qu'elle avait quitté sur le quai de Darwin. Le destin les avait frappées, chacune d'elles à sa façon, et l'espoir leur semblait aujourd'hui tout juste permis. Peut-être qu'un retour à Victoria Hall, la demeure de leurs ancêtres, leur permettrait de retrouver cette part de bonheur qu'elles aspiraient tant à avoir toutes les deux…

www.ingramcontent.com/pod-product-compliance
Lightning Source LLC
Chambersburg PA
CBHW021144160726
47994CB00001B/68